新编新译
世界文学
经典文库

新编新译
世界文学
经典文库

S E L E C T E D

新编新译
世界文学
经典文库

T A L E S O F

亨利·詹姆斯
中短篇小说集

H E N R Y

Henry James

[美]亨利·詹姆斯 著

孟洁冰 译

作家出版社

J A M E S

新编新译
世界文学
经典文库

编委会

陈众议

路英勇

高　兴

张亚丽

苏　玲

王　松

叶丽贤

戴潍娜

袁艺方

代   序

经 典，作 为 文 明 互 鉴 的 心 弦

陈众议   2020 年 11 月 27 日于北京

"只有浪子才谈得上回头。"此话出自诗人帕斯。它至少包含两层意义：一是人需要了解别人（后现代主义所谓的"他者"），而后才能更好地了解自己，恰似《旧唐书》所云："夫以铜为镜，可以正衣冠；以古为镜，可以知兴替；以人为镜，可以明得失"；二是人不仅要读万卷书，还要行万里路。读万卷书难免产生"影响的焦虑"（布鲁姆语），但行万里路恰可稀释这种焦虑，使人更好地归去来兮，回归原点、回到现实。

由此推演，"民族的就是世界的"（据称典出周氏兄弟）同样可以包含两层意思：一是合乎逻辑，即民族本就是世界的组成部分；二是事实并不尽然，譬如白马非马。后者构成了一个悖论，即民族的并不一定是世界的。拿《红楼梦》为例，当"百日维新"之滥觞终于形成百余年滚滚之潮流，她却远未进入"世界文学"的经典谱系。除极少数汉学家外，《红楼梦》在西方可以说鲜为人知。反之，之前之后的法、英等西方国家文学，尤其是20世纪的美国文学早已在中国文坛开枝散叶，多少文人读者对其顶礼膜拜、如数家珍！究其原因，还不是它们背后的国家硬实力、话语权？福柯说"话语即权力"，我说权力即话语。如果没有"冷战"以及美苏双方为了争夺的推重，拉美文学难以"爆炸"；即或"爆炸"，也难以响彻世界。这非常历史，也非常现实。

同时，文学作为人类文明的重要组成部分，是人类进步不可或缺的标志性成果。孔子固然务实，却为我们编纂了吃不得、穿不了的"无用"《诗经》，可谓功莫大焉。同样，马克思主义的经典作家向来重视文学，尤其是经典作家在反映和揭示社会本质方面的作用。马克思在分析英国社会时就曾指出，英国现实主义作家

"向世界揭示的政治和社会真理，比一切职业政客、政论家和道学家加在一起所揭示的还要多"。恩格斯也说，他从巴尔扎克那里学到的东西，要比从"当时所有职业的历史学家、经济学家和统计学家那里学到的全部东西还要多"。列宁则干脆地称托尔斯泰是俄国革命的一面镜子。这并不是说只有文学才能揭示真理，而是说伟大作家所描绘的生活、所表现的情感、所刻画的人物往往不同于一般的抽象概括、冰冷的数据统计。文学更加具象、更加逼真，因而也更加感人、更加传神。其潜移默化、润物无声的载道与传道功能、审美与审丑功用非其他所能企及，这其中语言文字举足轻重。因之，文学不仅可以使我们自觉，而且还能让我们他觉。站在新世纪、新时代的高度和民族立场上重新审视外国文学，梳理其经典，将不仅有助于我们把握世界文明的律动和了解不同民族的个性，而且有利于深化中外文化交流、文明互鉴，进而为我们吸收世界优秀文明成果、为中国文学及文化的发展提供有益的"他山之石"。同样，立足现实、面向未来，需要全人类的伟大传统，需要"洋为中用""古为今用"，否则我们将没有中气、丧失底气，成为文化侏儒。

众所周知，洞识人心不能停留在切身体验和抽象理念上，何况时运交移，更何况人不能事事躬亲、处处躬亲。文学作为人文精神和狭义文化的重要基础，既是人类文明的重要见证，同时也是一时一地人心、民心的最深刻，也最具体、最有温度、最具色彩的呈现，而外国文学则是建立在各民族无数作家基础上的不同时代、不同民族的认识观、价值观和审美观的形象体现。因此，外国文学，尤其是外国文学经典为我们接近和了解世界提供了鲜活的历史画面与现实情境；走进这些经典永远是了解此时此地、彼时彼地人心民心的最佳途径。这就是说，文学指向各民族变化着的活的灵魂，而其中的经典（包括其经典化或非经典化过程）恰恰是这些变化着的活的灵魂。亲近她，也即沾溉了从远古走来、向未来奔去的人类心流。

此外，文学经典恰似"好雨知时节"，"润物细无声"，又毋庸置疑是各民族集体无意识和作家、读者个人无意识的重要来源。她悠悠地潜入人们的心灵和脑海，进而左右人们下意识的价值判断和审美取向。还是那个例子，我们五服之内的先人还不会喜欢金发碧眼，现如今却是不同。这是"西学东渐"以来我们的审美观，乃至价值观的一次重大改变。其中文学（当然还有广义的艺术）无疑是主要介质。这是因为文学艺术可以自立逻辑，营造相对独立的气韵，故而它们也是艺术化的生命哲学；其核心内容不仅有自觉，而且还有他觉。没有他觉，人就无法客观地了解自己。这也是我们有选择地拥抱外国文学艺术，尤其是外国文艺经典的理由。没有参照，人就没有自知之明，何谈情商智商？倘若还能潜入外国作家的内心，或者假借他们以感悟世界、反观自身，我们便有了第三只眼、第四只眼、第N只眼。何乐而不为？！

且说中华民族及其认同感曾牢固地建立在乡土乡情之上。这显然与几千年来中华民族的文化发展方式有关。从最基本的经济基础看，中华文明首先是农业文明，故而历来崇尚"男耕女织""自力更生"。由此，相对稳定、自足的"桃花源"式的小农经济和自足自给被绝大多数人当作理想境界。正因为如此，世界上没有其他民族像中华民族这么依恋故乡和土地（柏杨语）。同时，因为依恋乡土，我们的祖先也就相对追求安定、不尚冒险。由此形成的安稳、和平性格使中华民族大抵有别于西方民族。反观我们的文学，最撩人心弦、动人心魄的莫过于思乡之作。如是，从《诗经》开始，乡思乡愁连绵数千年而不绝，其精美程度无与伦比。"昔我往矣，杨柳依依；今我来思，雨雪霏霏"（《诗经》）；"露从今夜白，月是故乡明"（杜甫）；"举头望明月，低头思故乡"（李白）；"春风又绿江南岸，明月何时照我还？"（王安石）。如此等等，不一而足。当然，我们的传统不尽于此，重要的经史子集和儒释道，仁义礼智信和温良恭俭让，以及少数民族文化等皆是中华传统文化的组成部分。而且，这里既有六经注我，也有我注六经；既有入乎其内，也有出乎其外，三言两语断不能涵括。诚然，四十多年，改革开放、西风浩荡，这是出于了解的诉求、追赶的需要。其代价则是价值观和审美感悦令人绝望的全球趋同。与此同时，文化取向也从重道轻器转向了重器轻道。四海为家、全球一村正在逼近；城市一体化、乡村空心化不可逆转。传统定义上的民族意识正在淡出。作为文学表象，那便是山寨产品充斥、三俗作品泛滥。与此同时，或轻浮或狂躁，致使伪命题及去心化现象比比皆是；文学语言简单化（却美其名曰"生活化"）、卡通化（却美其名曰"图文化"）、杂交化（却美其名曰"国际化"）、低俗化（却美其名曰"大众化"）等等，以及工具化、娱乐化等去审美化、去传统化趋势在网络文化的裹挟下势不可挡。

正所谓"彼亦一是非，此亦一是非"，如何在全球化这把双刃剑中取利去弊，业已成为当务之急。"不忘本来，吸收外来，面向未来"无疑是全球化过程中守正、开放、创新的不二法门。因此，如何平衡三者的关系，使其浑然一致，在于怎样让读者走出去，并且回得来、思得远。这有赖于同仁努力；有赖于既兼收并包，又有魂有灵，从而在人类命运共同体的旗帜下复兴中华，并不遗余力地建构同心圆式经典谱系。毫无疑问，唯有经典才能在"熏、浸、刺、提""陶、熔、诱、掖"中将民族意识与博爱精神和谐统一。让《红楼梦》《三国演义》《水浒传》《西游记》等中国文学经典的真善美成为全世界共同的精神财富吧！让世界文学的所有美好与丰饶滋润心灵吧！这正是作家出版社与中国社会科学院外国文学研究所精心遴选，联袂推出这套世界文学经典丛书的初衷所在。我等翘首盼之，跂予望之。

作为结语，我不妨援引老朋友奥兹，即经典作家是好奇心十足的孩子，他用手指去触碰"请勿触碰"之处；同时，经典作家也可能带你善意地走进别人的卧室……作家卡尔维诺也曾列数经典的诸多好处；但是说一千、道一万，只有读了你才知道其中的奥妙。当然，前提是要读真正的经典。朋友，你懂的！

目　录

旧 衣 逸 事

1868年2月发表于《大西洋月刊》（*The Atlantic Monthly*），这是亨利·詹姆斯的第一个鬼故事。

第一章

十八世纪中叶，马萨诸塞省有一位孀居的贵妇人，名叫维罗妮卡·温格雷夫太太。她有三个子女，由于早年丧夫，就把全部精力放在照顾孩子上。这些孩子长大后，倒也没有辜负她的关怀和厚望。她的头生子是个儿子，为了纪念他的父亲，取名叫伯纳德，下面两个都是女儿，相差三岁出生。漂亮的相貌是这个家族的传统，年轻的三兄妹不可能让这个传统消亡。伯纳德的肤色白皙红润、体格健壮，这在当时（像如今一样）是良好英国血统的标志，他是个坦率亲切的小伙子，也是恭敬的儿子、爱护姊妹的哥哥、忠诚的朋友。可是他不算聪明，这个家族的聪明才智大多分给了他的两个妹妹。已故的威廉·温格雷夫先生是莎士比亚的忠实读者，在那个年代，这种追求意味着比现在更多的思想自由，在那个即使是秘密资助演戏也需要很大勇气的社会，他希望用自己喜欢的戏剧给女儿们起名字，让人们注意到他对这位伟大诗人的敬仰之情，他给大女儿起了罗莎琳德[1]这个浪漫的名字，给小女儿取名珀迪塔[2]，以纪念她们之间出生几周就夭折的小女孩。

等伯纳德·温格雷夫到了十六岁，他的母亲鼓起勇气，准备完成她丈夫最后的叮嘱。这是正式的嘱托：到适当的年龄，他的儿子应该被送到英国，在牛津大学完成学业，因为该校培养了他本人对高雅文学的品味。尽管温格雷夫太太认为，找遍两个半球也没有人比得上这个小伙子，但她有顺从听话的老传统。她只好忍住泪水，给儿子准备好行李箱和简朴的装束，送他漂洋过海去了。伯纳德进了父亲读过的学院，在英国待了五年，倒是没有显声扬名，却过得很快活，也没有什么坏名声。大学毕业后，他就去了法国旅行。在二十四岁那年，他乘船回家，原以为会发现可怜的小新英格兰（新英格兰在那个时代非常小）住起来沉闷乏味、不合时宜。可是家乡变了样，伯纳德先生的想法也变了。他发现母亲的宅子很适合居住，他的妹妹长成了两位可爱迷人的年轻小姐，既有英国淑女的所有才艺和风度，又有某种土生土长的风趣和野性，即使这算不上才艺，也肯定是一种风度。伯纳德私下安慰母亲，他的妹妹完全可以比得上英国最有教养的年轻女子；你可以肯定，可怜的温格雷夫太太叫她们要抬起头来。这就是伯纳德的看法，亚瑟·劳埃德先生的看法要比他强十倍。这位绅士是伯纳德的大学同学，是个家世显赫的年轻人，人品端正，继承了可观的遗产；他打算把财产投资到这个繁荣的殖民地进行贸易。他和伯纳德是要好的朋友，曾经一起漂洋过海，这位年轻的美国人不失时机地把他带到母亲家里，在此给人留下了很好的印象，他对这里的印象也不错，我刚才已经暗示过了。

　　两姐妹此时正值青春貌美的好年华；当然，她们也各尽所能绽放天生的光彩。两人的外貌和性情各不相同，大女儿罗莎琳德二十二岁，身材高挑、皮肤白皙，有一双宁静的灰眼睛和一头栗色头发；倒是不怎么像莎士比亚喜剧中的罗莎琳德，我以为她是个黑发美女（要是你能想到的话），没想到是个苗条轻盈的姑娘，内心充满最温柔、最敏捷的冲动。温格雷夫小姐略显苍白的美貌、纤细的手臂、威严的身高、从容的语调，都不适合有什么冒险奇遇。她绝不会穿男人的外套和紧身裤；说实话，她是个非常丰满的美人，除了她天生的高贵气度，可能还有其他缘故。珀迪塔也许抛开了她名字中甜美忧郁的气质，换成了更符合她容貌和性情的东西。她有吉卜赛人的脸颊和孩子热切的眼睛，还有清教徒国家里最纤细的腰和最轻快的脚。你和她说话时，她不像漂亮的姐姐那样睐着你（还用冷漠的眼神看着你），还没等你把心里话说完，她就给了十几个答案让你来选。

年轻姑娘很高兴看见哥哥回来；不过她们也能分出心思来照顾哥哥的朋友。在她们亲友和邻居的年轻人（也就是殖民地的美少年）当中，有不少出色的小伙子，几个热心的乡下青年，还有两三个家伙享有魅力出众的美誉或情场得意的名声。不过，比起亚瑟·劳埃德先生俊美的外表、精美的服饰、严谨的礼节、优雅的风度和广博的见识，这些殖民地的老实人既没有老练的手腕，献起殷勤来又吵闹，完全被盖了过了风头。亚瑟其实不是什么模范人物；他是个能干体面的文雅青年，家产丰厚、身体健康、志得意满，还有不少未投入的感情资本。但他是一位绅士；他有英俊的容貌，四处学习游历过，他会说法语，也会吹长笛，他朗诵诗句的品味很出众。温格雷夫小姐和妹妹有十几个理由认为，在这个见过世面的完美男人面前，其他的男性朋友显得很可怜。劳埃德先生的逸事告诉小新英格兰的少女，欧洲各国首都的上流人士比他想象的更有手段和办法。坐在旁边听他和伯纳德谈论他们见过的妙人趣事，真是快活极了。吃过茶点后，他们都会来到镶着壁板的小客厅，围坐在火炉前，两个年轻人隔着地毯提醒对方有过这样那样的奇遇。罗莎琳德和珀迪塔经常留心倾听，想知道究竟有什么奇遇，发生在什么地方，有谁在场，女士们穿了什么衣服；但在那个年代，有教养的年轻女子不应该打断兄长的谈话，也不该问太多的问题；因此，可怜的姑娘只好经常在母亲更倦怠（更谨慎）的好奇心后面坐立不安。

第二章

亚瑟·劳埃德没过多久就发现，她们都是很好的姑娘，可他过了好久也没拿定主意，自己到底是喜欢姐姐还是妹妹。他有一种强烈的预感——这种情感本质上过于乐观，不能称为不祥的预感——他注定要和两姐妹中的一个站在牧师面前；可他无法做出取舍，要想爱情圆满，当然要做出取舍，可劳埃德的血管里流淌着太多年轻的血液，不会抽签做选择，也不会被坠入爱河的满足感欺骗。他决定顺其自然，听从自己的心声。与此同时，他的处境非常愉快。温格雷夫太太对他的"心事"表现出矜持的冷漠，既没有对她女儿的名誉毫不在意，也没有逼他说正事的精明劲儿，由于是个富有的年轻人，他在英国本土经常遇到这样的世俗主妇。至于伯纳德，他只要求朋友把他的姐妹当作自家姐妹来对待；而那两个可怜的姑娘，无论她们暗地里多么渴望客人有什么"明确"的表示，她们都保持着非常谦逊满意的态度。

不过，她们对彼此的态度却更有敌意。她们是要好的朋友，也是亲密的床伴，两人同睡一张四柱床，嫉妒的种子只要一天多的时间，就能在她们中间发芽结果；但她们觉得，从劳埃德先生走进这个家的那天起，种子就已经播下了。姐妹俩各自打定主意，如果自己受到轻视，就默默承受悲伤，谁也别想知道；因为如果她们有远大的志向，她们必然也有很强的自尊心。但她们俩都在暗中祈祷，这份选择和殊荣会落在自己身上。她们需要极大的耐心、自制力和掩饰。在那个年纪，有教养的年轻姑娘不能有什么殷勤的举动，实际上，也几乎不能对别人献殷勤有什么反应。她应该安静地坐在椅子上，眼睛盯着地毯，看着神秘的手帕会掉在哪里。

可怜的亚瑟·劳埃德只好在温格雷夫太太、她的儿子和未来的妻姐妹眼前，在镶着壁板的小客厅里继续求爱。但青春和爱情那么狡猾，足以交换上百个暗示和信物，三双眼睛却没有一双发现。两个少女几乎总是待在一起，有很多机会泄露秘密。她们知道有人盯着自己，却丝毫没有影响她们相互提供的些许帮助，或是她们共同完成的各种家务。对着姐妹沉默眼神的讨伐，她既不退缩，也不动摇。她们唯一明显变化的习惯是，两人彼此之间没什么可说的。谈论劳埃德先生是绝对办不到的，谈论其他事情又显得可笑。她们心照不宣地穿上精挑细选的所有华丽服饰，想出丝带、发夹和手帕这些收服人心的小玩意儿，这是不容置疑的谦逊所认可的手段。在这场激动人心的角逐中，她们以同样不善言辞的方式签订了一份公平竞争的合约。

"这样更好看吗？"罗莎琳德会问，她在胸前系上一束缎带，然后从镜子前转过身去看妹妹。珀迪塔会从她的活计中严肃地抬起头来，打量这件装饰品。"我想你最好再绕一圈，"她会一本正经地说，紧紧地盯着姐姐，补充道，"我用名誉担保！"于是，她们就像韦克菲尔德牧师[3]家里的小姐一样，永远在缝补和修剪衬裙，熨平薄纱裙子，精心制作洗涤用品、药膏和化妆品。大约三四个月过去了，逐渐到了隆冬时节，不过罗莎琳德知道，如果珀迪塔没什么比她更值得夸耀的东西，那么她的较量也就没什么可怕的。但此时迷人的珀迪塔觉得，她的秘密比姐姐的秘密要珍贵十倍。

一天下午，温格雷夫小姐独自坐在梳妆镜前，梳理着她的长发，这种情形倒是少见。天色越来越暗，看不清楚了；她点燃了两支蜡烛，插在镜框的烛台上，然后走到窗前拉上窗帘。那是十二月阴沉的傍晚；景色空旷荒凉，天空中雪云密布；从她的窗户望出去，大花园的尽头有一堵墙，墙上有一扇侧门，通向一条小巷。她在逐渐浓重的暮色中隐约看到，那扇门半开着，慢慢地来回摆动，仿佛有人在外面的小巷里摇晃着门。那肯定是个与心上人幽会的女仆。但罗莎琳德正要放下窗帘，却看到妹妹走进花园，沿着通向房子的小路匆匆走来。她放下了窗帘，只留下一条小缝窥探。珀迪塔沿着小路走来时，似乎在端详手里的什么东西，还拿到眼前细看。走到房子前，她停了一会儿，专心地看着那东西，然后贴在嘴唇上。

可怜的罗莎琳德慢慢回到椅子旁，在镜子前坐下来，如果她不那么心不在焉地看着镜子，就会看到自己漂亮的五官因为嫉妒而可悲地扭曲。过了一会儿，她身后的门打开了，她的妹妹气喘吁吁地走进了房间，脸颊被寒冷的空气冻得通红。

珀迪塔开口了。"啊，"她说，"我以为你和母亲在一起。"女士们要去参加茶会，在这种场合，年轻姑娘习惯帮她们的母亲梳妆打扮。珀迪塔没有进来，而是在门口徘徊。

"进来，进来吧，"罗莎琳德说，"我们还有一个多钟头。我想请你给我梳几下头发。"她知道妹妹想溜走，从镜子里就能看到她在房间里的一举一动。"别走，你帮我梳头发吧，"她说，"我要去找妈妈。"

珀迪塔不情愿地走过来，拿起了发梳。她从镜子里看到姐姐的眼睛紧紧地盯着她的手。她还没梳三下，罗莎琳德就伸出右手，拍在妹妹的左手上，从椅子上站了起来。"这是谁的戒指？"她激动地喊道，把妹妹拉到烛光下。

在少女的无名指上，一枚小小的金戒指闪闪发光，上面镶着一颗很小的蓝宝石。珀迪塔觉得自己不必保守秘密了，而她必须满不在乎地说出来。"这是我的戒指。"她自豪地说。

"谁送给你的？"对方喊道。

珀迪塔犹豫了一下："劳埃德先生。"

"劳埃德先生怎么突然大方起来了？"

"才不是呢，"珀迪塔打起精神嚷道，"一点儿也不突然！他一个月前就要送给我的。"

"你只要人家求一个月就收下戒指？"罗莎琳德说，她瞧着这件小饰品，确实不是特别雅致，不过是马萨诸塞省的珠宝商能拿出的最好的货色，"不到两个月我是不会收下戒指的。"

"不是戒指的事，"珀迪塔答道，"是戒指的意思！"

"意思是你不是虚心的姑娘！"罗莎琳德喊道，"我倒要问你，母亲知道你的花招吗？伯纳德知道吗？"

"母亲认可了我的'花招'，就像你说的那样。劳埃德先生向我求婚了，妈妈也答应了。你会让他向你求婚吗，亲爱的姐姐？"

罗莎琳德看了她的妹妹好一会儿，充满了强烈的嫉妒和悲伤。然后她的睫毛垂在苍白的脸颊上，转过身去。珀迪塔觉得这场面不太好看；但这是她姐姐的错。不过，大女儿很快就拾回了她的骄傲，又转过身来。"我向你致以最良好的祝愿，"她说，低低地行了个屈膝礼，"祝你幸福美满，长命百岁。"

珀迪塔苦笑了一声。"别用这种腔调说话！"她喊道，"我宁愿你直截了当地骂我。好了，罗西，"她又说，"他不能把我们两个都娶了。"

"我祝你喜乐安康，"罗莎琳德机械地重复着，又坐到镜子前，"祝你长命百岁，生儿育女。"

这些话听起来不怎么合珀迪塔的口味。"你至少让我过一年好吗？"她说，"过一年，我可以生个小男孩，或者生个小女孩。要是你把梳子给我，我就给你梳头发。"

"谢谢，"罗莎琳德说，"你最好去找妈妈吧。有未婚夫的小姐服侍没有未婚夫的女孩是不妥当的。"

"不，"珀迪塔说，"我有亚瑟服侍我。你需要我照顾，而不是我需要你照顾。"

可姐姐示意她走开，她就离开了房间。等她一走，可怜的罗莎琳德就跪倒在梳妆台前，把头埋在臂弯里，放声大哭起来。她觉得把悲伤宣泄出来，反而好受得多。妹妹回来后，罗莎琳德坚持要帮她打扮——给她穿上自己最漂亮的衣服。她勉强要妹妹收下自己的一条花边，宣称既然她要结婚，应该尽量让自己看起来配得上爱人的选择。她闷声不响地做完了这些事情；不过尽管如此，这些只是为了尽到道歉和赎罪的义务；她没有再做其他的事情。

既然家里人接受了劳埃德这个求婚者，剩下的就是确定结婚的日子。婚期定在次年四月，在这段时间里，大家都在积极地筹备婚礼。劳埃德一边忙于他的生意安排，一边与他在英国隶属的那家大商行建立联系。因此他不像前几个月羞怯犹豫的时候那么经常拜访温格雷夫太太，可怜的罗莎琳德看到这对恋人互诉爱意的情形，也不像她担心的那么难受。说到未来的姨姐，劳埃德完全问心无愧，两人没有一点恋爱的意思，他丝毫没有怀疑自己给了她沉重的打击。他过得很自在，人生前景大好，无论是国内还是经济都是如此。殖民地的大起义还没有开始，要是担心他的幸福婚姻会发生悲剧性的转折，既荒谬又亵渎神明。此时，在温格雷夫太太家，丝绸的塞窣声、剪刀的咔嚓声和针线的穿梭声比以往任何时候都要响亮。这位好太太已经决定，她的女儿从家里出嫁的时候，应该穿着她能买得起或这个国家拿得出的最体面的衣服。马萨诸塞省所有德高望重的女人都被召集起来，用她们一致的品味给珀迪塔的衣服出谋划策。此时此刻，罗莎琳德的处境肯定不会令人羡慕。这个可怜的姑娘酷爱穿衣打扮，还有全世界最好的品味，她的妹妹对此心知肚明。罗莎琳德身材高挑、仪态庄重、衣着整齐，她被迫拿着硬挺的锦缎和花边，这些都是有钱人太太的盛装。但是罗莎琳德却目无下尘地坐着，交叉着美丽的双臂，头朝后仰着，而她的母亲、妹妹和前头提到的那些贵妇人为她们的面料发起愁来，对她们雄厚的财力感到喘不过气。有一天，新郎亲自送来了一块漂亮的白色丝绸，上面织着天蓝色和银色的花纹——在那个时代，人们不觉得未婚夫给新娘添嫁妆有什么不妥当。珀迪塔却想不出有什么样式或款式，有幸配得上这块华丽的面料。

"蓝色是你的颜色，姐姐，比起我来更适合你，"她眨着迷人的眼睛说，"可惜不是送给你的。不然你会知道用这块料子做什么。"

罗莎琳德从座位上站起来，看着铺在椅背上那块闪闪发光的布料。她用手拿起面料，满怀爱意地抚摸着，正如珀迪塔看到的那样，然后她转过身去对着镜子。让这块料子一直铺到脚边，把另一头披在肩上，露出手肘的雪白臂膀在腰间收拢。她仰起头来，看着自己镜中的身影，一缕赤褐色的头发垂落在华丽的丝绸上。这幅画面让人眼花缭乱，站在周围的夫人小声地说，"看啊，看啊！"不住口地赞叹。"是的，没错，"罗莎琳德平静地说，"蓝色是我的颜色。"但珀迪塔看得出来，她的想象力已经激发出来，现在她要开始做活了，解开困扰她们的丝绸难题。事实上，她做得很出色，因为珀迪塔知道，她对女帽爱得痴迷，所以她很愿意断定这一点。无数码闪亮的丝绸和缎子，来自世界各地的薄纱、天鹅绒和花边，全都从她灵巧的手中经过，却没从她的嘴里说出一句嫉妒的话。多亏了她的勤勉能干，等婚礼那天到来的时候，比起还没接受新英格兰圣灵祝福的不安的年轻新娘，珀迪塔更愿意出尽人生的风头。

早就安排好了，这对年轻夫妇要出门去，到一位英国绅士的乡间别墅里度过新婚生活的头几天。这位绅士是个有地位的人，也是亚瑟·劳埃德的老朋友。他是个单身汉，说很乐意把房子让给婚姻之神来做主。教堂的婚礼仪式结束后（由一位英国牧师主持），年轻的劳埃德太太匆匆忙忙回到母亲家，把结婚礼服换成骑马装。在姐妹俩度过少女时光的那个温馨的小房间里，罗莎琳德帮她换好了衣服。然后珀迪塔赶去向母亲告别，留下罗莎琳德在房间里。分别的时间很短，马车已经到了门口，亚瑟迫不及待地要出发。但是罗莎琳德没有跟来，珀迪塔急忙回到房间，猛地把门打开。罗莎琳德像往常一样站在镜子前，但是她的姿势让妹妹站在原地惊呆了。她穿上了珀迪塔丢掉的婚纱和花环，脖子上戴着全套的珍珠项链，这是年轻姑娘从丈夫那里收到的结婚礼物。这些东西被匆忙放在一边，等着主人从乡下回来之后再收拾。罗莎琳德穿着这身不自然的装束，站在镜子前，对着镜子深处看了很久，天知道她看见了什么大胆的幻象。珀迪塔吓坏了，这是她们从前的较量再次显露的狰狞形象。她向姐姐走过去，仿佛要把面纱和花环扯下来。但她的眼神落在镜子上，停下了脚步。

"再见，亲爱的，"她说，"你至少要等到我走出家门吧！"然后她匆匆离开了房间。

劳埃德先生在波士顿买了一栋房子，以当时的品味来看，这栋房子既宽敞又雅致；他很快就和年轻的妻子住了进去。他与岳母的住所相隔二十英里，在那个道路交通落后的年代，二十英里就像现在的一百英里那么遥远，温格雷夫太太在女儿结婚的前十二个月里很少见到她。珀迪塔不在家让她受了不少苦，她的痛苦倒没有因为罗莎琳德减轻多少，罗莎琳德心情极度低落，不是换个环境和同伴就能振作快活起来的。这位年轻姑娘心情沮丧的真正缘故，读者很快就能猜得到。可是温格雷夫太太和爱说闲话的人以为，她不舒服只是身体有病，也没怀疑前面提到的法子会让她好起来。因此，母亲提议罗莎琳德代表她去拜访父亲那边的几位亲戚，他们住在纽约，长久以来抱怨说很少见到新英格兰的表亲。在妥帖的护送下，罗莎琳德被送到那些好心人那里，与他们待了几个月时间。在此期间，她的哥哥伯纳德已经开始做律师了，他打定主意要娶个妻子。罗莎琳德回家来参加婚礼，显然她的心病已经好了，面容就像鲜艳绽放的玫瑰和百合，嘴角挂着自豪的微笑。

亚瑟·劳埃德从波士顿赶来参加舅兄的婚礼，但没有带他的妻子，她很快就要给他生下一位继承人了。罗莎琳德有将近一年没有见过他。不知道为什么，她很高兴珀迪塔留在了家里。亚瑟看起来很幸福，但是比他结婚前更严肃正经了。她觉得他看起来"怪有趣的"，虽说当年还没有这个词（在现代意义上），但我们可以肯定已经有了这个想法。其实，他只是担心妻子和她即将经受的考验。尽管如此，他还是注意到罗莎琳德的美丽和光彩，也注意到她如何让可怜的小新娘黯然失色。珀迪塔买衣服的零用钱已经归姐姐受用，她把这笔钱用到了极致。婚礼后的第二天早上，他给从城里跟来的仆人的马套上了女式马鞍，然后带着年轻姑娘一起出去骑马。那是一月份的清晨，天气晴朗，地面光洁而坚硬，马匹状况良好，更不用说罗莎琳德了，她戴着装饰羽毛的帽子，穿着镶毛皮的深蓝色骑马装，非常迷人。他们骑了一上午的马，迷路了，只好在一家农舍停下来吃饭。他们回到家时，初冬的暮色已经降临。温格雷夫太太拉长着脸迎接他们。中午时分，劳埃德太太派来了一位信使；她开始发动了，希望丈夫马上回来。年轻人想到自己竟然耽搁了几个小时，要是骑马狂奔，他可能已经和妻子在一起了，发出了热情的誓言。他勉强同意停下来吃口晚饭，但还是骑上信使的马疾驰而去。

他在午夜时分赶到了家。他的妻子已经生了个小女孩。他来到床边的时候，她说："你为什么没有陪在我身边？"

"那个人来的时候，我出去了。我和罗莎琳德待在一起。"劳埃德天真地说。

劳埃德太太轻声呻吟了一下，就转过身去。但她恢复得不错，接下来的一周，她的身体都在不断地好转。可是到了最后，不知是饮食疏忽还是受了风寒，好转的势头戛然而止，这位可怜的太太病情迅速恶化。劳埃德陷入了绝望。很快就看得出来，她只剩最后一口气了。劳埃德太太意识到，她的人生就要走到尽头，于是说她与死亡达成了谅解。在病情恶化的第三天晚上，她告诉丈夫，觉得自己熬不过这一夜了。她打发仆人出去，还要求她的母亲离开——温格雷夫太太是前一天到的。她把婴儿放在身边的床上，侧躺着让孩子靠在胸前，握着她丈夫的手。夜灯遮挡在厚重的床帘后面，房间却被壁炉里木头的熊熊火光映得通红。

"真是奇怪，这么旺的火也不觉得温暖，"年轻女子说，她勉强露出了微笑，"要是我的身体里有这样的火就好了！但我把所有的火给了这朵死亡的小火花。"她垂下眼睛看了看孩子，然后抬起眼睛，目光敏锐地盯着她的丈夫。她心里最后放不下的感觉是猜疑。她还没有从亚瑟带来的打击中恢复过来，亚瑟告诉她，在她痛苦挣扎的时候，他和罗莎琳德待在一起。她非常信任她的丈夫，也深爱着他；可惜她现在要永远给召唤走了，对姐姐生出了冰冷的恐惧。她从心底里觉得，罗莎琳德从未停止过嫉妒她的好运；一年的幸福安乐没有抹去那个女孩的身影，她穿着自己的结婚礼服，露出假装胜利的微笑。现在亚瑟成了单身汉，罗莎琳德还有什么不敢做的？她长得美丽，又有魅力；她会耍什么花招，会在年轻人悲伤的心里留下什么印象？劳埃德太太沉默地看着丈夫。毕竟，似乎很难怀疑他的忠贞不渝。他漂亮的眼睛里饱含着泪水，他的脸因哭泣而抽搐；他紧握的双手温暖而热情。他看起来多么高贵，多么温柔，多么忠诚！"不，"珀迪塔想，"他不适合罗莎琳德这样的人。他永远不会忘记我。罗莎琳德也不是真的在乎他，她只在乎虚荣、饰品和珠宝。"她低头看着自己白皙的双手，手上戴着她丈夫慷慨赠送的几个戒指，还有她睡衣边上装饰的蕾丝花边。"她垂涎我的戒指和花边，胜过垂涎我的丈夫。"

此时此刻，想到她姐姐的贪心，似乎给她和可怜的小女儿当中投下了阴影。"亚瑟，"她说，"你得摘下我的戒指。我不会戴着这些戒指下葬。总有一天，我的女儿会用得上——我的戒指、花边和丝绸。今天我把这些东西都拿出来看过了。这些服饰很华丽，在省里找不出第二份；我现在可以毫不虚荣地说，我再也用不着了。等到我的女儿长大成人，这将是她的一笔巨大财产；里头有些衣服，一个人是不会买两次的，要是给弄丢了，你就再也见不到这样的货色，所以你要好好保管。我给罗莎琳德留下了几十件衣服，都交代给我的母亲了。我把那件蓝色和银色的衣服送给她；那本来就是给她的；我只穿过一次，我穿起来不好看。但是剩下的东西要为这个小可怜虔诚地保存起来。这是天意，她应该适合我喜欢的颜色；她的眼睛长得像母亲。你知道，同样的款式过了二十年就会重新流行起来。她可以穿我当初的礼服。这些服饰会静静地躺在那里，等她长大后穿戴——裹着樟脑和玫瑰花瓣，在芬芳的黑暗中留住原来的颜色。她会有一头黑发，她会穿我粉红色的缎子衣裳。你能答应我吗，亚瑟？"

"答应你什么，亲爱的？"

"答应我保管你可怜的小妻子的旧礼服。"

"你怕我把东西卖了吗？"

"不，恐怕会到处散落。我母亲会把衣服收拾妥当，你要给它们加上两道锁。你知道阁楼上那个带铁箍的大箱子吗？里面有多少东西都能装得下。你可以把衣服全放进去。我母亲和管家会整理好，然后把钥匙交给你。你要把钥匙收在写字桌里，除了你的女儿，永远不要交给任何人。你能答应我吗？"

"啊，好的，我答应你，"劳埃德说，他对妻子如此执着于这个想法感到困惑。

"你愿意发誓吗？"珀迪塔重复道。

"是的，我发誓。"

"好吧，我相信你，我相信你。"可怜的太太说，她紧盯着他的眼睛，如果他猜到她模糊的担忧，他可能会看出哀求和承诺的神色。

劳埃德冷静勇敢地承受了丧妻之痛。在妻子去世一年后，生意经营出现了变故，让他有机会远赴英国。他利用这个机会，改变了自己的心情。他离开了将近一年，在此期间，小女儿得到外祖母的细心照顾和呵护。等他回来后，他的家再次敞开大门，宣布打算让家里保持妻子生前的样子。不久就有人预言他会再婚，至少提到了十几个年轻女子，可以说，在他回来六个月后，这个预言还没有成真，可以说，这绝不是她们的过错。在这段时间里，他仍然把小女儿交给温格雷夫太太照看，后者告诉他，这么小的孩子换个地方住，会对她的健康造成很大的危害。不过最后他说，心里很渴望女儿的陪伴，一定要把她带到城里来。他派了马车和管家去接她回家。温格雷夫太太害怕她在路上有个三长两短；考虑到这种担忧，罗莎琳德提出要陪她一起去，第二天就能回来。于是罗莎琳德带着外甥女进城去了，劳埃德先生在家门口迎接她，为她的善良和身为父亲的喜悦而感动。罗莎琳德第二天没有回来，而是待了一个星期；等她终于露面时，她只是回来取衣服。亚瑟不肯让她回家，孩子也不愿意放她走。要是罗莎琳德离开她，那个小女孩就又哭又闹；看到她这么难过，亚瑟也昏了头，赌咒发誓说她会死的。总而言之，没有什么能让父女俩满意，只能让姨妈留下来，待到小外甥女熟悉陌生的面孔为止。

没想到过了两个月才有结果；因为等到这段时间过后，罗莎琳德才向妹夫告辞回家。温格雷夫太太对女儿外出不归很不满，说这样做不合适，惹得全国说长道短。她能够对这件事消气，只是因为在女儿做客期间，家里过了一段少有的平静日子。伯纳德·温格雷夫把妻子带回家来住，你也想得到，她对小姑子没有多大感情。罗莎琳德也许不是天使；不过放到日常生活中，她是个相当好脾气的姑娘，要是她和伯纳德太太拌嘴吵架，那也不是没有缘故的。不过，她要是发起脾气来，不只是她的对手大为光火，看着她们吵个不停的两个人也觉得恼火。因此，她待在妹夫家里感到快活，也许只是因为她不用跟家里讨厌的人打交道。而她能待在早年喜欢的人身边，更是让她感到加倍甚至是十倍的快活。劳埃德太太的敏感猜疑倒是与事实相去甚远。

罗莎琳德的感情起初是一腔热情，现在还是热情——散发着炽热的光芒，呼应了他微妙的感情。劳埃德先生很快就感受到了这种影响。我已经暗示过，劳埃德可不是现代的彼特拉克[4]；他这种人大性就不会忠贞不渝。他和妻姐在家里待了没几天，就确信她是个"好得要命的女人"(用当时的话说)。罗莎琳德是否真的使出了妹妹想要推到她身上的阴险花招，这一点不必追究。我们只能说，她找到了最能展现自己优势的手段。她每天早上会坐在餐厅的大壁炉前编织挂毯，小外甥女就在她脚下的地毯上，或是她的裙裾边玩着毛线球。要是劳埃德对着这幅迷人画面的诸多暗示还无动于衷，那他就是个十足的蠢货。他非常宠爱小女儿，总是不厌其烦地把她搂在怀里、抛上抛下，让她高兴地叫个不停。不过很多时候，还没等小姑娘准备好，他就冒失地行动起来，惹得她大声嚷嚷表示不满。罗莎琳德听到了就会放下挂毯，伸出漂亮的双手，脸上还带着少女的端庄微笑，而少女的纯洁想象让她深知母亲的安抚手段。劳埃德会放开这个孩子，他们的眼神相互交织，他们的手会碰在一起，罗莎琳德会用胸前雪白打褶的手帕止住小女孩的哭泣。她的规矩无可挑剔，接受她妹夫款待的态度再谨慎不过了。也许几乎可以说，她的矜持做派有几分不客气。

劳埃德觉得焦躁起来，她就住在这座房子里，却难以接近。晚饭后半小时，漫长的冬夜才刚开始，她就会点亮蜡烛，对年轻人行个最恭敬的屈膝礼，然后上床睡觉去了。如果说这些都是花招，那么罗莎琳德就是擅长耍花招的高手。不过这些手段使得温和又不动声色，为了这位年轻鳏夫的妄想，经过巧妙的掩饰渐入高潮。正如读者看到的那样，罗莎琳德过了几个星期才确信，她的回报可以抵得上她的付出。等到确定了这一点，她就收拾好行李，回到母亲的家里。她等了三天时间；第四天，劳埃德先生露面了——成了恭敬而迫切的求婚者。罗莎琳德怀着极其谦卑的心情听完了他的表白，无限羞怯地接受了他的求婚。很难想象劳埃德太太会原谅她的丈夫；如果说有什么可以打消她的怨恨，那就是这次求婚的过分低调。罗莎琳德对她的情人只有很短的考察期。他们的婚礼恰如其分，非常隐秘，几乎是秘密举行的，就像当时有人打趣的那样，也许是希望已故的劳埃德太太不会听说这个消息。

这场婚姻看起来很幸福，两人都满足了各自的心愿——劳埃德娶了"好得要命的女人"，可是读者会发现，罗莎琳德的愿望仍然难以捉摸。的确，他们的幸福生活有两个污点，但时间也许会把污点抹去。在结婚的头三年，劳埃德太太没能当上母亲，而她的丈夫蒙受了严重的财产损失，迫使他大幅削减开支，而罗莎琳德必然不能像妹妹那样成为贵妇人。不过她勉强像相当时髦的女人那样维持风度。她早就确定，妹妹数目庞大的衣服封存起来，是为了她的女儿着想，放在布满尘土的阁楼上，闲置在黑暗中毫无用处。这些精美的服饰竟然要等一个坐在高脚椅上用木勺吃面包、喝牛奶的小女孩来享用，想到这里就让人反感。然而，罗莎琳德的举止非常得体，对这件事只字不提，等到过了好几个月才开口。最后，她怯生生地对丈夫提了这件事，损失这么多华丽的衣服难道不可惜吗？因为必然会有损失，华服会褪去颜色，遭到虫蛀鼠咬，还有时尚潮流的变化。但是，劳埃德断然拒绝了她，她如今才明白，她的打算竟然落了空。

可是六个月过去了，又生出了新的窘迫和憧憬。罗莎琳德满心牵挂着妹妹的遗物。她上楼去看过封存衣服的箱子。箱子上挂着三把大铁锁，绷着铁箍，透着冷漠的蔑视，这只会刺激她的贪欲。那凛然不可侵犯的顽固架势，有种令人恼火的神气，就像是头发花白的老仆人板着脸，对家族秘密守口如瓶。这个巨大的箱子看起来能放不少东西，罗莎琳德用她的小鞋尖踢了踢箱子的侧面，听起来里面装得满满当当，让她脸涨得通红，心里说不出的渴望。"这太可笑了，"她嚷道，"不成体统，太不应该了。"她立即决定对丈夫再次发起进攻。第二天晚饭过后，等他喝完了葡萄酒，她大胆地提了出来。但他非常严厉地打断了她的话。

"只说一次，罗莎琳德，"他说，"这是办不到的。要是你再说这件事，我就要真的生气了。"

"好极了，"罗莎琳德说。"我很高兴知道自己的分量。仁慈的上帝，"她嚷道，"我真是好福气！因为别人任性让自己受委屈，真是让人开心！"她的眼睛里充满了愤怒和失望的泪水。

劳埃德这样好脾气的男人看见女人哭就害怕，他试着（我可以说他低声下气地）解释道："不是因为任性，亲爱的，这是承诺，"他说，"是发誓。"

"发誓？发誓可是件大事！给谁发的誓，我倒要问问？"

"给珀迪塔。"年轻人说，他有片刻抬起头来，但立刻垂下了头。

"珀迪塔，好啊，珀迪塔！"罗莎琳德的眼泪夺眶而出。她哭得撕心裂肺，胸口起伏不定——她发现妹妹订婚那天晚上大哭一场后，很久都没有掉过眼泪。在心情好的时候，她本来希望自己打消了妒忌心；可是在那个场合，她的怒火却再也遮掩不住了。"我倒要问问，珀迪塔有什么权利安排我的未来？"她嚷道，"她有什么权利逼你变得卑鄙残忍？我有体面的地位，我天生就光彩照人！我乐意接受珀迪塔留下的东西！她留下了什么？我到现在才知道，留下的东西少得可怜！什么都没有。"

这话说得没什么道理，可是作为"吵架"却很在理。劳埃德搂着妻子的腰，想亲吻她，却给她轻蔑地甩开了。可怜的家伙！他想找个"好得要命的女人"，可真叫他称心如意了。她轻蔑的态度让人受不了，他只好走开了，耳朵还嗡嗡作响。他拿不定主意，心烦意乱地来到写字桌前头，里面放着他亲手锁上三把大锁的神圣钥匙。他大步上前，打开了写字桌，从一个秘密抽屉里拿出钥匙，这把钥匙裹在小包里，上面是他用自己诚实的纹章加上的封印，用法语写着"我守护"(Je garde)，但他不好意思把钥匙放回去，就扔在妻子身边的桌子上。

"放回去吧！"她嚷起来，"我不要了。我烦透了！"

"我再也不管了，"她丈夫喊道，"上帝宽恕我！"

劳埃德太太愤怒地耸了耸肩，高傲地走出了房间，年轻人也从另一扇门出去了。十分钟后，劳埃德太太回来了，发现她的继女和保姆待在房间里，钥匙不在桌子上。她瞥了那孩子一眼，小外甥女正坐在椅子上，手里拿着小包，已经用小手指撕破了封印。劳埃德太太匆忙地拿走了钥匙。

到了平常吃晚饭的时候，亚瑟·劳埃德从账房里回来了。那时正值六月，晚餐送来的时候还是白天。饭菜已经在桌上摆好了，劳埃德太太却没有露面。主人派去请她的仆人回来说，她的房间里没有人。这个女仆还告诉亚瑟，午饭后就没人见过她。说实话，仆人们看到她流着眼泪，以为她关在自己的房间里，就没有打扰她。她的丈夫在房子里到处喊她的名字，但没人答应。最后他想到，也许可以上阁楼去找她。这个想法让他感到一阵奇怪的不安。他命令仆人们留在下面，不希望有人看见他找寻的过程。他走到通往最顶层阁楼的楼梯下，手扶着栏杆站定，叫着妻子的名字。他的声音颤抖起来，喊得越来越大声，越来越坚定。打破四周沉寂的动静，只有他喊声的微弱回响，在大屋檐下重复着他的问题。尽管如此，他还是不由自主地走上了楼梯。楼梯通向宽敞的走廊，两边都是木制的壁橱，尽头是一扇朝西的窗户，映照进夕阳的余晖。窗户前放着巨大的箱子。年轻人惊恐不安地看到，他的妻子就跪在箱子前面。在一瞬间，他穿过两人之间的距离，惊得说不出话来。箱子的盖子敞开着，在芳香的亚麻布中，露出里面的华服和珠宝。罗莎琳德以跪着的姿势向后倒下，一只手支撑在地板上，另一只手压在自己心口上。她的四肢呈现死亡的僵硬，在昏暗的阳光下，她的脸上有比死亡更恐怖的东西。她的嘴唇因哀求、惊愕和痛苦而张开；在她苍白的额头和脸颊上，赫然有十道可怕的伤口，那是两只复仇的鬼手留下的痕迹。

---

1 罗莎琳德是莎士比亚剧作《皆大欢喜》的女主角。

2 珀迪塔是莎士比亚剧作《冬天的故事》的角色，在拉丁语中亦有遗失之意。

3 《韦克菲尔德牧师》是爱尔兰作家奥利弗·戈德史密斯（Oliver Goldsmith）发表于1766年的小说。

4 彼特拉克著有抒情诗集《歌集》，描写他对劳拉的忠实爱情。

风 景 画 家

1866年2月首次发表于《大西洋月刊》(*The Atlantic Monthly*)。

你还记得吗？十几年前，听到年轻的洛克斯利和莱利小姐解除婚约的消息，我们几个朋友给吓了一跳。这件事在当时颇为轰动。双方都有一定的资本：洛克斯利据说身家豪富，那位年轻小姐的美貌也着实惊人。我曾听说她的恋人喜欢把她比作"米洛的维纳斯"；说真的，要是你能想象那尊破残的女神像四肢健全，由克里诺林夫人盛装打扮起来，在客厅的枝形吊灯下闲聊，那你就会对约瑟芬·莱利小姐有个模糊的印象。你还记得吧，洛克斯利个子不高，皮肤黝黑，长得不是特别好看，他带着未婚妻一起散步的时候，真是让人大吃一惊，他竟然敢向这样气派十足的年轻小姐求婚。莱利小姐那双灰色的眼睛和深褐色的头发，我向来认为该长在那尊著名的雕像上。虽说她的神情坦然温柔，可脸上有个缺点，就是少了点活泼劲儿。除了她的美貌之外，还有什么特点吸引了洛克斯利，我怎么也没发现：兴许就是因为他的恋情太短暂，也只记得她的美貌了。我说他的恋情不长久，因为大家都知道解除婚约是他的缘故。他和莱利小姐都非常明智地对此事闭口不谈；可是在他们的朋友和冤家对头嘴里，当然有一百种解释。那些为洛克斯利着想的人，最喜欢的说法是他临阵退缩了（你知道，在上流社会谈论这些事情，就像在另一个场合，说起原先要办的拳击赛打不成了）。只是因为有确凿的证据表明这位小姐——怎么说来着，没有信仰？——充分证明了莱利小姐唯利是图的心思。你瞧，我们的朋友竟然有能力为"信念"而斗争。你得承认，这个指控倒是新奇；不过，我早就认识莱利太太，这位守寡的夫人有四个女儿，是个不折不扣的老守财奴，我冒昧地认为，她的大女儿身上也有类似的毛病。我想，这位小姐的家人站在自己的立场上，对她们的希望落空也有非常合理的解释。不过，约瑟芬没多久就弥补了她们的遗憾，嫁给了一位像她从前的追求者一样有远大前途的绅士。那么他得到了什么补偿？这就是我要讲的故事。

你应该还记得，洛克斯利从公众视线中消失了。前面提到的事情发生在三月份。四月我去他的住处拜访，得知他已经去了"乡下"。不过到了五月底，我见到了他。他告诉我，他想在海边寻找一个人迹罕至的僻静去处，可以在那里隐居写生。他看起来脸色很差，我就劝他去纽波特，我记得他听了这个简单的笑话，几乎没有力气笑出来。我们分手的时候，我也没能让他高兴起来，有很长一段时间，我都没有见过他。他七年前去世了，年仅三十五岁。因此有五年的时间，他都设法过着远离俗世的生活。出于种种原因（我就不细说了），他的大部分私人财产交到了我手里。你应该记得，他是一个有"高雅品味"的人，也就是说，他对文学和艺术很感兴趣。他写过一些蹩脚透顶的诗歌，也创作过不少出色的绘画。他留下了大量的手稿，涉及各种题材，其中很少有适合普通人读的。不过，有一部分手稿我很欣赏，那就是他的私人日记，从他二十五岁一直写到三十岁，然后戛然而止。要是你愿意到我家里来，我就给你看看他的那些画和素描，我相信你会认同我的看法，那就是他具有成为伟大画家的才能。同时，我还要把他最后一百页的日记拿给你看，回答你关心的那个问题：对于他对莱利小姐做的事——他羞辱了那位美丽动人的"维纳斯女神"——伟大的复仇女神到底有什么看法。最近，有一位对处理洛克斯利的财产比我更有发言权的人去世了，我做起事来就不必有什么顾忌了。

克拉格索普，6月9日——我坐了好几分钟，手里拿着笔，想着来到这个新的地方，到这片新的天空下，我是否还要偶尔记下闲居的生活。我想，不妨做个实验。万一失败了，就像麦克白夫人说的那样，我们怎么会失败呢？我发现，生活最枯燥无味的时候，我的日记偏偏写得最长。因此我相信，等我过上单调的乡村生活，我就会从早到晚坐在那里写写画画。要是什么事都发生——但我的预感告诉我，会发生什么事。我想好了，一定会发生什么事——就算没有别的事，那我也画了一幅画。

半个钟头前，我上床睡觉的时候，还困得要命。现在看了一会儿窗外，我的头脑清醒多了，我觉得好像可以一直写到天亮。但遗憾的是，我没什么可写的。再说，要是我想早点儿起来，就得按时睡觉。整个村子的人都睡着了，我真是个罪恶的城里人！广场上没有灯光在风中摇曳，外面什么都没有，只有深蓝的夜色和涨潮的味道。我一整天都在走路，从半岛的一边艰难跋涉到另一边。老M夫人真是了不起，竟然想到了这个地方！我一定要给她写一封热情洋溢的感谢信。在我看来，我从来没有领略过纯粹的海岸风光，从来没有欣赏过海浪、岩石和云彩的美景。这种前所未有的生活、光线和透明的空气，让我充满了狂喜的快感。海洋的色彩和声音拥有那么丰富的资源，叫我感到由衷的钦佩，一时说不出话来；我想，现在我见识到的还不到一半。等回来吃晚饭的时候，我又饿又累，脚又痛，晒得黝黑，浑身脏兮兮的——可是我比过去一年多都要快活。现在就等着画笔的胜利了！

6月11日——又是到处奔波的一天，还在海上漂泊。今天早上，我决定离开这家令人心烦的小酒馆。我再也受不了我的羽绒床了。我决定找个别的地方，远离镇上的水泵和"药房"。吃过早饭，我问老板有没有可能在偏远的农场和村舍里找到住处。可是老板要么不知道，要么不愿意知道。于是我决定四处走走，碰碰运气——在附近好奇地散步，唤起当地人热情好客的情感。可我从来没见过如此缺乏这种友好品质的民众。到吃午饭的时候，我已经绝望地放弃了。午饭过后，我漫步到近在眼前的港口。微风吹过明亮的海面，吸引我租了一条船，继续我的探险。我弄来一条旧木船，上面有一根短短的桅杆，竖在正中央，让船身看上去像是一只倒过来的蘑菇。我朝着觉得像是小岛的地方驶去，这个小岛低矮狭长，就在小镇的对面，大约三四英里远。我顺着风向航行了半个小时，最后在一个安静小海湾的沙滩上搁浅了。多美的小海湾啊！多么明亮，多么宁静，多么温暖，距离远处白色半圆形的小镇多么遥远！

我跳上岸，抛下了锚，陡峭的悬崖耸立在我面前，上面有一座古老废弃的堡垒高塔。我走上前去，走到了朝向陆地的入口。这座堡垒已经坍塌，只留下破旧的外墙，站在海滩上抬头仰望，可以透过裂开的巨大孔洞看到温柔的碧空。堡垒里面到处布满了岩石和荆棘，还有大量倒塌的砖石。我爬上护墙，看到了壮丽的海景。在宽阔的海湾那边，我看到缩小的城镇和乡村鳞次栉比，而在另一边，我看到了无边无际的大西洋——顺便说一句，所有的漂亮玩意儿都是经过大西洋从巴黎运来的。我花了整整一下午，绕着我上岸的小海湾周围的山丘漫步，没有留心过了多久，也不在意走了多少步，看着天边的流云和云帆，听着潮水冲刷卵石的美妙声音，踩死无辜的小鱼。我想起了一种特别的感觉，仿佛回到了十岁那年，星期六下午大概就是这么过的：自由自在地蹚水游泳，在黄昏时分一瘸一拐地回到家，还有差点儿抓到一只乌龟的奇妙经历。

等我回到岸边，我发现——我很清楚我发现了什么，不过出于羞愧，我就不用再说一遍了。老天知道，我从来就不是一个务实的人，我怎么没想到潮水呢？那艘旧船搁浅在高处，下面已经干涸，海浪退潮后，留下了扁平的绿色石头和浅浅的水坑，露出了生锈的船锚。要想把船挪动一英寸，我都完全做不到，更别说十几码了。我又慢慢地爬上悬崖，想到崖顶看看能不能找到帮手，可什么也看不见；我正要垂头丧气地下去，却看到一艘装备齐全的小帆船，从旁边的悬崖后面驶出来，沿着海岸前行。我加快了脚步，刚走到海滩，就发现这艘新来的船停在大约一百码远的地方。掌舵的人看我的眼神似乎有几分关切。我暗自祈祷，希望他的感情近乎于同情，我又是喊叫，又是打手势，请他到我们上方不远处布满岩石的小岬角。我就在那里和他会合，把我的遭遇告诉了他，他欣然地把我带上了船。他是一位客气的老先生，很有航海家的风度，似乎是乘着傍晚的微风在海上兜风散心。上岸以后，我去拜访了那艘旧木船的主人，讲述了我不幸的遭遇，表示如果明天早上发现船有损坏的话，我愿意赔偿损失；我想，无论情况有多么险恶，这艘船都能挺过下一次潮汐变化。不过说到那位老先生，我就算没有交到朋友，也肯定结识了一个熟人。我给了他一支上好的雪茄，还没等回到家，我们就成了非常亲密的朋友。为了报答我那支雪茄，他报上了自己的名字；他的语气似乎暗示，我这笔交易绝对没有亏本。

他的名字叫理查德·布朗特，"不过大多数人，"他补充道，"都叫我船长。"接着他开始问我的头衔和称呼。我没有对他撒谎，但只告诉了他一半的真相；要是他听了这样离奇含糊的说辞，心里还不计较，那他真是好心，保佑他单纯的心灵！事实是，我已经和过去决裂了。我平心静气地决定，要暂时抛开以往的自我，做个简单自然的人，我相信，这对我的成功——至少对我的幸福——来说是有必要的。一个尽人皆知每年有十万美元收入的人，怎么可能简单自然呢？那是最恶毒的诅咒。有钱已经够倒霉的了：让人家知道你有钱，仅仅因为你有钱而为人所知，这才是最倒霉的。我想我太骄傲了，没法靠着有钱成功。让我看看贫穷对我有什么好处。我已经开始了全新的生活，下定决心要依靠自己的本事。要是还不行的话，那我就要依靠百万美元的财富了；不过上帝保佑，我要试上一试，看看我自己有什么能耐。在这个幸运的十九世纪，年轻、强壮、贫穷就是出人头地的重要基础。我已经想好了，至少要从我这个时代的灵感源泉中喝上一小口。我回答船长的话有所保留，把前头这些道理说了一番。在穷人的心里，为他的兄弟着想是多么奢侈的事啊！我开始佩服起自己来。船长知道的只有这些：我是个受过教育的人，喜欢画画，到这里来是为了描绘海岸风光，培养这种爱好，也是为了我的健康着想。此外，我有理由相信，他怀疑我的收入窘迫，而且很会精打细算。阿门！顺其自然吧(Vogue la galère)！但我要说的重点是，他非常热情地提供住的地方。我告诉他，今天早上我找住处的时候并不顺利。他是个老派的绅士，也是感情用事的老式商船船长，两重身份加在一起着实奇怪。我想，这些身份的某些品质是很容易相通的。

"年轻人，"他若有所思地吸了几口雪茄后说，"我不明白，你住在酒馆里有什么意思，你周围的人有的是房子，不知道该派什么用场。酒馆只能算半个家，就像这种新式的螺旋桨只能算半条船一样。要不你四处走走，到我的住处去看看。我在镇子的左边有一所相当体面的房子。你看见那个老码头了吗？码头上有倒塌的货栈，后面还有一长排榆树，我就住在榆树丛里。我们有世上最可爱的小花园，一直延伸到水边。除了墓地以外，这里再安静不过了。你知道，从后面的窗户可以俯瞰海港，你能看到二十英里外的海湾，还有五十英里外的大海。你可以在那里画一整天的画，不用担心有人来打扰，就像在外面的灯塔船上一样。除了我和我女儿，家里没有别人，她是位十足的淑女，先生。她在一所女子学校教音乐。你瞧，人家都说，钱是个问题。我们还没有替人包办过食宿，因为从来没有人到我们的小路上来；但我想我们可以学点门道。我想你以前也寄宿过，可以让我们学一两手。"

这位老人饱经风霜的脸上流露出亲切诚恳的神情，他的谈吐也很友好。因此我立即跟他约定好了，但要征得他女儿的同意，我明天就能得到她的答复。这个女儿给我留下的印象，就像是画中的一个黑点。她是一所女子学校的老师，可能就是M夫人跟我说过的那所学校。我想她有三十多岁了，这种人我再熟悉不过了。

6月12日上午——除了乱涂乱画，我实在无事可做。"巴奇斯愿意[1]。"布朗特船长今早给我带来消息说，他的女儿对此报以赞许的微笑。我今天晚上就去报到，不过一两个钟头后，我就会把不多的行李送过去。

　　下午——我找到了住处。这栋房子距离小酒馆不到一英里，紧邻着港口，沿着一条非常宜人的小路就能走到。大约六点钟的时候，我就上门拜访了。布朗特船长描述过那个地方。有个很客气的老黑人请我进去，把我领进了花园，我看到两位朋友正在给花浇水。老人穿着家常便服和拖鞋，热情地欢迎我。他随和的举止很讨人喜欢——说到这一点，布朗特小姐也是如此。她很友好地接待了我。已故的布朗特夫人很可能是个有教养的女人。至于说布朗特小姐年过三十，她大概只有二十四岁，穿着一件洁白的连衣裙，脖子上系着一条紫罗兰色的丝带，扣眼里插着一朵玫瑰花蕾——相当于女人胸前戴的装饰。我觉得从这身装扮里，多少看出了礼貌周到、态度恭敬、欢迎我来的意思。我不相信布朗特小姐每天都穿白色细棉布裙子。她和我握了握手，坦率地对我讲了几句她的待客之道。"我们从来没有接待过房客，"她说，"所以我们对这方面也不熟悉。我不知道你想要什么，希望你不要期望太高。你要什么就开口直说，要是我们能做到，我们很乐意效劳；要是做不到，我得提醒你，我们就会直接回绝。"

　　说得好，布朗特小姐！最妙的是，她果然长得很美，而且很有气质：身材高挑，相当丰满。通常怎么形容漂亮女孩来着？白皙又红润？布朗特小姐不是个漂亮的女孩，她是个美丽的女人。她给人留下的印象是乌黑又红润，也就是说，她是个脸色红润的黑发美人。她有一头乌黑浓密的卷发，就像乌亮的光环，又像是缭绕的光晕。她的眉毛也是乌黑的，眼睛却是深蓝灰色的，就像我昨天看到的那些悬崖板岩的颜色，在潮水的冲刷下熠熠生辉。

不过，她的嘴长得最好，嘴巴很大，还有这个叫人厌弃的世界上最精致的一排牙齿。她的笑容很活泼，下巴饱满，有些圆润。这些优点都列出来还过得去，可惜没有画像。我绞尽脑汁想弄清楚，到底是她的外貌还是身材给我留下了最深的印象。想了也白想！说真的，我觉得两样都不是，而是她的举止让我难忘。她走起路来像个女王，头部有意摆出优美的姿态，无意间把手臂垂下来，带着漫不经心的优雅庄重，在花园小径上徘徊，闻着一朵红玫瑰的香味！她显然没有多少话可说，可是说起话来很得体，要是说得恰到好处，她还会露出非常甜美的微笑。的确，要是她不爱说话，那也不是因为胆怯。难道是因为冷漠吗？时间会说明这一点，也会说明其他问题。我坚持认为她很和蔼可亲。此外，她很聪明，可能相当矜持，也可能非常高傲。总的来说，她是一个很有个性的女人。布朗特小姐，这就是你的全身像——显然是一位淑女的肖像。用过茶点，她在客厅里给我们弹了几首曲子。我得承认，更打动我的是那个昏暗小房间的画面——钢琴上的一支蜡烛照亮了房间，还有布朗特小姐弹琴的魅力——而不是其中的意义。她似乎有非常出众的才华。

6月18日——我到这里已经快一个星期了。我住着两个非常舒适的房间。我的画室是一个宽敞而空旷的套间，南面有很好的光线。我用几张旧版画和素描装饰了房间，现在已经很喜欢这里了。我尽可能把绘画的杂物布置得有诗情画意，然后叫来了我的房东。船长默不作声地打量了一会儿，然后满怀希望地问我是否在船上试过身手。得知我还没有上过船，他又变得恭敬而沉默了。他的女儿微笑着，问起话来很有风度，说一切都是那么美丽，那么令人愉快；这让我很失望，我本来还以为她是个有独特见解的女人。她简直令人费解——也许她确实是个非常平凡的人，难道是我想错了？我总是认为女人的价值远远高于造物主的本意。说到布朗特小姐，我打听到了几件事。她不是二十四岁，而是二十七岁，从二十岁起就在城外的一所大型寄宿学校教音乐，她早先就是在那里上的学。我相信，她在这所学校的薪水相当丰厚，再加上另外教课的报酬，就是这个家庭的主要收入。不过幸运的是，布朗特船长有自己的房子，他的需求和习惯再简单不过了。对于生活必需品的世俗理论，还有享乐至上的世俗标准，他和女儿又有多少了解呢？说到布朗特小姐仅有的奢侈享受，不过是从流动图书馆借书，偶尔在海滩上散步，她像勃朗特小姐笔下的女主角一样，带着一只老纽芬兰狗漫步。我怕她是个无知透顶的人，因为她除了小说什么都不看。不过我也相信，她仔细读了这些作品，从中琢磨出了实用的学问。"我读了所有能找到的小说，"她昨天说，"但我只喜欢好看的。我很喜欢《扎诺尼》[2]，那本书我刚刚看完。"我一定要她读几本大师的著作不可。我真想让那些浮躁的纽约女继承人看看，这个女人是怎么生活的。我也想让俱乐部里的六七位绅士亲眼看看，他们卑微的仆人过的是什么日子。我们每天八点钟吃早餐，接着布朗特小姐戴上一顶破旧的帽子，披着一条破旧的围巾，动身去学校。要是天气好的话，船长就出去钓鱼，我就得自己想办法了。我陪这位老人出过两次海。第二次我很幸运地钓到了一条大蓝鱼，我们晚餐吃的就是这条鱼。

船长是健壮航海家的绝佳典范，他穿着宽松的蓝色衣服，两条腿叉得很开，有一头雪白的头发、开朗的面容、粗厚的皮肤。他出身于热爱航海的英国世家。大体来看，这座古旧的房子多少还留有船舱的影子。有两三次，我听到风从墙上呼啸而过，那是真正大海中的风。不知怎的，这种错觉因为异常灼人的光线而越发强烈。我的画室就像是一座庄严的观云台。我在里面坐上半个钟头，透过没有窗帘遮挡的高大窗户，看着云朵从窗前飘过。在房间的后面，有个声音告诉你，云朵属于海洋的天空；实际上，等你走近窗前，就会看到广阔的灰色海洋。镇上的这个地区非常安静，人们的活动似乎略过了这个地方，从此一去不复返，留下了几分无奈的忧郁。这里的街道干净、明亮、通风，但这个事实似乎只会让人更加清醒，暗示着一览无余的天空隐藏着衰落的秘密。在长久的寂静中，透出一种幽灵般的气息。我们经常听到船坞的喧闹，还有停泊在港口的三桅帆船和双桅纵帆船上发出的口令。

　　6月28日——我的实验效果比我想的要好得多。我觉得自在极了，内心平静得不可思议。我勤奋地工作，脑子里只有愉快的想法，几乎摆脱了过去的阴霾。一个星期以来，我每天都在外面写生。船长把我带到港口岸边的某个地方，我下了船，穿过田野，来到一个地方赴约，描绘岩石和阴影的特殊效果，而它们相当忠实地履行了这个约定。我在这里支起画架，一直画到日落，然后原路返回，等船来接我。我在各方面都信心倍增，作画的视野明显开阔了。而且，我确信自己完全能适应（适度）劳动和（相对）贫穷的生活，这使我感到难以形容的快乐。我很喜欢过穷苦的日子，要是这可以算作穷苦的日子。为什么不行呢？照这样下去，我一年花不了八百美元[3]。

7月12日——我们经历了一个星期的坏天气:雨从早下到晚。不用说,这是新英格兰最明亮也是最黑暗的地方。当然,天空会露出微笑,可是天空怎么能皱眉头呢?我没精打采地在窗前作画,天气真是太不利了……外边的倾盆大雨下得稀里哗啦,布朗特小姐出门去教学生了。她戴着一顶很大的羊毛兜帽,盖住美丽的头,穿着一件女式防水外套,裹住优雅的身形;她的脚上穿着厚重的木鞋,打着一把棉布雨伞遮住全身。等她回家的时候,雨滴在她红润的脸颊和乌黑的睫毛上闪闪发光,她的斗篷上溅满了泥点,双手被寒冷的湿气冻得通红,她是个多么健康的人啊!我每次见到她都会深深地鞠躬,她也特意对我报以灿烂的微笑。她热爱日常工作的性格,是我对布朗特小姐特别喜欢的地方。这件可爱又端庄的神圣工作服穿在她身上,就像古董窗帘一样朴素。她很少穿戴鲸骨裙和俗丽的装饰。毕竟,通红的手多么有诗意!我要吻你的手,小姐。我这样做是因为你乐于助人,因为你自食其力,因为你诚实、单纯而天真(对一个通情达理的女人来说);因为你说话做事都很有分寸;总而言之,因为你完全不像其他的女人。

7月16日——周一,天彻底放晴了。我起身走到窗前,发现天空和大海看起来明亮而清新,就像一幅灵动的英国水彩画。大海是深紫蓝色的;在海的上方,纯净明亮的天空显得颜色很淡,尽管天空在内陆地平线上连绵起伏,幽深无限。微风吹过黑暗的海面,不时泛起闪光的白色浪花,拍打着渔船的白帆。我一直在刻苦地画着素描;走了几英里,我就发现了一个孤零零的大池塘,坐落在荒芜岩石和草坡绵延的壮丽风景中,一端是望不到尽头的大海,另一端深深地隐没在苹果园的茂密树叶中,那里还矗立着一座看起来闹鬼的古老农舍。池塘的西边是一片广阔的岩石和草地，还有海滩和沼泽。羊群在池塘边吃草，就像高地的荒野景象。除了几棵矮小的冷杉和雪松，放眼望去没有一棵树。要是想找个阴凉的地方，我会找一块长满青苔的大石头，这些巨石的脊背在阳光的照耀下闪闪发光，要么走进狭长的山谷洼地，那里生长着黑莓灌木丛，环绕着一个倒映天空的池塘。我在一片平坦的棕色山坡上安顿下来，以极大的耐心把素描画成油画；最近连着几天都是晴空万里，我快要画完一张相当令人满意的习作了。我一吃完早饭就出去，布朗特小姐给了我一条餐巾，里面裹着面包和冷肉，到了正午时分，我独自沐浴在阳光下，在可以看到沉睡海洋的地方，我不顾手上还沾着颜料，贪婪地把食物送到嘴边。等到七点钟，我回去用茶点，这时我们就会各自讲述一天的工作。

对可怜的布朗特小姐来说，日复一日都是同样的生活：令人厌烦地在学校和市长、牧师、屠夫、面包师的家里兜上一圈，当然，这些人家的小姐都要学习弹钢琴。但她没有抱怨，事实上，她看起来也不是很疲惫。她换上一件喝茶穿的新印花布裙子，重新梳理好头发，做完这些事情以后，她迈着轻柔的脚步安静地走动，准备我们的晚餐，偷眼看看茶壶开了没有，切着实心面包——要么坐在门口低矮的台阶上，从晚报上挑些片段来读，等到用完茶点，她就抱着双臂（这个姿势很适合她），依旧坐在门口的台阶上，在舒适的闲聊中度过这个夜晚，她的父亲和我吸着芬芳的烟斗，看着灯光一盏一盏地在黑暗海湾的不同角落里亮起来。在这些时候，她是那么漂亮，那么快活，那么无忧无虑，完全是个通情达理的女人。船长为他的女儿感到多么自豪！作为回报，她对父亲的敬仰也是全心全意！父亲为她的优雅乖巧、聪明机智感到自豪，认为她是最多才多艺的女人。他听候她的吩咐，仿佛她不再是他熟悉的埃丝特，而是刚进门的儿媳。说实在的，我要是他的亲生儿子，他也不会对我更好了。

　　他们当然是——不，我为什么不能说呢？——我们当然是一个非常幸福的小家庭。这种生活会永远过下去吗？我之所以说我们，是因为父亲和女儿都叫我一百个放心——他是直接告诉我的，而她呢，不是我自作多情，她以女性的方式暗示过——我已经是他们敬爱的朋友了。我得到他们的好感是很自然的事情。我总是对他们礼貌周到。要想打动这位老人的心，就要对他的女儿多加体贴。我想，他知道我爱慕布朗特小姐。不过，如果我什么时候敢不守礼节规矩，他就要跟我算账了。这也是理所当然的事情，要是人们花起钱来只能精打细算，他们就有权追求感情的圆满。我为自己对女主人的礼貌感到很自豪。我的举止无可挑剔，不过我认为这不能算作我的功劳；因为我敢打赌，就算是最无礼的男人（不管他是谁），在没有得到明确许可的情况下，也不会在这位小姐面前失态。她那双深沉的黑眼睛，有一种令人生畏的强大力量。

　　我之所以要记下这件事，只是因为在未来的岁月里，等到我可爱的朋友成了远去的身影，翻开这些日记，我会愉快地找到几件事的书面见证，而我可能以为这些事完全是我想象出来的。我想知道，在未来的日子里，布朗特小姐为了几件琐碎的小事、某个平淡的日子和半掩的往日遗迹，在她的记忆里寻觅时，会不会想起我们的这个小秘密（这是我的叫法），会不会拨开多年堆积的便笺，辨认出写着这件事的模糊旧笔迹。她当然会的。撇开感情不谈，她是个记性极好的女人。我不知道她是否心地宽容，但她肯定不会忘记。毫无疑问，善行本身就是回报，不过礼貌地对待行善的人，也会带来双重的满足感。我与船长相处融洽还有另一个缘故，我让他有机会重温往日四海为家的感觉，卖弄他从前读过的只言片语，其中有些似乎非常古怪。在他看来，能把那些陈旧的掌故说给富有同情心的人听，真是一种莫大的享受。

那些七月温暖的傍晚，在芳香怡人的花园里，正是他谈笑风生的好去处。说到这一点，我们之间的关系很奇妙。像他那个行当的许多绅士一样，船长感到苦恼的是，他总也忍不住要讲冒险的传奇，即使说到最不相干的话题也是如此；观察他如何感知听众内心深处的情绪，探究对方是否准备好倾听他狡黠的谎言，也是非常有趣的事情。有时，故事刚讲到转折的地方，就没有了下文，我想，在船长想象的盐水深井里，那些故事是非常美好的，可是无法放到我充满忧虑的内陆浅水湖里。过了一会儿，听故事的人心神恍惚，动了感情，连原则也不顾了，他会一桶一桶地喝下老人的盐水，丝毫不觉得难受。故意撒个无伤大雅的小谎，还是故意相信这个谎言，到底哪种情形更糟糕？我猜想你不可能故意相信，你只是假装相信而已。因此，我在这出戏里扮演的角色，肯定像船长的角色一样蹩脚。也许我对他有意美化事实的行为很有好感，因为我自己也在这么做，因为我从头到脚都在隐瞒自己的真实身份。我不知道我的朋友们对事情的真相有没有怀疑。他们怎么会怀疑呢？总的来说，我觉得自己的戏演得不错。我很高兴看到一切来得这么容易。我不是说，放弃我那些微不足道的奢华享受有多么容易——谢天谢地，我和那些东西没有牢固的羁绊，只要猛然醒悟，我就能挣脱枷锁——而是我做得比预想的还要巧妙，抹去了可能暴露我真实身份的无数蛛丝马迹。

7月20日，星期日——这真是个叫我开心的日子；当然，在这一天里，我什么工作都没有做[4]。今天早上，我和女主人进行了愉快的交谈。她下楼的时候扭伤了脚踝，没办法去主日学校，也不能去做礼拜，只好待在家里的沙发上。船长是个虔诚守礼的人，他就一个人去了。我走进客厅时，教堂的钟声刚好响起，布朗特小姐问我是不是从来不去做礼拜。

"要是家里有更好的事可做，我就不去。"我说。

"还有什么比去教堂更好的事呢？"她天真可爱地问道。

她斜倚在沙发上，脚搁在垫子上，膝盖上放着《圣经》，不去做礼拜看起来一点儿也没有让她感到苦恼；我没有回答她的问题，而是冒昧地对她说了实话。

"可惜我不能去教堂，"她说，"你知道，我每个星期只有这个节日。"

"原来你把这天看作节日。"我说。

"见到认识的人难道不高兴吗？我得承认，我对布道从来都没什么兴趣，我也不喜欢教孩子们；可我喜欢戴上最漂亮的帽子，站在唱诗班里唱歌，在回家的路上跟别人一起散步——"

"跟谁一起散步？"

"谁愿意陪我，我就跟谁一起散步。"

"比如说，跟约翰逊先生一起。"我说。

约翰逊先生是村里的年轻律师，每周来家里拜访一次，他对布朗特小姐的殷勤早就被人看出来了。

"没错，"她回答说，"约翰逊先生就是个例子。"

"他会很想你的！"

"我想他会的。我们用同一本书合唱。你在笑什么？他好心地让我拿着书，自己却把手插在口袋里站着。上个星期天，我对他发了脾气。'约翰逊先生，'我说，'拿着这本书！你懂不懂礼貌？'他看着书突然大笑起来，今天他肯定得自己拿着书。"

"他真会使唤人！我想他做完礼拜会来看你的。"

"也许他会的。但愿如此。"

"但愿他不会来，"我直截了当地说，"我要坐下来和你谈谈，希望我们的谈话不要被打断。"

"你有什么特别的话要说吗？"

"也许不像约翰逊先生那么特别。"

布朗特小姐努力装出一副不动声色的样子，她本人却没有那么平静。

"他的权利，"她说，"比你的权利更重要。"

"啊，你承认他有权利吗？"

"才不是呢。我只是断定你没有。"

"请你见谅。我有几句话非说不可，我要求你在我早上拜访的时候不要分心。"

"你的要求肯定得到了答复。请问，我失礼了吗？"

"也许谈不上失礼，但是不体谅人。你一直在叹气，希望有第三个人陪在身边，你不能指望我爱听这话。"

"请问，为什么不行呢？我是个女人，都受得了和约翰逊先生来往，你是个男人，为什么不行呢？"

"因为他太自负了。你作为淑女，或者说至少作为女人，就喜欢自负的男人。"

"啊，是的；我可以断定，作为女人，我有各种不合适的爱好。这是常有的事。"

"无论如何，你得承认，我们的朋友是个自负的人。"

"承认吗？我都说过一百遍了。我把这个意思告诉他了。"

"真是这样！事情已经到了那个地步？"

"请问，到了什么地步？"

"一位淑女和一位绅士的感情到了关键的地步，他们喜欢挑剔对方的品行不端正。要当心，布朗特小姐！两个聪明未婚的新英格兰年轻男女，要是开始从道德上指责对方，他们的关系已经很深了。所以你对约翰逊先生说他很自负？我猜你还接着说，他也很爱讽刺和怀疑别人？他是怎么反驳的？让我想想。他有没有告诉过你，你有点矫揉造作？"

"没有，他把这话留给你来说，还说得这么巧妙。谢谢你，先生。"

"他把这话留给我来否认，岂不是更糟糕。你觉得这说得很巧妙吗？"

"考虑到今天这个日子，我觉得这件事很亵渎神明，洛克斯利先生。你还是走开吧，让我自己读《圣经》。"

"那这段时间，"我问道，"我该做什么呢？"

"要是你有《圣经》的话，你也去读吧。"

"我没有《圣经》。"

不过，我也只好告退了，答应半小时后再来见她。就算是为了良心，可怜的布朗特小姐也该读上几章。她是个多么纯洁正直的人啊！女性虔诚的做派多么叫人长见识！女人的小脑袋里有不少地方，什么东西都能放得下，就像她们出门旅行的时候，分门别类地把箱子塞满一样。我相信，这位年轻小姐把她的信仰藏在角落里，就像收纳她礼拜天戴的帽子一样——等合适的时机一到，她就把帽子取出来，戴到头上对镜自照，吹走完全想象出来的灰尘；世间还有什么尘埃能穿透六层细麻布和薄纸呢？天哪，拥有美好坚定的节日信仰，是多么令人欣慰啊！我回到客厅时，布朗特小姐还坐着，膝盖上放着《圣经》。不知何故，我已经没有心情开玩笑了。于是我一本正经地问她在读什么。她也一本正经地回答了我。她还问我，这半个小时是怎么过的。

"在想安息日的好处，"我说，"我一直在花园里散步。"接着我说出了自己的想法，"我在感谢上天，让我这个没有朋友的可怜浪子来到这么宁静的居所。"

"怎么，你就这么穷，连朋友都没有吗？"布朗特小姐很唐突地问道。

"你听说过哪个三十岁以下的美术生不穷吗？"我回答，"说真的，我的第一幅画还没卖出去呢。说到没有朋友，世上真正关心我的人还不到五个。"

"真正关心？恐怕你太纠结了。我觉得五个好朋友就很多了。我自己要是有两个好朋友，就很不错了。要是你没有朋友，可能要怪你自己。"

"也许是这样吧，"我说着，在摇椅上坐了下来，"不过，也许不是呢。你觉得我很讨厌吗？反过来说，你不觉得我很善于交际吗?"

　　她抱着双臂,静静地看了我一会儿,才开口回答。要是我的脸有点红,那也不奇怪。

　　"你要听的是赞美的话,洛克斯利先生,就是这么一回事。从你来到这里,我再也没有称赞过你,你一定很难受吧?可惜的是,你不能再多等一段日子,反而开始笨手笨脚地放诱饵。你这样的艺术家,根本不懂艺术。男人从来都不懂得等待时机。'我觉得你很讨厌吗?我不觉得你很善于交际吗?'毕竟,考虑到我的想法,你要求听到赞美也许没有错。我觉得你很有魅力。我就坦率地说吧,也很真诚地说,我想很少有人会这样看待你。我可以肯定地说,你不善于交际。你太挑剔了。你对我很体贴,是因为你知道,我明白你是这样的人。你瞧,问题就在这里,我知道你明白我知道这一点。别打断我,我还有很多话要说。我想让你明白,为什么我认为你不善于交际。你说约翰逊先生很自负,可是说真的,我认为他还没有你自负。你太自负了,不可能善于交际,而他不是那样的人。我是个不起眼的弱女子——你知道,跟男人比起来很柔弱。我要得到别人的关照——没错,就是这么说来着。要是对待像你这样有魄力、有见识的人,对待像你这样讨厌承担义务的人,你还会同样和蔼可亲吗?我想不会的。当然,对人施展魅力挺好的,谁不喜欢呢?这没什么坏处,只要有魅力的人别等着人家给好处就行。假如我是个男人,像你这样聪明的男人,见过世面,经得起诱惑,受得起怂恿,听得进劝告和反驳,你还会待我和蔼可亲吗?也许你会觉得这很荒谬,当然也会觉得很自负,但我认为我很善于交际,尽管我只有几个朋友——我的父亲和学校的校长。也就是说，我和女人打交道没有丝毫顾虑。我不是希望你这样，相反，这反而对你很自然。但我相信你和男人打交道不会是这样。你可能会问我，我到底知道什么。当然，我什么都不知道，只是我的猜测。等我说完了，我想请你原谅我刚才说的一切。但在此之前，先让我说几句。你做不到恭敬地听愚蠢偏执的人说话。我却不行，我每天都要听。唉，你不知道我教课的时候待人多么礼貌！每天我都要收起自尊，忍住尴尬的感觉——当然，你觉得我一点儿也不尴尬。比如说，我成天都为贫穷感到烦恼，这让我经常讨厌有钱的女人，也让我鄙视贫穷的女人。我不知道，你是不是因为手头拮据而受尽了折磨，要是这样的话，我敢说你是在躲着有钱人。我不喜欢这样，我喜欢走进有钱的人家，对待女主人很有礼貌，尤其是那些穿着讲究、无知又粗俗的女人。说到这里，所有的女人都像我一样，所有的男人或多或少都像你一样。毕竟，这就是我的布道词。跟我们比起来，我总觉得你们是十足的胆小鬼——只有我们才有勇气。要想善于交际，你就得鼓足勇气。你太有绅士派头了。去学校教书吧，要么在街角开一家杂货店，要不整天坐在律师事务所里等着客户上门，那么你就会善于交际。如今你只是讨人喜欢罢了。要是人们不关心你，那就要怪你自己。你也不关心他们。你应该对他们的夸奖很冷淡，这样挺好的；但你不在乎他们的冷淡。你待人很和气，你很好心，你也很懒散。你以为现在自己在工作，对吗？很多人不会把这叫作工作。"

现在肯定轮到我抱着双臂了。

"好了，"我的同伴说了我刚才说过的话，"请你见谅。"

"当然，等着听这句话倒是很值得，"我说，"我不知道该怎么回答。我觉得晕头转向，我不知道你是在批评我，还是在夸奖我。所以你是劝我在街角开一家杂货店，对吗？"

"我劝你做些不那么爱挖苦人的事。比方说，你最好结婚。"

"我倒是很乐意。你愿意跟我结婚吗？我没有钱结婚。"

"那就娶个有钱的女人。"

我摇了摇头。

"怎么不行？"布朗特小姐问道，"因为人们会指责你唯利是图？那又怎么样？我打算嫁给第一个求婚的有钱人。你知道吗，我自己过着这种烦心的生活，教小女孩认识音阶，翻来覆去地补我的裙子，我已经烦透了！谁第一个向我求婚，我就嫁给谁。"

"哪怕他是个穷人？"

"哪怕他又穷、又丑、又愚蠢。"

"那么，我就是你要找的人。要是我向你求婚，你会答应我吗？"

"试试看。"

"我非得跪下求婚吗？"

"不，你甚至不用跪下。我不是还坐着吗？真是太讽刺了。你就坐在那儿别动，懒洋洋地靠着椅子，把大拇指插在马甲里。"

假如我是在写一个浪漫爱情故事，而不是如实地写下经过，那我就会说，要不是门打开了，船长和约翰逊先生恰好走了进来，真不知道这个紧要关头会发生什么。当时约翰逊先生的心情好极了。

"埃丝特小姐，你好吗？你的腿骨折了，是吗？洛克斯利先生，你好吗？但愿我现在是个医生。到底是哪条腿，右腿还是左腿？"

他就用这种简单的问候讨布朗特小姐的欢心。他留下来吃晚饭，说起话来没完没了。我也不知道，究竟是因为我们的女主人一个钟头前对我说的话太生动了，还是她不愿意打断约翰逊先生的长篇大论，要么是对他漠不关心；但她那么优雅地保持沉默，那么巧妙地暗示"我们心知肚明"，表明她是个完美的主妇。相比那些在城里长大的小姐，这个妙趣横生的女人有不少同样出色的品行；只不过那些小姐的好品行是煞费苦心得来的，她却是自然天成的。我敢肯定，要是明天把她放在麦迪逊广场上，她匆匆看过四周一眼，也不会感到吃惊，那份从容的态度就连最高贵的小姐也要落了下风。

约翰逊是个心地善良的人，却风趣索然。我打量了布朗特小姐两三次，想看看他的俏皮话给她留下了什么印象，结果似乎没什么用处。但我比谁都明白，只有我知道：他们谁也逃不过她的手心。不过，我猜她心里想，她对这件事的感想与我无关。也许她说得对。这么形容你爱慕的女人不合适，但我忍不住猜想，她已经有点厌倦了 (nil admirari)。到底有什么事呢？谁能说得清楚？也许是因为往日的恋情。

7月24日——今天晚上，船长和我在港口转了半个小时。我拿出朋友的身份，不客气地问他，约翰逊是否想娶他的女儿。

"我猜他有这个想法，"老人说，"可我觉得他还是算了吧。你知道他是什么样的人：他很聪明，很有前途，也足够有钱。但不知怎么，作为男人来说，他不够格娶埃丝特这样的女人。"

"他配不上！"我说，"老实说，布朗特船长，我不知道谁配得上——"

"要是你就好了。"船长说。

"多谢夸奖。我知道，从很多方面来看，约翰逊先生比我更有资格娶她。"

"可我知道有一点，你比他更有资格——那就是，你是我们过去常说的上等人。"

"埃丝特小姐在星期天一声不响，对他客气极了。"我回答说。

"哦，她很尊敬他，"布朗特说，"照她现在的处境，她很可能会嫁给他。你瞧，她听腻了小女孩在钢琴上敲敲打打。她对音乐很敏感，"船长补充道，"我真奇怪她能忍受这么久。"

"她肯定会有更好的归宿。"我说。

"是啊，"船长回答说，他有个老实的习惯，就算不在乎你的意见，可是想到刚才的话，他的态度就有点不够坚定——"是啊，"他带着非常干巴巴的口气说，"她生来就要尽到她的本分。我们所有人生来都要如此。"

"有时候我们的本分也很没意思。"我说。

"说得没错，可又有什么用呢？我不想到死的时候，还没看到我的女儿有人养活。她靠教书挣的钱勉强糊口。有段时间，我以为她要过上安稳的日子，却成了泡影。原先有一个从波士顿来的年轻人，他到这里的缘故和你差不多，当时你还没来呢。他和埃丝特是很要好的朋友。有一天，埃丝特走到我面前，看着我的脸，对我说她订婚了。"

"'跟谁订婚了？'我说，不过我当然知道是谁，埃丝特也告诉我了。'你打算什么时候结婚？'我问道。

"'等约翰攒够了钱。'她说。

"'那要等到什么时候？'

"'也许要好几年以后。'可怜的埃丝特说。

"整整一年过去了，据我所知，这个年轻人离赚钱还远着呢。他总是在这个地方和波士顿之间跑来跑去。我什么也没问过，因为我知道，我那可怜的女儿希望我不要问。但终于有一天，我觉得是时候打听一下了，看看到底是什么情况。

"'约翰还没有赚到钱吗？'我问道。

"'我不知道，父亲。'埃丝特说。

"'你们打算什么时候结婚？'

"'不结了！'我可怜的小女儿突然痛哭起来，'求你什么都别问我，'她说，'我们的婚约已经结束了，什么都别问我。'

"'我就问你一件事，'我说，'那个伤了我女儿心的混蛋在哪里？'

"你真应该看看她瞧我的眼神。

"'伤了我的心，爸爸？你肯定是搞错了，我不知道你说的是谁。'

"'我是说约翰·班尼斯特。'我说，那是他的名字。

"'我想班尼斯特先生在中国。'埃丝特说，她的语气像示巴女王一样庄严。事情就这样结束了。我从来不知道里头的前因后果。有人跟我说，班尼斯特做中国贸易，很快就赚到了钱。"

8月7日——我已经两个多星期没有写日记了。人家告诉我，我病得很厉害，要我相信这话倒也不难。我想我是感冒了，坐在外面写生，画得太晚了。不管怎么说，我断断续续有些发烧。不过我睡得太多，时间似乎显得很短。我受到这位好心的老先生、他的女儿和女仆的悉心照料。愿上帝保佑他们所有人！我之所以提到他的女儿，因为老多萝西告诉我，有一天早上，我虚弱地熬了一夜之后，到了黎明时分，布朗特小姐在我床边守了半个钟头才走，而我却躺在床上睡得很沉。再次看到天空和海洋，真叫人感到快活。在敞开的窗边，我坐在安乐椅上，百叶窗关着，格子窗开着；我坐在房间里，把书放在膝盖上，无力地翻动着。我时不时地从阴暗凉爽的病房里窥探光明的世界。仲夏的正午！多么壮丽的景象！天上没有云影，海上没有浪花，只有阳光普照大地。对着花园看得久了，免不了会流眼泪。而我们——"霍布斯、诺布斯、斯托克斯和诺克斯"[5]——打算描绘那个光的王国。那就来吧(Allons, donc)！

这个最可爱的女人刚刚敲了门，端着一盘早熟的桃子走进来。桃子的颜色很漂亮，形态也很饱满，而布朗特小姐看起来苍白又消瘦。炎热的天气跟她过不去，叫她辛苦受累了。真可恶！当然，我衷心地感谢在我生病期间她对我的照顾，她不肯独自居功，叫我去感谢她的父亲和多萝西太太。

"我要特别提到，"我说，"疲惫的夜晚将尽的那个钟头，你悄悄走进来，就像端庄的黎明女神，驱散了我心中的阴霾。你知道，那天早上我才开始好起来。"

"那个钟头其实挺短的，"布朗特小姐说，"大概只有十分钟。"然后她开始责怪我，居然敢在康复期间动笔。看到我还在写日记，她就乐得直笑。"在这世上，"她嚷道，"多愁善感的男人最叫人讨厌。"

我承认我有点恼火，这样的批评似乎很没有道理。

"在这世上，"我回答说，"不多愁善感的女人最不讨人喜欢。"

"多愁善感和讨人喜欢都不错，只要你有那个闲工夫，"布朗特小姐说，"我可没有。我还不够有钱呢。早上好。"

要是换做另一个女人，我会说她突然冲出了房间。可是她的步态仿佛是朱诺女神，在帕里斯和拿着苹果的维纳斯面前，庄严地走过草地，整理好她的圣衣，撇下别人猜测她的脸色——

朱诺女神刚才回来说，她忘了半小时前要来做什么。晚饭我想吃什么呢？

"我刚才在日记本上写，你突然冲出了房间。"我说。

"真的吗？现在你可以写，我突然回来了。楼下有一只好吃的冷鸡。"下面略去不提。

8月14日——今天下午，我派人叫来一辆轻便马车，请布朗特小姐去兜风，我们先后去了三个海滩。回家的时候，我们感到多么快活啊！我永远忘不了在韦斯顿海滩上的艰难小跑。潮水落得很低，海滩上波光粼粼、浪花起伏，完全是我们的天地。昨天刮了一场大风，到现在还没有停，海面掀起了汹涌的巨浪。我们坐着马车一路跑来，缓慢地驶过坚硬的沙滩，越来越接近狭长的悬崖，在单调的海浪轰鸣中，响起了清脆的马蹄声。在我们的左边，黄昏的天色从浅白的天空穹顶，渐变为西边地平线翻滚的深绿色大海，仿佛是特纳[6]很喜欢的绚丽日落挂在天际。那是紫色、绿色和金色交织的壮丽景象，云朵在风中飞舞飘动，就像凯旋的战舰扬起巨大的旗帜，在风中吹出了褶皱，船首却隐在连绵起伏的波浪中看不见踪影。我们走到悬崖直落海滩的地方，我把马车停了下来，沿着低矮结实的棕色护栏往外看了一会儿，汹涌的海浪不停地扑向崖脚，溅起了浪花。

8月17日——今天傍晚，我刚点燃卧室的蜡烛，就看到船长有话要对我说。于是我就在楼下等着，老人和女儿像平常一样拥抱，看起来动人如画，他的女儿和我握了握手，对我笑了笑，我还从来没得到这样的待遇。

"约翰逊已经出局了，"老人说，他听见女儿上楼关上了门。

"你的意思是？"

他用拇指指了指楼上的房间，透过薄薄的楼板，我们听到了布朗特小姐轻快的脚步声。

"你是说他已经向埃丝特小姐求婚了？"

船长点了点头。

"遭到了拒绝？"

"没错。"

"可怜的家伙！"我真心诚意地说，"是他亲口告诉你的吗？"

"是的，他眼里含着泪水，想让我替他说话。我告诉他这没有用。接着他开始说我可怜的女儿的坏话。"

"还有这种事？"

"一派胡言。他说她狠心无情。她已经答应永远把他当朋友了，我真是没想到，真该绞死他！"

"可怜的家伙！"我说，现在我写到这里，想到他的希望破灭了，只能再说一遍，可怜的家伙！

8月23日——我整天到处闲逛，想着心事，做着美梦，就像人家说的那样，痴心妄想。这完全是浪费时间。因此，我觉得对我来说，最好的办法就是坐下来，写出我的故事来摆脱困扰。

星期四晚上，布朗特小姐碰巧告诉我，她第二天要放假，因为她教书的那所学校的女校长要过生日。

"下午四点要为住校的学生和老师举行一个茶会，"埃丝特小姐说，"四点钟喝茶！你们觉得怎么样？然后是最聪明的年轻小姐发表讲话。不需要我帮忙，所以我不打算去。爸爸，我们坐你的船出去好吗？洛克斯利先生，你来吗？我们要享用美妙的小野餐。我们穿过海湾，到对面的老布丁堡去。我们要带上晚餐，打发多萝西和她的妹妹待上一天，把房门钥匙放在口袋里。玩得不尽兴就不回家。"

我热烈地赞同这个计划，于是第二天早上，我们就行动起来，到了十点钟左右，我们从花园脚下的小码头出发了。那是一个完美的夏日，我就不用多说什么了。我们平静地到了目的地。我们抛下船锚，停泊在废弃堡垒（这是我的老朋友，也是我的宿敌）的背风面时，那种笼罩着大地和海面的奇妙寂静，让我永远也无法忘记。在温暖阳光照耀的悬崖底下，深邃透明的海水平静无波，仿佛是一面巨大的玻璃镜子，小船的龙骨划过水面时，我几乎以为会听到玻璃颤抖碎裂的声音。在透明的空气中，颜色和声音多么清楚分明！海滩泛起的小涟漪对着开阔的天空低语，听起来多么响亮！在小海湾的僻静角落里，我们无礼的声音显得多么刺耳！在清澈幽深的水中，长满青苔的岩石完美无瑕地叠在一起。闪闪发光的白色沙滩边上，堆积着很多气味浓郁的海藻，闪着黑色的光芒。在炽热碧空的映衬下，错落有致的陡峭悬崖耸立着崎岖的棱角。

我记得，布朗特小姐走上岸，站在海滩上，在悬崖凹处浓重的阴影映衬下，显得轮廓分明，而我和她父亲正忙着收拾篮子、系好船锚——我还记得，我说她的身影多么迷人。在克拉格索普的空气中，有一种我从未见过的饱和度——轻盈、明亮、纯粹，风景中的每件物品都大胆地突出自己。眼前的景色看起来就像是一幅画，还没有收尾，也缺少调和。布朗特小姐站在海滩上的身影多么惹眼，可是又多么可爱！她那件薄棉布裙子束起来，露出了白色的短裙，她别着黑色的薄纱头巾，脖子上系着蓝色的面纱，胳膊上搭着深红色的披肩，她戴着手套，一只手按着丝质小圆帽，另一只手压着起伏的面纱，在她的脸上投下一圈清晰的阴影，她那双快活的眼睛在阴影中闪闪发光，她幸福的嘴角扬起洁白的笑容——这些都是画中匆匆勾勒出来的几个亮点。

"年轻的姑娘，"我在海面上喊道，"我真希望你明白，你看起来有多美！"

"你怎么知道我不明白呢？"她回答道，"我想我看起来很美。你看起来也没那么糟。但不是我长得美，而是打扮得美。"

"该死！我要亵渎神明了。"我又喊道。

"先发誓吧。"船长说。

"我要说，你美得要命。"

"天啊！就这些吗？"布朗特小姐嚷道，她轻声笑了笑，要是守护海湾的海妖看见这笑容，准保会在水下的船舱里嫉妒死。

等船长和我把行李拿到岸边，我们的同伴已经轻快地爬到了悬崖顶上——那是个令人望而却步的地方——然后消失在崖顶。不久她又出现了，拿着一条洁白的手帕，得意地冲着我们挥舞起来，而我们还在提着篮子艰难地往上走。等我们到了山顶，停下来喘口气，擦了擦额头后，我们当然责怪了她，她正拿着阳伞和手套，无所事事地到处闲逛。

"你们以为我会自找麻烦干什么活儿吗？"埃丝特小姐兴高采烈地嚷道，"我难道不是来度假的？我连一根手指都不会动，也不会弄脏这副漂亮的手套，这是我花了一美元，从克雷格索普的道森先生店里买来的。等你们找到阴凉的地方放食物，就去找泉水吧。我很口渴。"

"小姐，你自己去找泉水吧，"她父亲说，"洛克斯利先生和我的泉水就放在这个篮子里。喝一口，先生。"

船长拿出一个结实的黑色瓶子。

"给我一个杯子，我去找点水喝，"布朗特小姐说，"只是我很怕蛇！要是你们听到尖叫声，就知道有一条蛇。"

"尖叫的蛇！"我说，"那可是一个新物种。"

现在听起来，这些话真是胡说八道！我们环顾四周，阴凉的地方似乎很少，在这个地区倒也常见。可是布朗特小姐是个精明能干的年轻姑娘，虽说她不想让我知道这一点，没过多久，她就找到了一汪清凉甘甜的泉水，就在风景宜人的小山谷的背阴处，藏在冷杉树底下。要是让一位模仿丁尼生的年轻诗人来描写，他准保会说：这儿，我和布朗特拿来了篮子，埃丝特斟满了水杯，把水滴到我们干渴的嘴唇上，铺好了桌布，把盘子摆在草地上。这个明亮而漫长的夏日充满了幸福、无聊的诗意、纯洁和美丽，说实在的，我只有做个诗人，才能写出一半来。我们一边吃，一边喝，一边聊天；我们不时用手抓东西吃，直接对着瓶口喝酒，嘴里塞满了东西说话，正好适合漫无边际地胡说（也是找借口）。我们东拉西扯地讲着故事。布朗特和我说了几个蹩脚的双关语，我觉得，布朗特小姐就像个小傻瓜（我是这么称呼的）。当时要是有多余的人在场，把这件事写下来，我就会说我们简直是在犯傻，不过既然没有傻瓜在场，那我就不必多说了。我觉得自己说了几句俏皮话，布朗特小姐也听懂了：酒后吐真言（in vino veritas）。亲爱的老船长不知疲倦地拉着小提琴，明亮的太阳停在我们的头顶，一整天都不肯离去，把光明和温暖洒满了整个画面。总有一天，我要画一幅画，在未来的岁月里，等到我亲爱的祖国有一所国立艺术学院的时候，这幅画会挂在宏伟的中央博物馆（比方说，位于芝加哥）的方形大厅里，让人们想到——更确切地说，让他们忘记——乔尔乔内、博尔多内和委罗内塞[7]的作品。这幅画的名字就叫《乡间节日》，描绘三个人在树荫下尽情吃喝，没有标明具体的地点，也不知道是什么时间；一位身材高挑的棕发女郎，小伙子支着手肘躺在地上，老人在畅饮美酒，一片空旷的天空，具有无限的艺术表现力。无论是色彩、画功和感觉，都精彩绝伦。画家的身份不明，据说是鲁滨逊，绘制于1900年。这就是我要画的内容。

吃过午饭，船长开始向海湾对面眺望，留意到一阵清风吹过，他说想驾船到海上转一两个钟头。他提出要我们沿着海岸往北走几英里，到那里和小船会合。他的女儿同意了这个提议，他就带着减轻分量的篮子走了，不到半个钟头，我们就看到他站在了岸边。但是过了很长时间，我和布朗特小姐都没有动身赶路，我们坐在树下聊天。在我们脚下的山崖上，有一条很宽的裂缝——几乎形成了峡谷——一直延伸到寂静的海滩，远处就是熟悉的海岸线。不过，像许多哲学家说的那样，万物皆有尽头，我们终于站了起来。布朗特小姐说，既然空气凉爽了，她想还是穿上披肩为好。我帮她把披肩整理好，披在她的肩膀上，她的深红色披肩压着黑色丝绸外衣，接着她又把面纱系在脖子上，让我拿着她的帽子，略微整理了她的发夹。我开玩笑地把帽子戴在自己头上；她看见以后，亲切地笑了起来，低下头去，抬起手肘，摸索着编辫子。然后她抚平衣服的皱褶，戴上手套，最后说，"好了！"——这照例是对时间和道德的赞美，就连最温和的消遣方式也是如此。

我们沿着小峡谷，缓缓走下山去。我们还沿着狭窄蜿蜒的海滩，慢慢走向前方，海滩一直延伸到低矮的悬崖脚下。一路走来，我们什么人都没有遇见。我们究竟说了什么话，我不需要在此重复，还是托付给我的记忆吧：我想我应该能记住。我们的谈话清醒而理智——想起这些话来，既轻松又令人愉快，甚至平淡无奇——哪怕其中有一丝的诗意，我也不愿意让听见的人来指点。我们没有感到内心的狂喜，也没有什么激动的言语，说真的，有一个人很少开口说话。不过，我猜想她是那种表面平静、内心情感丰富的人，难道我猜错了吗？布朗特小姐保持着高贵的沉默，我却非常健谈。她听我说话的时候，多么甜美可爱，多么有少女的风姿！

9月1日——我已经连续工作了一周。今天是入秋的第一天，给布朗特小姐读了一点华兹华斯的作品。

9月10日。午夜——我不停地工作到了昨天，也就是说，昨天也在工作。不过随着这一天的结束（也许是开始），进入了一个新的时期。我可怜乏味的旧日记，你总算要记下一件大事了。

过去三天，我们一直忍受着潮湿寒冷的天气，黄昏也来得很早。今天晚上，吃过茶点，船长到城里去了，他说是去办事了，我想是去什么济贫院或医院理事会。埃丝特和我走进客厅，房间似乎很冷。她从餐厅拿来一盏灯，建议我们生一点火。我走进厨房，抱来了一捧木头，她拉上窗帘，推开了桌子，我点燃了一团活泼的火焰，发出噼里啪啦的响声。两个星期前，她看见我这么做，肯定会抗议的。她不会主动提出自己去做，她才不会呢！但她会说，她不是来服侍人的，而是被人服侍的，还会假装去叫多萝西。我当然应该按自己的方式行事。但我们已经改变了这一切。埃丝特走到钢琴旁弹奏，我坐下来看书，一个字也没读进去。我坐在那里，望着我的女主人，忐忑不安地想着心事。我们成为朋友以来，她第一次穿上暖和的深色裙子，我想是用一种叫作羊驼的料子做的。我第一次见到她时，她穿着一件白色连衣裙，脖子上系着一条紫色丝带；现在她穿的是一件黑色连衣裙，还是系着紫色丝带。我记得，我坐在那里打量着她，心里还在想，这到底是同一条丝带，还是另一条相似的丝带。我的心提到了嗓子眼儿，但我还是想到几件类似的琐事。我终于开口说话了。

"布朗特小姐，"我说，"你还记得六月我第一天傍晚来到你家的情形吗？"

"记得很清楚。"她回答道，却没有停下来。

"你弹的也是这首曲子。"

"没错，我弹得也很吃力。我只学了一半。但这首曲子很精彩，我以为能打动你。可我没想到，你对音乐这么不感兴趣。"

"我没有特别留意这首曲子。我一心想着弹琴的人。"

"弹琴的人也想到了。"

"为什么你会这么想呢？"

"我真的不知道。你见过哪个女人猜中了人家的心事，还能说出理由来？"

"她们过后通常都会想办法编出一个理由。说吧，你的理由是什么？"

"嗯，你盯得太紧了。"

"怎么！我可不相信。你真不厚道。"

"你刚才还说，想让我编一个理由。就算真的有理由，我也记不清了。"

"你刚才对我说，你对那天晚上记得很清楚。"

"我说的是当时的情形，我记得我们喝茶时吃了什么，我记得我穿了什么衣服。但我不记得我的心情，当然不怎么令人难忘。"

"你父亲提议我搬来的时候，你说了什么话？"

"我问你愿意出多少钱。"

"还有呢？"

"还有，你看起来是不是'体面'。"

"还有呢？"

"就是这些，我告诉父亲，按他的意思办吧。"

她继续弹琴，我靠在椅子上，继续看着她，沉默了好一会儿。

"埃丝特小姐。"我终于开口了。

"说吧。"

"请原谅我总是打断你。不过,"我起身走到钢琴前,"我感谢上天,让我和你相遇。"

她抬头看着我,低头露出一丝微笑,双手仍在琴键上游走。

"上天对我们真是太好了。"她说。

"你到底还要弹多久?"我问道。

"我真的不知道。只要你想听下去。"

"如果你想按我说的做,那你就马上停下来。"

她的手在琴键上搁了一会儿,疑惑地瞟了我一眼。我不知道,她有没有从我脸上找到确凿的答案,不过她慢慢站起身来,装出一副听话顺从的样子,开始把钢琴合上。我帮她合上了琴盖。

"也许你想一个人待着,"她说,"我想你的房间太冷了吧。"

"没错,"我回答,"你说得太对了。我想一个人待着。我想独自享受熊熊燃烧的炉火。要不然你去厨房里和厨子待在一起?只有你们女人才会说出这么狠心的话。"

"我们女人狠心的时候,洛克斯利先生,自己也不知道。我们不是有意这样的。要是我们知道自己做得不厚道,就算不明白究竟犯了什么错,我们也会低声下气地求人原谅。"她对我深深地行了一个屈膝礼。

"我来告诉你,你犯了什么错,"我说,"过来坐在炉火边吧,说来话长。"

"说来话长?那我还是去干活儿吧。"

"别管你的活儿了!对不起,我是认真的。只求你听我说。相信我,你需要想清楚。"

　　她神态自若地看了我一会儿，我也迎着她的目光看过去。有那么一瞬间，我想能否把恋人的手放在她的肩上，也许不用说话，就能表明我的心意。我决定还是算了吧。她走过来，静静地坐在炉火旁的一张矮椅上。这时她耐心地抱起双臂，我在她面前坐了下来。

　　"对你来说，布朗特小姐，"我说，"一件事必须说得很清楚。你没有把一切看得理所当然的习惯。你有丰富的想象力，但你很少为别人发挥想象力。"我停了一会儿。

　　"这是我的过错吗？"我的同伴问道。

　　"与其说是过错，不如说是罪恶，"我说，"也许与其说是罪恶，不如说是美德。你的过错是，对一个爱你的可怜人过于冷酷无情。"

　　她突然发出一阵尖厉的笑声。我不知道，她是不是以为我指的是约翰逊。

　　"你说的那个人是谁，洛克斯利先生？"她问道。

　　"有那么多人吗？说的是我自己。"

　　"说真的？"

　　"说真的，我还没开始说呢。"

　　"你一直说的那句法语是什么来着？我想我也许会说，'那就来吧 (Allons, donc)！'"

　　"咱们还是说简单的英语吧，布朗特小姐。"

　　"'冷酷无情'当然是很简单的英语。我听不懂你的话里，哪一句更重要。哪个是主句，哪个是从句——按照你的说法，究竟是我冷酷无情，还是你爱我？"

"我的说法？你想让我怎么说？看在上帝的分上，布朗特小姐，认真点，不然我就换个说法。没错，我爱你。你不相信吗？"

"我愿意相信。"

"谢天谢地！"我说。

我想握住她的手。

"不，不，洛克斯利先生，"她说，"现在还不行，请你别这样。"

"行动比言语更响亮。"我说。

"没必要说得那么响亮，我听明白你的意思了。"

"我当然不会小声说话，"我说，"虽然我相信恋人之间有这样的习惯。你愿意做我的妻子吗？"

"我也不会小声说话，洛克斯利先生。是的，我愿意。"

现在她伸出手来——这就是我的大事。

9月12日——我们打算在三周内结婚。

9月19日——我在纽约待了一个星期，处理公事。昨天回来后，我发现这里的每个人都在谈论我们的婚约。埃丝特告诉我，这件事一个月前就议论过了，因为我没有钱，普遍让大家感到失望。

"说真的，要是你不介意的话，"我说，"我不明白别人为什么要介意。"

"我不知道你有没有钱，"埃丝特说，"但我知道我有钱。"

"真的呀！我不知道你还有私房钱。"此处略下不提。

这场小闹剧每天都会变着法子上演。我闲来无事，抽很多烟，双手插在口袋里，整天到处闲逛。六个月前，那种无休止的付出给我带来无法形容的厌倦，如今我已经解脱出来了。在那段时间，我失去了世代相传的首饰，我已经下定决心，无论如何，这次订婚决不能和商店打什么交道。我曾经在生活的诗意面前犹豫了，不会再有第二次了。我觉得这次没有那么大的危险。埃丝特全心全意地准备婚事。她对自己朴素的衣服很感兴趣，得意地给我看了她买的东西，对其他事情却很神秘，她很乐意给桌布和餐巾起名字。昨天晚上，我发现她在给桌布缝扣子。有一件灰色的丝绸连衣裙，我听说过很多次了，于是今天早上，她穿着这件连衣裙向我走来，上面装饰着天鹅绒，有褶边和拖尾裙裾，还有好些时髦的改动。

"这件衣服只有一个缺点，"埃丝特在我画室的镜子前踱着步说，"从我们的地位来看，恐怕穿不出去。"

"天哪！我要画你穿这件衣服的肖像，"我说，"这样我们就发财了。凡是有漂亮妻子的男人都会带她们来画像的。"

"你是说，凡是有漂亮衣服的女人吧。"埃丝特非常谦逊地说。

我们的婚礼定在下个星期四举行。我告诉埃丝特，婚礼要是办得越简单，婚姻就会越美满。只有她的父亲和她的好朋友——女校长会出席。我的秘密让我感到很不安，但我觉得还是留到蜜月再说，到时候可能就迎刃而解了。我被一种可怕的忧虑折磨着，要是埃丝特现在发现了这个秘密，整件事就会不可收拾。我在十英里外一个叫克利夫顿的小温泉酒店订了房间，酒店里已经没有城里人了，几乎只有我们俩。

9月28日——我们待在这里已经两天了。教堂里的小仪式进行得很顺利，我真的觉得对不起船长。我们直接坐马车来到这里，在黄昏时分到达了酒店。那是个阴冷暗沉的日子。我们有两间不错的房间，靠近汹涌的大海。不过，恐怕我还是犯了错，也许去内陆会更明智。这些事情都不重要：我们创造了自己的天堂，但我们几乎没有创造自己的土地。我坐在窗边的一张小桌子上写作，望着窗外的岩石、渐浓的暮色和升起的雾气。我妻子漫步走到屋前的岩石平台上。我可以从房间里看到，她没有戴帽子，披着那条深红色的旧披肩，和房东的一个小男孩说话。她刚刚给了那个小家伙一个吻，愿上帝保佑她！我记得她有一次告诉我，她非常喜欢小男孩；而我注意到，小男孩很少因为身上太脏，不能让她抱着放在膝盖上。我不知道是什么时候第一次读到这些日记，里面全是她的影子——想到她的时候比提到她的时候还要多。我想等她进来以后，我会拿给她看的。我要让她读这本日记，然后坐在她身边，看着她的脸，看着她逐渐识破这个天大的秘密。

后记——不知怎么的，我可以很安静地写下这篇日记；但我觉得，我不会再写下去了。埃丝特进来后，我把这本日记递给她。

"我想让你读一下。"我说。

她的脸色变得煞白，把日记放在桌子上，摇了摇头。

"我知道了。"她说道。

"你知道些什么？"

"你每年有十万美元的收入。但请相信我，洛克斯利先生，我知道了也没什么坏处。你在日记里提过一次，我生来就喜欢荣华富贵。我相信我是那种人。你假装讨厌你的钱；可你要是没有钱，你就不会娶我。要是你真的爱我——我想你是爱我的——你说出这件事也没什么差别。我没有傻到试图在这里讨论我的感情。但我记得我说过什么。"

"你以为我会怎么做？"我问道，"我会对你破口大骂，把你赶走吗？"

"我以为你会像我一样鼓起勇气。我从来没说过我爱你。我从来没在这件事上欺骗过你。我答应过会做你的妻子，所以我会信守承诺。我没有你想的那么深情，不过也有不少情分。我不能再骗一次了。天啊！你没看出来吗？你不知道吗？你明白我看出来了吗？你知道我知道了吗？真是棋逢对手。你欺骗了我，我也欺骗了你。现在你骗不下去了，我也骗不下去了，我们现在可算解脱了，每年有十万美元！对不起，但有时候我也会说出来！现在我们可以做善良诚实的好人了。以前这些美德都是装出来的。"

"这么说你看过那本日记了？"我问道，听起来可能有些奇怪，其实我是没话找话。

"是的，你生病的时候我看过了，就和你的笔一起放在桌子上。我读日记是因为我心里有怀疑。不然我不应该看的。"

"虚伪的女人才会这么做。"我说道。

"虚伪的女人？才不是呢，只是女人而已。我就是个女人，先生，"她笑了起来，"得了吧，你要像个男人！"

1　出自狄更斯小说《大卫·科波菲尔》，表示愿意和心上人结婚，或是某人乐于接受建议。

2　爱德华·布尔沃-利顿创作于1842年的爱情小说，主人公扎诺尼拥有神秘的力量，知道永生的秘密。

3　美国内战前黄金的平价为每盎司20美元，800美元相当于40盎司黄金。

4　出自《利未记23:3》：六日要做工，第七日是圣安息日，当有圣会；你们什么工都不可做。

5　出自罗伯特·布朗宁的诗Popularity，指的是那些模仿济慈的人。

6　英国浪漫主义风景画家威廉·特纳。

7　乔乔内、博尔多内和委罗内塞是意大利文艺复兴时期的知名画家。

四 次 会 面

1877年11月发表于《斯克里布纳月刊》(*Scribner's Monthly*)，原文为法语的部分，中文用楷体表示。

　　我只见过她四次，可是每次我都记得很清楚，她给我留下了难忘的印象。我觉得她长得很美，也很有趣——是个可爱动人的姑娘，那样的人我也见过几个，却没有她那么迷人。听到她去世的消息，我觉得很难过，可转念一想，我为什么要难过呢？我最后一次见到她时，她肯定不是——！还是把我们见面的情形依次写下来吧，那会很有意思的。

第一章

　　第一次见面是在乡下的小茶会上，大约是十七年前的一个雪夜。我的朋友拉图什要陪他的母亲一起过圣诞节，一定要我跟他一块儿去，那位好心的太太为了招待我们，特意举办了我说的茶会。在我看来，茶会确实颇具风味——可以说应有尽有：我从来没在那个季节到过新英格兰乡下。雪下了一整天，积雪没到膝盖，我不知道太太小姐们是怎么到这座宅子里来的；不过我猜想，正是因为外面天寒地冻，有两位来自纽约的绅士参加的茶会才有吸引力，她们冒着风雪也要来一趟。

　　那天晚上，拉图什太太问我"愿不愿意"给几位年轻小姐看看照片。照片就放在几个大相簿里，是她儿子带回家的，他和我一样，最近刚从欧洲回来。我环顾四周，惊讶地发现，小姐们多半都有自己感兴趣的事情，最生动的阳光美景也吸引不了她们。不过壁炉架旁边倒是有一个人，她打量着房间，露出一丝不易察觉的微笑，小心掩饰着内心的渴望，似乎与她的孤独格格不入。我看了她一会儿，然后选好了，"我想把照片拿给那位小姐看看。"

"哦，对了，"拉图什太太说，"她倒是合适的人选，她不喜欢卖弄风情——我去跟她说。"

我回答说，要是她不喜欢卖弄风情，她可能不是合适的人选，可是拉图什太太已经走了几步，请她过来。

"她很乐意，"我的女主人回来说，"她再合适不过了——多么沉静，多么聪慧。"她还告诉我，那位年轻小姐的名字叫卡罗琳·斯宾塞，随后把她介绍给了我。

卡罗琳·斯宾塞小姐不算是什么美人，不过娇小动人，依然讨人喜欢。无论怎么看，她都快三十岁了，长得却像个小姑娘，脸色也很娇嫩。她的头型再漂亮不过了，头发梳得好似希腊半身像的发式，不过她是否见过希腊半身像，还真令人怀疑。我觉得她很有"艺术气质"，要是北维罗纳截然相反的风气允许她有这种渴望，或是能够满足这种渴望的话。她的眼睛也许太圆了，老是露出惊讶的神色，但她的嘴唇透出温和的决心，露出牙齿的时候，显得迷人极了。她脖子上戴着的饰物，我想是女士们所说的"绉领"，用一枚小巧的粉红色珊瑚别针扣住；她手里拿着一把草编的扇子，上面装饰着粉红色丝带，身上穿着一件很薄的黑色丝绸连衣裙。她说起话来慢条斯理、温声细语，不笑的时候也露出漂亮的牙齿。她见我要给她看照片，似乎感到非常高兴，还有几分激动。我把几本相簿从角落里取出来，拿了两把椅子放在灯旁边，事情进展得很顺利。

这些照片大多是我熟悉的东西——瑞士、意大利和西班牙的全景，风光景观，著名建筑、画作和雕塑的写真。我尽力地讲解着，我的同伴一动不动地坐着，看着我手里的照片，她用扇面遮住下唇，轻轻地抚着嘴唇，我能感觉到她有点激动。我偶尔放下一张照片时，她很不自信地说（其实大可不必）："你去过那个地方吗？"我通常回答说，去过好几次了——我到过很多地方，尽管有人特意告诫我不要炫耀——然后我感觉，她用漂亮的眼睛睬了我一会儿。我一开始就问过她，有没有去过欧洲，她回答道："没有，没有，没有。"她压低了声音，似乎为了谨慎起见，压根儿不该提起这件事。后来她的目光虽然没有离开过照片，却很少说话，我担心她终于感到厌倦了。因此我们看完了一本相簿后，我就说，要是她愿意的话，我们就不再看了。我倒觉得这些照片确实吸引了她，但她的沉默让我感到困惑，我想让她说出来，于是转过身来想探个究竟，却见她的两颊泛起淡淡的红晕，不停地挥动着她的小扇子。她没有看着我，而是盯着靠在桌子旁还没有看过的相簿。

"你能给我看看那本吗？"她用颤抖的嗓音说，深深地吸了一口气，就像一个人登船出海，却觉得有点摇晃。

"非常乐意，"我回答说，"要是你不厌烦的话。"

"哦，我一点儿也不厌烦，我看得出神了。"听了这话，我拿起另一本相簿，她把手放在上面，轻轻地抚摸着。"你也去过这里吗？"

我打开了那本相簿，发现我确实去过那里。第一页照片中，有一张是日内瓦湖畔西庸城堡的景色。"这个地方，"我说，"我去过很多次了。真是漂亮，对吗？"我指着清澈平静的湖面上嶙峋的岩石和尖塔的完美倒影。她没有说，"哦，太迷人了！"就翻过去看下一张照片。她看了一会儿，问我这是不是拜伦笔下博尼瓦被囚禁的地方[1]。我回答正是，还想引用拜伦的诗句，却怎么也想不起来了。

　　她扇了一会儿扇子，一字不错地背出了那几句诗，声音柔和而平淡，但充满迷人的自信。不过背完以后，她还是脸红了。我对她连声称赞，向她保证，她完全有能力去游历瑞士和意大利了。她又斜睨了我一眼，想看我是不是说真心话，我又接着说，要是她想看到拜伦笔下的景色，就得尽快出国——可悲的是，欧洲越来越不像拜伦的时代了。"我最快什么时候去呢？"她随即问道。

　　"哦，我想十年之内吧。"

　　"好吧，我想到时候我能去的。"她字斟句酌地回答道。

　　"那你会很快活的，"我说，"你会觉得乐趣无穷。"就在这时，我偶然翻到了一张照片，上面我很喜欢的外国城市的一角，唤起了亲切的回忆。我兴致勃勃地谈论起来（我想是那样），我的同伴坐在那里屏息静听。

　　"你在那边待了很久吗？"我说完后，她过了一会儿问道。

　　"你瞧，要是前后加起来，时间是挺久的。"

　　"你去过很多地方旅行吗？"

　　"我游历过很多地方。我很喜欢旅行，幸好能出去旅行。"

　　她又一次把目光转向我，慢慢地、害羞地打量着我，"你懂得外国话吗？"

　　"懂得不多。"

　　"说外国话难吗？"

　　"我想你不会觉得难的。"我殷勤地回答。

"哦，我不想说——我只想听。"停了一会儿，她接着说，"他们说法国的剧院很美。"

"哦，那是世上最好的剧院。"

"你经常去剧院吗？"

"我第一次到巴黎的时候，每天晚上都去。"

"每天晚上！"她睁大了清澈的眼睛。"我听起来，"她的表情犹豫不定，"你讲的就像是童话故事。"过了一会儿，她又问我，"那你喜欢哪个国家？"

"有一个国家是我最喜欢的，我想你也会喜欢的。"

她的目光定住了，好像隐约受了启示，然后轻声说："意大利？"

"意大利。"我也轻声回答。我们亲热地交谈了一会儿。她看起来那么美，好像我不是给她看了照片，而是在跟她谈情说爱。她脸上泛起了红晕，显得更像了。沉默了一会儿，她终于开口说："那就是——我特别想去的地方。"

"对，就是那个地方——就是那个地方！"我笑了起来。

她又默默地看了两三张风景照。"他们说那里的花费不是很贵。"

"比起其他国家吗？没错，你可以把自己的钱赚回来。这还不是最重要的好处。"

"但全部的花费很贵，对吗？"

"你是说欧洲吗？"

"去欧洲旅行倒是件麻烦事，我没有多少钱。你知道，我是教书的。"卡罗琳·斯宾塞小姐说。

"哦，当然你要有钱，"我承认，"可只要精打细算，不用很多钱也能办到。"

"我想我能办到，我攒了又攒，总是往里头添钱，就是为了这件事。"她停了一会儿，然后带着压抑的热切心情说下去，仿佛把这个故事告诉我，是难得却不那么纯粹的满足。"你瞧，不仅是钱的问题——什么都成问题，样样都不顺心。我等了又等，还是空中楼阁，我都不敢说了。有两三次，眼看快要成行了，我提起这件事来，却又成了泡影。我已经说得太多了，"她说得言不由衷，我看得出来，她现在颤抖着说起来，高兴得不知怎么才好。"有位太太是我的好朋友——她不想去，可我总是跟她说起这件事。我想她一定是厌烦了。就在前几天，她还告诉我，不知道我会变成什么样。她猜想，要是我不能去，我会发疯的，但要是我能去，我肯定也会发疯的。"

"好吧，"我笑着说，"你到现在还没有动身——所以我想你一定是疯了。"

她说起什么都同样认真。"没错，我想我一定是疯了。我似乎没心思想别的事——也不用照片来刺激我！我老是放不下这个念头，对自己家里的事情都不关心，我本来应该操心那些事儿的。真是有点疯了。"

"好吧，那么只有出去才能治好，"我笑了笑，"我是说治好这种病。当然你可能还会得上另一种更严重的病，"我接着说，"就是你在那边得的那种病。"

"嗯，我想早晚有一天会去的！"她快活地嚷道，"我有个亲戚就在那边，"她接着说，"我想他会知道怎么照顾我。"我表示希望他能办到，我们是不是还翻了更多的照片，现在也想不起来了；不过我问她是否一直住在我遇见她的地方，"哦，不是，先生，"她急切地回答，"我在波士顿待了二十二个月又十五天。"我忍不住开了个玩笑，说要是这样的话，异国他乡可能会让她失望，但我完全没有让她扫兴。"我对那些地方的了解，可能比你想象的要多，"她很认真地反驳我的玩笑，"我指的是读书得来的见识——因为我真的读了不少书。其实我想我已经提前做好了心理准备。我不仅读过拜伦的诗——我还读了历史书、游览手册、文章和其他很多东西。我知道，我看到什么东西都会欣喜若狂的。"

"那包含的可太多了，但我了解你的情形，"我回答道，"你得了美国人的那种大病，还病得不轻——对色彩和形态充满了病态怪异的欲望，不惜一切代价，也要追求诗情画意和浪漫情调。我不知道，这是不是我们生来就有的病——还没有体验，就埋下了病根；也许我们很早就染上了这种病，几乎是在意识形成之前——我们环顾四周，感觉自己只能抓住这根救命稻草，为了拯救我们的灵魂，至少拯救我们的感官。我们就像沙漠中的旅行者，找不到水喝，眼前是可怕的海市蜃楼，受着幻觉和口渴的折磨，听到泉水飞溅的声音，看到数百英里外的绿树成荫、繁花美景。因此我们也感到口渴，更奇妙的是：我们面前是从未见过美丽的古老事物，等我们终于见到的时候——要是幸运的话！——我们就认出来了。亲身体验无非是证实我们充满自信的梦想，奉为神圣的信条。"

她瞪圆了眼睛听着。"你这种说法实在太妙了，我想事情就是这样。我什么都梦见过——我什么都会知道的！"

"在我看来，"我说了个无伤大雅的笑话，"你恐怕浪费了不少时间。"

"哦，是啊，那就是我最大的缺点！"我们周围的人开始散去，他们纷纷告辞。她站起身来，怯生生地向我伸出手来，却激动得脸上放光。

"我要回那边去了——非回去不可，"我一边说，一边和她握手，"我会恭候你的。"

狂热的信念让她激动起来，更显得容光焕发。"好啊，要是我失望的话，我会告诉你的。"她意味深长地挥动着她的小草扇，从我身边走开了。

第二章

几个月后，我又渡海东去，大约过去了三年。我一直住在巴黎，到了十月底，我从巴黎到勒阿弗尔去接两个亲戚，他们写信给我说快要到了。我赶到勒阿弗尔，发现轮船早就靠岸了——原来我迟到了两三个小时。我直接去了旅馆，客人们已经安顿了下来。我姐姐已经躺在了床上，旅途令她疲惫不堪，累得动弹不得；她受不了海上航行的颠簸，这次更是吃尽了苦头。她想暂时不受打扰地休息一下，只能见我五分钟——刚好够我们商量在此停留，休息一下，等到明天再说。我的姐夫很担心妻子，不愿意离开她的房间；但她坚持要我带他出去走走，好让他恢复精神，活动一下腿脚。

初秋的天气温暖怡人，我们漫步走过法国古老海港色彩绚丽的繁华街道，觉得心旷神怡。我们沿着阳光灿烂的热闹码头走去，拐进了一条宽阔漂亮的大街，大街一半在阳光下，一半在树荫里——这条法国的外省街道，仿佛是一幅古老的水彩画：多层房屋耸立着灰色的尖顶，砌着红色的山墙；窗口配着绿色百叶窗，顶上装饰着云形花纹；阳台上摆着花盆，门口站着戴白帽的妇女。我们走在树荫下，一切在阳光照耀的街景中铺展开来，构成了一幅画。我们边走边看，突然我的同伴停了下来，抓住我的胳膊，瞪大了眼睛。我顺着他的目光看去，发现我们刚好走到一家咖啡馆前，在遮阳棚的下面，人行道上摆放着几张桌子和几把椅子。后面是敞开的窗户，门边摆了五六盆花，人行道上撒满了干净的麦麸。这是一家可爱安静的老式小咖啡馆，透过屋里幽暗的光线，我看到一个矮胖的漂亮女人，她的帽子上系着粉红色缎带，坐在一面镜子前，对着一个我看不见的人微笑着。确切地说，这是我后来才注意到的；我首先看到的是一个女人，独自坐在外面的一张大理石面小桌旁。我姐夫停下来看着她。她的面前放着什么东西，不过她靠在椅背上，双手交叉，一动不动地望着街道，没有看见我们。我只看到她微微侧过来的脸，马上就觉得我们一定见过面。

"船上的那位小姐！"我的同伴嚷道。

"她也在你的船上吗？"我饶有兴趣地问。

"从早到晚都在。她从来不晕船，总是坐在船的一边，双手那样交叉着，望着东方的地平线。"

"那你要和她说话吗？"

"我不认识她，跟她没有什么来往。我不适合讨好太太小姐们。但我经常观察她，也不知道为什么对她感兴趣。她是个可爱的美国小妇人。我猜想她是个女教师，学生们凑了钱让她来度假的。"

她现在稍稍转过脸来，露出了侧面，看着对面尖顶的灰色房屋。于是我下定了决心。"我自己去和她说话。"

"我不去——她很害羞。"我的姐夫说。

"老朋友，我认识她。我在一次茶会上给她看过照片。"说到这里，我走到她跟前，她转过身来看着我，我越发认定了她的身份。卡罗琳·斯宾塞小姐总算实现了她的梦想。但她没能马上认出我来，露出了一丝困惑。我把一张椅子拉到桌子边，坐了下来。"你瞧，"我说，"但愿你没有失望！"

她愣了一下，脸色微微发红，接着轻轻跃起，认出我来。"就是你给我看过照片——在北维罗纳。"

"没错，就是我。这可真是太巧了，我是不是该给你办个宴会，正式欢迎你？我跟你说过那么多欧洲的事。"

"你说的还不够多，我真是太开心了！"她说。

她看起来确实很开心。她还是那么年轻，像以前一样端庄正派、娴静漂亮。如果说她当初给我的印象，就像一朵纤细柔弱的清教徒之花，那么可以想象，以她现在的情形来看，这朵明丽的花是否会更加动人。在她身旁，有一位老先生在喝苦艾酒；在她身后，系着粉色丝带的老板娘对围着长围裙的侍者嚷道："阿尔西比亚德，阿尔西比亚德！"我向斯宾塞小姐解释说，我身边的这位先生最近和她同船而来，我的姐夫走上前来，对她做了介绍。但她看他的眼神，好像从来没有见过一样。我记得他对我说过，她的眼睛总是盯着东方的地平线。她显然没有注意过他，仍然羞怯地微笑着，丝毫没有假装认识他的样子。我和她坐在露天的小咖啡座上，而他回旅馆去陪妻子了。我对我的朋友说，她上岸的第一时间，我们就见面了，真是巧得出奇，但我很高兴能在这里听到她的第一印象。

"哦，我没法跟你形容，"她说，"我觉得自己是在做梦。我已经在这里坐了一个钟头了，根本不想动。一切都是那么美妙浪漫。我不知道，是不是咖啡冲昏了我的头脑，这和我逝去的往日喝的咖啡太不一样了。"

"说真的，"我回答道，"要是你对平凡无奇的勒阿弗尔这么满意，等见了更好的地方，你就没什么可称赞的了。不要第一天就把你的欣赏力用完——要记得，这是你的智力信用证。记得所有美丽的地方和事物都在等着你。记得我们说过那个可爱的意大利。"

"我不怕欣赏力不够用，"她兴高采烈地说，依然看着对面的房子，"我可以在这里坐上一整天——对自己说，我终于来了。这里是那么隐秘，那么奇特，那么古老而与众不同。"

"顺便问一句，"我问道，"你怎么会待在这个奇怪的地方？你没有去找一家旅馆吗？"看到她这样娇俏的美人独自坐在人行道边，却显得心安理得，我觉得又好笑又吃惊。

"我的表弟把我带到这儿来，他刚走没多久，"她回答道，"我告诉过你，我在这边有个亲戚。他还在这里，真的是我表弟。"她直爽坦率地接着说，"今天早上他到船上来接我了。"

这太荒唐了——再说也不关我的事，我却莫名其妙地感到不安。"要是他这么快就抛下你走了，那他也就用不着来接你了。"

"哦，他才走了半个钟头，"卡罗琳·斯宾塞说，"他去拿我的钱了。"

我还是不明白，"你的钱究竟在哪儿？"

她似乎很少笑，但她听见这话笑得很开心。"我觉得还是告诉你才好！钱在旅行支票里。"

"那你的旅行支票在哪儿？"

"在我表弟的口袋里。"

这句话说得那么坦率直白，但说不清为什么，让我感到心生寒意。当时我根本解释不清自己的失态，因为我对斯宾塞小姐的表弟一无所知。既然是她的亲戚——这个可爱可敬的小人儿——那么他大概没什么问题。可是想到她上岸不过半个钟头，那少得可怜的钱就落到了他手里，我就感到心惊肉跳，"他要陪你一起旅行吗？"我问道。

"只陪我到巴黎。他在巴黎学美术，我一直觉得这很了不起。我给他写信说我要来，但没想到他会到船上来，我以为他会在巴黎接我下火车。他真是太好心了。不过，"卡罗琳·斯宾塞说，"他这人非常善良，也非常聪明。"

说来也怪，我马上觉得心情急切，想要见见这位学美术的聪明善良的表弟。"他去银行了吗？"我问道。

"是啊，去银行了。他先是带我去了一家旅馆——那个地方不大，又别致又精巧，中间有个庭院，四周都是走廊，还有一位可爱的老板娘，戴着一顶漂亮的褶边帽子，穿着非常合身的裙子！过了一会儿，我们出来到银行去，因为我手里没有法郎。可是我在船上颠簸得头晕，觉得还是坐下来好。他就给我找了这个地方，然后自己去银行了。我要在这里等他回来。"

她把经过讲得十分清楚，我却听得稀里糊涂，脑海里闪过一个念头：这位先生再也不会回来了。我在她身边的椅了上坐下来，决心看看事情究竟如何。她醉心于我们身边和周围一切的憧憬和想象中——她观察着，辨认着，赞美着，那份热情真令人感动。她留心看着我们面前的街道上出现的一切：千奇百怪的服饰、各式各样的马车、诺曼底的高头大马、肥胖的牧师、剪毛的狮子狗。我们谈论着这些东西，她那敏锐的洞察力和从书本中得到滋养的想象力，都有迷人的魅力。

"等你表弟回来，你们打算做什么？"我接着问道。

有点奇怪的是，她听了这话，还得想一下。"我们还不太清楚。"

"你们什么时候去巴黎？要是你坐四点钟的火车去，那我就有幸和你同行了。"

"我想我们不会坐那趟车，"她对这个问题倒是有准备，"我表弟觉得我最好在这里待几天。"

"哦！"我应声道，有五分钟的时间，我什么都没有说。我想知道，那个离开的家伙"干什么去了"(用粗俗的话来说)。我在大街上来回张望，却没看到那个聪明善良的美国美术学生的身影，最后我冒昧地指出，在欧洲旅行中，勒阿弗尔很难说是景色优美的港口。这个地方除了交通便利，没有别的特色，既然是中转站，那就应该快些中转才是。我劝她坐下午的火车去巴黎，顺便可以乘车去港口的古堡游玩，那座奇特的圆形建筑以弗朗西斯一世的名字命名，有点像小型的圣天使城堡——我可能真的预见到这座城堡会拆除。

她饶有兴趣地听着，有一会儿神情很严肃。"我表弟告诉我，他回来以后，有什么特别的事情要对我说，我没有听他说之前，我们什么都不能做，什么都不能决定。但我要催他快点跟我说，然后我们就到古堡去。弗朗西斯一世，你是说叫这个名字，对吗？那太好了，现在不用急着去巴黎了，我们有的是时间。"

说到最后几句，她抿着温柔纯洁的小嘴，露出了笑容，而我故意看着她，我想，从她的眼睛里，我看出了一丝不安的光芒。"你别跟我说，"我说，"这个讨厌的人会给你带来坏消息！"

她的脸涨得通红，仿佛给人识破了暗中的任性，但她正是心气高涨的时候，不可能泄气。"嗯，我猜不是什么好消息，可也不会坏到哪儿去。我好歹得听一听。"

我毫不顾忌地充当起权威来。"你瞧，你不是到欧洲来听的——你是来看的！"不过现在我相信她的表弟会回来的，既然他有什么倒霉的事情要对她说，他一定会来的。我们又坐了一会儿，我问她有什么旅行计划，她说起那些名字头头是道，一本正经地念起来，就像异教的信女用念珠诵经一样郑重：从巴黎到第戎，到阿维尼翁，从阿维尼翁到马赛和科尼斯路，再到热那亚、斯佩齐亚、比萨、佛罗伦萨、罗马。她显然从来没有想过，独自旅行会有什么不方便；既然她没有旅伴，我当然要礼貌地不作声，以免让她觉得不安全。

最后，她的表弟可算回来了。我看到他从一条小巷里向我们走来，从我看见他的第一眼起，我就知道他肯定是那个聪明（即使说不上善良）的美国美术学生。他戴着一顶宽边软帽，穿着一件破旧的黑色天鹅绒上衣，就像我在波拿巴街[2]上经常遇到的那种人。他的衬衣领子敞开着，露出一段脖颈，远远望去没有什么优雅的美感。他又高又瘦，一头红发，满脸雀斑。他走近咖啡馆的时候，我正好来得及捕捉到这些细节，他自然从夸张的帽檐下惊讶地盯着我。他刚走到我们面前，我立刻作了自我介绍，说自己是斯宾塞小姐的老朋友，听见我这样说，她倒是从容自若地默认了。他那双尖利的小眼睛狠狠地盯着我，挥动着他那顶破烂不堪的宽边软帽，按照欧洲的习俗，庄严地向我行了个礼。

"你不是坐船来的？"他问道。

"不，我不是坐船来的，我在欧洲住了好几年了。"

他再次装模作样地鞠了一躬，请我重新坐下。我坐了下来，但只是为了观察他一会儿，我知道该回到姐姐身边去了。在我看来，斯宾塞小姐的欧洲保护人是个很古怪的家伙。他天生的条件不适合打扮成拉斐尔或拜伦的模样，他穿着天鹅绒紧身上衣，露出来并不挺拔的脖子，与他的面容不怎么协调。他的头发剪得很短，紧贴着头皮，耳朵很大，长得却不对称。他的举止很懒散，看起来垂头丧气，与他那双敏锐而颜色奇怪（几乎是红棕色）的眼睛特别不相称。也许我是有偏见，但我觉得他的眼神太狡猾了。好一会儿，他什么也没说，双手拄着手杖，在街上四处张望。最后，他慢慢地举起手杖指着，"这地方很不错。"他平淡地低声说道，头歪向一边，眯起了丑陋的眼皮。我顺着他手杖的方向看去，指的是一块挂在旧窗户外的红布。"颜色不错，"他接着说，头一动也不动，半闭的眼睛转过来看着我。"构图不错。古老的色调很好。搞个像样的作品。"他用粗俗难听的声音说。

"我看你很有眼光，"我回答道，"你的表姐告诉我，你在学美术。"他还是那样看着我，却不回答，我故意客气地说："我想你是在哪位大师的画室里吧。"听到这里，他仍然盯着我，然后说出了当时最出名的大师的名字，于是我问他是否喜欢他的老师。

"你懂法语吗？"他反问道。

"略懂一些。"

他的小眼睛一边盯着我，一边说："我对绘画很着迷！"

"哦，这话我听得懂！"我回答道。斯宾塞小姐高兴地把手放在他的胳膊上，轻轻地拍着，表示能和这样会说外语的人相处融洽，真叫人高兴。我起身告辞，问她到巴黎住在什么地方，我可以有幸去拜访她。她要去哪家旅馆呢？

她转身向表弟询问，他又用那懒洋洋的小眼睛看着我。"你知道王子旅馆吗？"

"我知道在哪里。"

"对，就是那家店。"

"那我要祝贺你，"我对斯宾塞小姐说，"我相信那是世界上最好的旅馆；不过，万一我有时间在这里拜访你，你住在什么地方呢？"

"哦，那个名字很好听，"她高兴地答道，"诺曼美人。"

"我想我还是懂行的！"她的表弟插嘴说。我和他们告别的时候，他使劲朝我挥动着那顶夸张的帽子，像是在攻占的阵地上挥舞着一面军旗。

第三章

结果我姐姐的身体还没有好转，不能坐当天下午的火车离开勒阿弗尔，于是等到秋日的黄昏来临时，我终于有空到两位朋友说的那家旅店去拜访。说老实话，那段时间我老是在想，那个不讨人喜欢的家伙究竟要对她说什么不愉快的事。那家名叫"诺曼美人"的旅馆原来是一家小客栈，坐落在背街小巷里，想到斯宾塞小姐一定在这里领略到不少地方风情，我心里到底还是高兴的。这家客栈的小院子歪歪斜斜，多半是在这里接待客人，一道楼梯沿着外墙通向上面的客房，院子里有一座小滴水喷泉，中间放着一尊灰泥小雕像；有个戴着白帽、系着围裙的小男孩坐在厨房门口擦洗着铜器，老板娘穿着点缀整齐花边的衣服说个不停，把杏子和葡萄摆成金字塔的形状，放在粉红色的盘子上。我四下张望，看到一扇写着"餐厅"的门敞开着，门外放着一张绿色的长椅，只见卡罗琳·斯宾塞坐在那里。我刚看了她一眼，就知道从早上到现在发生了什么事。她背靠着长椅，双手紧握放在膝上，眼睛盯着院子的另一边，老板娘就在那边摆弄杏子。

但我看得出来，可怜的好姑娘，她想的根本不是杏子，也不是老板娘。她心不在焉地望着，想着心事；走近一看，我就断定她刚刚哭过了。我在她身边坐了下来，她还没有察觉，等她反应过来，却不感到惊讶，只是转过身来，向我露出了悲伤的面容。一定发生了什么糟糕透顶的事情，她完全变了样子，我立刻道破了她的心事，"你的表弟给你带来了坏消息。你觉得很难过。"

过了一会儿，她什么话也没有说，我想她是怕一开口，就会忍不住流下眼泪。后来我才想到，我离开她以后的几个钟头里，她已经把眼泪流光了——所以她现在极为冷静镇定。"我那可怜的表弟有个消息，"她终于回答道，"他遇上了大麻烦，他带来的消息糟透了。"她闷闷不乐，有意停了一会儿，又接着说："他非常需要钱。"

"你是说需要你的钱？"

"只要他能弄到手的钱——当然要用体面的手段。只有我的钱，他能弄到手。"

好啊，我一开始就确信无疑！"他把钱从你手里拿走了？"

她又迟疑了，脸上却流露出恳求的神情。"是我把钱给他的。"

我记得这句话的声音，是我听过最像天使的人声——也正是这句话让我感觉气坏了，忍不住跳了起来。"我的老天爷呀，小姐，你说他捞钱用的是体面手段吗？"

我说得太过分了，她的眼睛都红了。"我们不要说这件事了。"

"我们必须要说这件事，"我一边说，一边再次在她身边坐下，"我是你的朋友——说真的，我是你的保护人；在我看来，你需要一个保护人。这个古怪的家伙出了什么事？"

她倒是能说出来，"他欠了很多债。"

"那还用说！你这么匆忙地把钱给他，到底有什么特别的缘故？"

"嗯，他把经过都讲给我听了。我真心同情他。"

"要是你落到了那个地步，我也会同情你！"我严厉地说道，"但我希望他会直接把钱还给你。"

说到这件事，她回答得倒是爽快。"他当然会还的——只要他有钱就会还的。"

"那到底是什么时候呢？"

她依然说得很清楚，"等到他画完伟大的作品。"

这句话像是扇了我一个耳光。"我亲爱的小姐，叫他伟大的作品见鬼去吧！那个贪心鬼在哪儿？"

好像她一定要让我感觉，是我逼她回答的！尽管他就在他该在的地方。"他在吃晚饭。"

我转过身，透过敞开的门向餐厅望去。果然，在一张长桌的尽头，独自坐着我朋友同情的那个家伙——聪明善良的年轻美术生。起初他正埋头吃饭，没有注意到我，可是他放下一个喝光了的酒杯以后，看到了我的眼神。他停下来不吃了，头歪向一边，瘦弱的下巴慢慢地动着，坚定地回望着我的目光。这时，老板娘拿着摆成金字塔的杏子，轻巧地走了过去。

"那一小盘漂亮的水果是给他的吗？"我抱怨道。

斯宾塞小姐温柔地瞥了一眼。"他们好像把每样东西都摆得很好看！"她叹了口气。

我感到恼火，又无可奈何。"得啦，说真的，"我说，"那个又高又壮的家伙抢走你的钱，你觉得这样对吗，你觉得这样体面吗？"她把目光从我身上移开，我显然说到了她的痛处。这件事没有指望了，那个又高又壮的家伙得到了她的"关心"。

"我这么不客气地说他，你可别恼，"我说，"可你实在太慷慨了，而他显然连最起码的体贴都没有。他的债是自己欠的，他应该自己还。"

"他太傻了，"她固执地说，"我当然知道。他什么都告诉我了。今天上午我们谈了很长时间——那个可怜的家伙求我发善心。他欠了一大笔钱。"

"那他就更傻了！"

"他真的没活路了——不只是他自己，还有他可怜的年轻妻子。"

"啊，他还有可怜的年轻妻子？"

"我以前不知道——可他彻底坦白了。他两年前结了婚——私自成婚。"

"为什么要私自成婚？"

这位向我透露消息的姑娘小心谨慎，像是生怕有人听去了一样。接着她压低了嗓音，严肃地说："她可是位伯爵夫人！"

"这件事你拿得准吗？"

"她给我写过一封最美的信。"

"她还没有见过你，就写信问你要钱！"

"她要的是我的信任和同情，"斯宾塞小姐兴高采烈地说，"因为他们俩的感情，她的家人待她太狠心了。我的表弟把细节都说给我听了，她向我求助的信写得动人极了，那封信就在我的口袋里。这个旧世界的爱情故事多么美妙动人啊！"我那了不起的朋友说，"她是个年轻漂亮的寡妇，第一任丈夫是位伯爵，出身非常高贵，人品其实坏透了，跟他在一起生活并不幸福，那人还用尽了各种办法欺骗她，死后又让她破了产。我那可怜的表弟就是在那种情形下遇到了她，也许对她的怜悯之情过于冒失，对她有了好感，理解她的处境，你明白吗？"卡罗琳说起这件事来，真是神采动人！——"可是她经历了这么多，还是愿意相信好男人。只是她的'亲眷'——这是他的说法，我确实喜欢这个词！——知道她愿意嫁给他，他只不过是个学美术的美国学生，年轻、有才华却穷苦，她的姑婆、老侯爵夫人对她厌恶透顶，连话都不愿意对她说，更不用说理睬他了，因为她爱慕他，原本指望从姑婆那里继承财产，却为了爱情做出了牺牲。他们傲慢骄气得厉害，看来他们在这里可以目中无人，"她说得那么妙不可言，"这也无可厚非！就像什么出名的古书里的故事。我表嫂的那个家族，"她几乎得意地总结道，"是最古老的普罗旺斯贵族。"

我听得一头雾水。这个可怜的女人肯定觉得，被贵族血统的精英骗了怪有趣的——要是这里头真的有什么贵族血统、精英，哪怕有一丝真相就好了——她其实根本不明白，失去积蓄对她意味着什么。"我亲爱的小姐，"我叹息道，"你不会听了这种胡说八道，就愿意让人家卷走你的每一分钱吧！"

听了这话，她维护起自己的尊严来——就像是一只剪了毛的粉色小羊羔那样。"这不是什么胡说八道，我的钱也没有被卷走。我不会过得比以前还糟糕，你不明白吗？我很快就会回来和他们住在一起。伯爵夫人——他还是叫她从前的头衔，他说英国人就是这样称呼贵族寡妇，叫作'孀居贵妇'，你不知道吗？人家坚持要我有时间来拜访。所以我想我可以重新开始——同时我也可以再把钱攒起来。"

这太令人心碎了。"那么你马上就要回家吗？"

我感觉到她的声音在微微颤抖，她勇敢地想要掩饰。"我没有钱去旅行了。"

"你把钱全都给他了？"

"我留下来的钱足够我回去了。"

我想，我发出了一声怒吼，就在这个紧要关头，这出戏的主角又登场了，这走运的家伙抢走了我的小朋友神圣的积蓄，迷倒了她刚才对我描述过的那位贵妇人，他心里很清楚，这顿大餐是壮着胆子赚来的，他也享用得心安理得。他在门槛上站了一会儿，从一颗饱满的杏子里取出了核，这是特意给他留的；然后他把杏子放进嘴里，一边满意地让杏子入口即化，一边站在那里看着我们，他的两条长腿分开，双手插在天鹅绒外套的口袋里。我的同伴站起身来，瞥了他一眼，我在走廊上看到了她的眼神，眼神中既有顺从，也有陶醉——那是她牺牲了自己剩下的碎片，同时带着强打精神的痛苦。虽然我觉得他丑陋、粗俗、自命不凡、为人不老实，连一点像样的风度都没有，可他成功地唤起了她热切而温柔的想象。我深感厌恶，但我没有理由去干涉，何况我觉得这也是白费工夫。他一边挥手，一边露出赞赏的目光。"不错的旧庭院，不错的老地方，弯曲的旧楼梯也不错，有好些漂亮玩意儿。"

我实在受不了了，就没有回答，向我的朋友伸出手去。她仰着白皙的小脸，瞪着圆圆的眼睛看了我一会儿，她露出漂亮的牙齿时，我猜她是想笑一下。"不要为我难过，"她高傲地恳求道，"我敢肯定，我还会看到这个可爱的老欧洲的什么东西。"

不过，我不愿意和她就此道别——第二天早上我还要抽空再来。她那可怕的亲戚又戴上了宽边帽，挥动着帽子，向我点头示意——我赶紧走了。

第二天一大早，我就回来了，在客栈的院子里遇到了老板娘，她穿的衣服比头天晚上宽松多了。我问起斯宾塞小姐时，这位好心的太太说，"请坐，先生，她昨晚十点钟就走了，跟她的——不是她丈夫，对吗？——反正跟那位先生走了。他们上了去美国的船。"我转身离开了，觉得眼泪在眼眶里打转，这个可怜的姑娘在欧洲待了大约十三个钟头。

第四章

说到我自己，运气要好得多，还在为我遇到的机会做出牺牲。在此期间——大约过了五年——我失去了我的好友拉图什，他在游览黎凡特的时候死于疟疾热。我回到美国后，第一件事就是去北维罗纳慰问他可怜的母亲。我发现她悲痛万分，就在赶到的第二天——我是头天夜里到的——陪她坐了整整一个上午，听着她流泪哭诉，为我的朋友唱着赞歌。我们谈的就是这些事情，最后来了一个利索的小个子女人，我们的谈话才算结束。她赶着一辆轻便马车来到门前，只见她把缰绳扔到马背上，就像梦中惊醒的人掀开被子那样轻快，她从轻便马车上跳下来，冲进了房间。原来这是牧师的太太，也是镇上出名的传声筒，她显然是以后者的身份，要说什么精彩的消息。我想得一点儿也没错，因为可怜的拉图什太太没有因为丧子之痛就不愿听她讲话。在我看来，还是避开比较妥当，我就说想在晚饭前出去走走。

"顺便问一下，"我接着说，"要是您能告诉我，我的老朋友斯宾塞小姐住在哪里，我想去看看她。"

　　牧师太太回答得倒是爽快。斯宾塞小姐住在浸信会教堂后面的第四栋房子里，浸信会教堂就在右边，她家门上有个奇怪的绿色顶盖，人家叫作门廊，不过看起来像是在空中摇晃的老式床架。"对了，一定要去看看可怜的卡罗琳，"拉图什太太进一步叮嘱道，"看见陌生的客人，会让她振作起来的。"

　　"我想她对陌生的客人领教得够了！"牧师太太嚷道。

　　"我是说，看见有趣的客人。"拉图什太太改口道。

　　"我想她对有趣的客人也领教得够了！"她的同伴回答道，"你不见得要待十年吧。"她用意味深长的目光看着我说。

　　"她有那样的客人吗？"我毫不知情地问。

　　"你会认出来的！"牧师太太说，"很容易就瞧见她，她平常都坐在前院里。不过你对她说话要小心，一定要很客气。"

　　"啊，她这么难伺候？"

　　牧师太太跳了起来，向我行了个屈膝礼——一个极具讽刺意味的屈膝礼。"我一点儿也不冤枉她，你瞧着吧，'伯爵夫人！'"

　　说到这个头衔，她的语气刻薄透顶，似乎在嘲笑那位贵妇人。我站在那里瞪大了眼睛，觉得有点吃惊，想起了什么。

　　"哦，我会很客气的！"我喊道，拿着我的帽子和手杖就向外走去。

　　我毫不费力地找到了斯宾塞小姐的住处。浸信会教堂很容易认得出来，附近有一座白色的小房子，墙面褪色斑驳，正中有个大烟囱，五叶地锦攀援而上，看起来很适合做老姑娘的隐居之所，她喜欢花钱不多却有显眼的效果。我走近的时候，放慢了脚步，因为听说有人总是坐在前院里，想要侦察一下。我小心地从低矮的白色栅栏向里望去，这道栅栏隔开了小花园和没铺路面的街道，但我没有看到什么伯爵夫人的身影。一条笔直的小路通向门口歪斜的台阶，两边的小草坪四周长满了醋栗丛。在左右两边的草坪中央，各有一棵高大的榅桲树，虬枝弯曲，古意盎然。一棵榅桲树下摆着一张小桌子和两把轻便的椅子，桌子上放着一件没做完的绣品，还有两三本色彩鲜艳的纸皮书。我从大门进去，走到半路停了下来，仔细打量着这个地方，找寻主人的更多迹象，想到要出现在她面前，我突然迟疑起来，自己也说不清为什么。此时我才看出，这栋可怜的小房子破旧不堪，突然怀疑自己进去是否妥当，毕竟我是出于好奇心而来，而好奇心是无法让人信服的。就在我犹豫的时候，一个人影出现在敞开的门口，站在那里看着我。我马上认出是斯宾塞小姐，但她看着我的神情，仿佛我们从来没有见过面。我摆出一本正经的样子，却胆怯心虚，轻轻地走到门口的台阶上，试着友好地同她攀谈。

"我在那边等你回来，可你再也没有来。"

"在哪儿等我，先生？"她颤抖着说，那双天真的眼睛圆睁着，就像以前一样。她老多了，看起来又疲惫又憔悴。

"怎么，"我说，"我在法国的古老港口等着你呢。"

她瞪大了眼睛，接着认出了我，笑了起来，脸色泛红，双手紧握在一起。"我现在想起你了——我想起了那一天。"但她站在原地，既没有出来，也没有请我进去。她感到很窘迫。

我也觉得有点尴尬，用手杖戳着那条小路。"年复一年，我一直盼着你去。"

"你是说在欧洲吗？"她懊恼地吸了一口气。

"当然是在欧洲！在这里很容易就能找到你。"

她的手扶着没刷漆的门柱，头微微歪向一边。她这样望着我，没有说话，我注意到她的眼神，那是女人快要泪流满面的眼神。她忽然走到门槛前破裂的石板上，关上了门。她勉强的微笑非常刺眼，我看到她的牙齿和以前一样漂亮，但也曾经流过眼泪。"从那以后你一直在那儿吗？"她压低声音问道。

"三个星期前才离开，而你——你再也没有回去过？"

她依然尽可能对我绽放光芒，把手伸到身后，重新打开了门。"我真是失礼了，"她说，"你不进来吗？"

"恐怕我打扰你了。"

"哦，不！"她现在不想听了，推开了门，示意我进去。

我跟着她进了门。她领着我走到狭窄的门厅左边的一个小房间，我想这就是她的客厅，不过是在房子的后面。我们经过另一个关着门的房间，里面显然可以看到槭椊树，而从这间房里向外望去，能看到一个小木棚和两只咯咯叫的母鸡。我觉得这个房间很美，后来才看出来，这份雅致尽显朴素的风味；过了一会儿，我觉得房间更美了，因为我从来没有见过褪色的印花棉布和老旧的网线版画，用刷了清漆的秋叶框起来，布置得如此优雅动人。斯宾塞小姐在沙发边上坐下来，双手紧握放在大腿上。她看起来老了十岁，我觉得现在不必再形容她的容貌了。但我仍然觉得她很有趣，至少很动人。她的情绪特别激动，我尽量装作没注意到。突然，我不免想起我们在那个古老的法国港口的相遇，前言不搭后语地对她说："我的确打扰你了。你又感到为难了。"

她举起双手捂着脸，好一会儿没有动，然后放下双手。"因为你让我想起来了。"她说。

"你是说，我让你想起了勒阿弗尔那可怕的一天？"

她吃惊地摇了摇头。"那不是可怕的一天，而是快活的一天。"

哦，是吗？听到这句话，我的反应肯定是这样的。"第二天早上我去了你住的客栈，发现你已经伤心地走了，我从来没有那么吃惊过。"

她等了一会儿，接着说："请不要再谈这件事了。"

"你是直接回到这里的吗？"我还是接着问下去。

"我动身三十天后，就回到了这里。"

"从那以后你就一直待在这里吗？"

"每时每刻都在这里。"

我听明白了，不知道该说什么好，接下来说的话几乎带着嘲弄的语气。"那你打算什么时候去旅行呢？"这话问得很不客气，可是她听天由命的态度，让我感到恼火，我想逼她露出不耐烦的神情。

她盯着地毯上的一小块阳光看了一会儿，然后站起来，把百叶窗放下一点，遮住了阳光。我等待着，满怀关切地看着她，似乎她还有什么话要对我说。过了一会儿，为了回答我刚才的那个问题，她开口了："再也不去了！"

"我希望你表弟至少把钱还给你了。"我说。

听到这话，她又一次转过头去。"我现在不在乎了。"

"你不在乎你的钱吗？"

"不在乎去欧洲了。"

"你是说，就算你能去，你也不会去了？"

"我不能——我不能去了,"卡罗琳·斯宾塞说,"别再提这件事了。一切都不同了。我再也不想去了。"

"那个无赖根本没有还给你钱!"我嚷道。

"求你,求你——!"她开口了。

但她又停了下来,朝门口望去。门厅里传来一阵窸窸窣窣的声音和脚步声。

我也向门口看去,门是开着的,这时又进来一个人——是位女士。她刚走进门就站住了,身后还跟着一个年轻人。这位女士目不转睛地看了我好一会儿,足够我对她有个清晰的印象。接着她转向卡罗琳·斯宾塞,露出了微笑,带着浓重的外国口音说:"对不起,亲爱的!我不知道你有客人,"她说,"这位先生进来的时候没有动静。"说完这话,她又对着我打量起来。她看上去很面生,可我马上就断定以前见过她。后来我才觉得,我只是见过和她面貌颇为相似的女人,却是在离北维罗纳很远的地方见到的,在这个地方遇到那种女人,真是稀奇古怪。看到她的样子,我又想到了别的什么情景呢?想到巴黎破旧的五楼,正对着昏暗的楼梯平台,敞开的门后露出油腻的门厅,太太裹着褪色的睡袍倚在栏杆上,对着楼下高声叫嚷,吩咐女门房把咖啡拿上来。我朋友的客人是一位身材高大的中年妇人,脸盘肥大,面色苍白,头发像中国人那样梳到后面。她有一双锐利的小眼睛,按照法国人的说法,嘴角挂着"讨人喜欢的微笑"。她穿着一件粉红色的旧羊绒晨衣,上面绣满了白色的花纹,就像我瞬间想象的那个人,她伸出圆润的手臂和肉窝深陷的胖手,掩住了胸前的衣襟。

"我只是来说咖啡的事，"她带着讨人喜欢的微笑，对女主人说，"我想到花园里的小树底下喝咖啡。"

她身后的年轻人这时走进了房间，也站在那里亮了相，不过没有那么气势逼人。他是位身材矮小的绅士，但隐约可见其重要地位，也许是北维罗纳社交圈的头面人物。他长着又小又尖的鼻子和又小又尖的下巴，我也看得出来，他还有一双顶小的脚，却没有一丁点儿风度。他的嘴巴张得老大，傻傻地看着我。

"马上把咖啡给你送去。"斯宾塞小姐说，仿佛有一群厨师在准备咖啡。

"好极了！"那大块头的房客说，"把你的书找来。"——她转向那个张着嘴的年轻人。

他张着嘴看着房间的各个角落。"你是说，我的语法书吗？"

然而，这位身材高大的女士只能看着她朋友的客人，一边懒散地掩着她飘逸的睡袍。"把你的书找来。"她心不在焉地重复道。

"你是说，我的诗集？"年轻人说，他的目光也无法从我身上移开。

"别管你的书了，"——他的同伴考虑了一下，"今天我们就聊聊天。我们要练习会话。但我们不能打扰小姐，来吧，来吧。"她走开了一步。"到小树底下，"为了让小姐明白，她又说了一句。说完，她向我浅浅地行了个礼，匆匆说了句"先生"，就带着她的学生走了。

我看着斯宾塞小姐，她的眼睛一直盯着地毯，恐怕我说的话毫不客气。"那到底是什么人？"

"伯爵夫人——就是我的表亲，法语是这么说的。"

"那个年轻人是谁？"

"伯爵夫人的学生，米克斯特先生。"说到刚刚走开的那两个人的关系，想必我的态度没有那么严肃，因为我记得我的朋友接着解释时，显然更郑重其事了。"她教法语和音乐，简单的那种——"

"简单的法语吗？"恐怕是我打断了话头。

但她还是让人捉摸不透，事实上，她的语调似乎在责怪我的庸俗。"她经历了最倒霉的变故——没有人可以依靠。她准备好过苦日子了，也乐于接受自己的不幸。"

"啊，好吧，"我回答道，无疑有点沮丧，"我自己也是装成那副模样。如果她决意不给人家添麻烦，那就再好不过了。"

我的女主人茫然地环顾四周，不过我觉得她很疲惫，她听了这话没有别的回答，只是说，"我得去拿咖啡了。"

"这位太太有很多学生吗？"我还是要坚持问下去。

"她只收了米克斯特先生，所有时间都花在他身上了。"听到这话，我本来又要发作，可是想到我的朋友那么敏感，只好忍住不使自己失了体面。"他出手很阔绰。"她还是令人费解地往下说，"说起做学生，他不是太聪明，但他很有钱，心地也好。他有一辆轻便马车——带后座的，老是带着伯爵夫人去兜风。"

"我希望多兜上几圈，"我忍不住插嘴——即使她听到了，仍然要避开我的目光。"嗯，附近的风景很美。"我继续说。她转身离开时，我又问道："你要去给伯爵夫人拿咖啡吗？"

"恕我失陪一会儿。"

"难道没有别人来做这件事吗？"

她似乎在想应该有谁。"我没有佣人。"

"那要我帮忙吗？"听到以后，她只是看着我，我就换了个问法。"她不能自己动手吗？"

斯宾塞小姐慢慢地摇了摇头，仿佛这也是一个奇怪的想法。"她做不惯体力活。"

这种差别待遇真是难得，可我还是要恪守礼节。"我明白了——而你做惯了。"但与此同时，我无法克制自己的好奇心。"不管怎么说吧，你走之前，请先告诉我，这位了不起的贵妇人究竟是谁？"

"我在法国就告诉过你——就是不寻常的那一天，她是我表弟的妻子，你在那里见过我的表弟。"

"那个因为结婚和家里断绝关系的女人？"

"没错，他们再也没见过她，彻底和她决裂了。"

"那她丈夫在哪儿？"

"我可怜的表弟死了。"

我停了下来，但只等了一会儿。"那你的钱呢？"

这个可怜的女孩退缩了——我让她感到为难了。"我不知道。"她悲哀地说。

听了这话。我真不知道会做出什么事——可我得一步一步地来。"她丈夫死后，这位太太就来找你了？"

似乎这话她已经说过很多回了。"是的，有一天她就来了。"

"多久了？"

"两年又四个月。"

"从那以后，她一直住在这里吗？"

"一直待在这里。"

我全都听明白了。"她喜欢待在这里吗？"

"嗯，不怎么喜欢。"斯宾塞小姐庄严地说。

我也听明白了。"那么你喜欢——？"

她就像十分钟前那样，用双手捂住了脸。紧接着，她很快地去给伯爵夫人拿咖啡了。

我独自留在小客厅里，心里拿不定主意，一方面厌恶透顶，另一方面却想多看一些，多了解一些。过了几分钟，跟在那位太太身边的年轻人又露面了，张大了嘴盯着我看。他穿着杂色的法兰绒彩衣，却严肃得不得了；他说出人家托他传达的口信，自己也没有多少把握。"她想要问问，你会不会马上出来。"

"谁想要问呢？"

"伯爵夫人，那位法国太太。"

"她让你带我过去？"

"是的，先生，"年轻人有气无力地说，论起身材和体重，我可以说都比他强得多。

我跟他一块儿出去了，看见他的老师坐在房子前的一棵小椴椤树底下，她的胖手捏着一根细巧的针，在刺绣上来回穿梭，那件绣品看起来不怎么新鲜。她优雅地指了指旁边的椅子，我坐了下来。米克斯特先生环顾四周，然后也在她脚边的草地坐了下来，他抬头望着，嘴张得比任何时候都要大，仿佛深信我们之间会发生什么奇妙的事情。

"我想你会说法语。"伯爵夫人说，向我露出了讨人喜欢的微笑，两只眼睛鼓得厉害。

"是的，夫人，勉强会说。"我回答的口气恐怕更冷淡。

"啊，你瞧！"她高兴地嚷起来，"我一看到你就知道了。你到过我那可怜的祖国。"

"待过很长时间。"

"那么你爱它吗，我的法兰西？"

"哦，感情很深。"可我提不起劲儿来。

"你对巴黎熟悉吗？"

"是的，不是夸口，夫人，我真的很熟悉巴黎。"出于某种目的，我有意盯着她的眼睛看。

这时她移开自己的目光，低头瞥了一眼米克斯特先生。"我们在说什么？"她问她那留心听着的学生。

他蜷起双腿，拨弄着小草，瞪大了眼睛，脸有点泛红。"你们在说法语。"米克斯特先生说。

"绝妙的发现，"伯爵夫人嘲讽道，"从我教他开始，已经十个月了，"她向我解释说，"你不用觉得为难，就算说他是个傻子，"她很得体地补充道，"他也一点儿都听不懂。"

米克斯特先生笨拙地在我们脚下嬉戏，我想了一会儿，觉得他肯定听不懂。"我希望别的学生为你争光。"我对招待我的人说。

"我没有别的学生。这地方的人不知道法语是什么，也不知道别的东西，他们压根儿就不想知道。你可以想象，遇到你这样说法语的人，我该有多高兴。"我只能回答说，我的高兴劲儿一点儿也不少，她继续在刺绣上穿针引线，优雅地跷着小手指。每隔一会儿，她就把眼睛凑近绣品，似乎也是为了优雅起见。她没有博得我的多少信任，就像她已故的丈夫一样（如果真是她丈夫的话），几年前见到他的场景与这个女人如此可憎地相配:她粗俗、平庸、做作、不诚实——不像个伯爵夫人,正如我不像哈里发一样。她有一种自信——显然是见识养成的,但不可能是上等人的见识。不管究竟是什么,都化作强烈的渴望,从她身上喷涌而出。"给我讲讲巴黎吧,我美丽的巴黎,我真想亲眼看看。提到这个名字,我就万分想念。你离开那里有多久了?"

"有两个月了。"

"您真走运!给我讲讲吧。人们在做什么?哦,在林荫大道上逛一个小时!"

"人们做的事还像以前一样——到处寻欢作乐。"

"去剧院,对吗?"伯爵夫人叹了口气。"去咖啡馆音乐会?在美丽的天空下,坐在门前的小桌子上?多么美好的生活!你知道我是巴黎人,先生,"她补充道,"从头到脚都是。"

"那是斯宾塞小姐搞错了。"我大胆地回答道,"她说你是普罗旺斯人。"

她愣了一会儿,然后把鼻子凑到她的刺绣上,我觉得,就在我们坐着的时候,她的刺绣越发显得暗淡杂乱了。"啊,我是生在普罗旺斯,可要是论起天性,我就是个巴黎人。"然后她继续说,"就凭我这辈子最伤心的事,还有最开心的事,哎呀!"

"换句话说,就是凭借丰富的见识!"我这会儿终于笑了。

她用那双锐利的小眼睛打量着我。"哦,见识!不用说,要是我愿意,我可以谈谈见识。我什么都见识过了——可我做梦也没有想到,比方说,我会沦落到这个地步。"她猛地一转头,抬起露在外面的粗壮手臂,指着周围所有的东西:那座小白房子、两棵楄椁树，摇摇晃晃的栅栏，还有全神贯注的米克斯特先生。

我听明白了话里的意思。"啊，如果你这话指的是，你当真在流亡——！"

"你可以想象是怎么回事。这两年我受尽了磨难——过了多少苦日子，苦日子啊！人总是会习惯的。"她耸了耸肩膀，高度堪称北维罗纳之最，"有时候我觉得已经习惯了这种情形，可有些事情总要从头再来一遍。比方说，我的咖啡。"

我这时又忍不住了。"你总是在这个时候喝咖啡吗？"

她的眉毛耸得像她的肩膀一样高。"你说我在什么时候喝呢？我必须在早餐后喝一小杯咖啡。"

"啊，你在这个时候吃早饭吗？"

"在中午——大家都这样。他们这里七点过一刻吃早饭。那个'过一刻'真是好极了！"

"可你刚才跟我说的是咖啡。"我满怀同情地说。

"我的表妹不相信这种事，也弄不明白。她是个可爱的姑娘，可是一小杯黑咖啡加上一滴'白兰地'，这个时候端上来——让她难以理解。所以我每天都要先开口，你也看见了，咖啡过了这么久还没送来。等到咖啡端上来了，先生！我可不是要逼你喝——虽说这位先生有时跟我一起喝！因为你在林荫大道上喝过的。"

看到我可怜的朋友辛苦操劳，她却如此挑剔，我感到气愤极了，但我什么也没说——只有这样我才能维持礼貌。我低头去看米克斯特先生，他盘腿而坐，摩挲着膝盖，望着我的同伴，对她的异国风情很是着迷，显然没有因为熟悉而失去了兴致。她自然注意到我对他的困惑看法，于是大胆地面对这个问题。"他爱慕我，你知道，"她又把鼻子凑到绣品上，喃喃地说，"他梦想成为我的爱人。没错，他狂热地追求我，你也看见他那个样子。这就是我们现在的处境。他读了几本法国小说，花了六个月的工夫呢。可是从那以后，他就以为自己是男主角，而我呢——像我现在这样，先生——我不知道是什么风流女人！"

米克斯特先生可能已经断定，他就是我们谈论的那个人，可到底是怎么说他的，他肯定猜不出来——在我的同伴看来，他还沉浸在想象中喜不自禁。这时，我们的女主人也从屋子里走出来，用一个整洁的小托盘端着一个咖啡壶和三个杯子。她走近我们的时候，瞟了我一眼，我从她的眼睛里看出了强烈的恳求——她从来没用那么严肃的眼神看过我，我觉得那种无言的表情流露出她的心声，她想要知道，作为见过世面的人，尤其是在法国见过世面的人，对驻扎在她饱受重创的人生战场上的两支盟军，我有什么看法。然而，我只能像北维罗纳人常说的那样，"装出"难以捉摸的样子——根本不做回应。我不能透露，更不能坦率地说出，我内心对伯爵夫人可能的来历有什么看法，对她的品德、价值和才艺有什么评价，对她体面的说辞考虑到什么地步。

我无法提醒我的朋友，我本人如何"看待"她照顾的这个怪有意思的寄生虫：也许是爱吃醋的理发师（也许是脾气古怪的糕点师）离家出走的妻子，也许是把事情弄到不可收拾地步的小资产阶级，甚至是更不体面的游牧民族。我不能拉开百叶窗，让揭露真相的刺眼光线照进来，然后就甩手不管，转身扬长而去。相反，我可以挽救局面，至少暂时挽救我自己的处境，用高明的手段让自己抽身出来，装作什么都不理会，只知道我们面前这个可怕的家伙从前是个"贵妇人"。这确实是可以办到的，但是要井井有条地撤退，做到礼貌周全。要是我开不了口，那我就更待不下去了，无论如何，只要看到卡罗琳·斯宾塞像个侍女一样站在旁边，我一定会气得脸色发青。因此我站起身来告辞，不顾会留下什么后果，对伯爵夫人说道："你还要在这里待一段时间吗？"

她抬头看着我，两人面面相觑，我们刚才相处的情形，至少让我们的同伴看到了，至少也播下了以后解开真相的种子。伯爵夫人又可怕地耸了耸肩。"谁知道呢？我看不到自己的出路——！这不是像样的生活，可是人要是陷在痛苦里——！亲爱的，"她又对斯宾塞小姐说，"你刚才忘记放'白兰地'了！"

她沉默地对着这个小阵仗想了一会儿，正要转身去拿东西，我拦住了她，默默地伸出手来——我得走了。她苍白的小脸非常温和，脸上带着刚才的疑惑，现在已经冷却下来，显得她疲惫不堪，但也诉说着其他奇怪的东西——不管是绝望的忍耐，还是最后的其他绝望，我都说不上来。总的来说，有一件事很清楚，她巴不得我赶紧离开。米克斯特先生已经站起身来，正在给伯爵夫人倒咖啡。等我回去经过浸礼会教堂时，我想起了另一个更为紧要（现在成了历史）的危急关头，我可怜的朋友深信，她还会看到可爱的老欧洲的什么东西，她当初的想法是多么正确啊！

1　1530—1536年，日内瓦教士弗朗索瓦·博尼瓦被囚禁在西庸城堡，后来拜伦据此写成长诗《西庸的囚徒》。

2　法国国立高等美术学院的所在地。

螺 丝 在 拧 紧

1898年1月至4月在《科利尔周刊》
(*Collier's Weekly*) 分为12期连载。

　　我们围坐在火炉边，听了这个故事，吓得透不过气来，除了有人老生常谈地说，此事骇人听闻，不过圣诞前夜在古宅里讲奇闻逸事，不免让人毛骨悚然，此外我记得没人发表什么高见，直到有人恰好说起，在小孩面前显灵的事情他只遇到过这么一回。这件事不妨顺便一提，就在一座类似我们相聚过圣诞节的老宅里，有个小男孩和母亲在房间里睡着了，可怕的幽灵在他面前现了形，吓得男孩把母亲叫醒；叫醒她可不是为了打消孩子的恐惧，哄他再次入睡，而是没等她这么做，就叫她撞见把他吓得魂飞魄散的情景。正是这句话引出了道格拉斯的反应——不是当时，而是那天傍晚的时候——这才有后面的趣事，引起了我的注意。另外有人讲了个不怎么精彩的故事，我看他没有听进去。我觉得这是为了提醒大家，他自己也有个故事要讲，我们只要等着就好。我们其实等了两个晚上；不过就在那天傍晚，我们还没散去，他就把心里话说了出来。

　　"我完全同意——格里芬刚才讲到的鬼魂，不管是什么东西——先是在年幼的小男孩面前现身，这才格外吓人。不过据我所知，这种牵涉到小孩的吓人故事，也不是头一件。要是一个孩子让故事扣人心弦，就像螺丝拧紧了一圈，那么有两个孩子的话，你们会怎么说？"

　　"我们当然会说，"有人嚷道，"有两个孩子，就像螺丝拧紧了两圈！我们也想听听他们的故事。"

　　我仿佛看到道格拉斯在壁炉前的身影，他刚站起身来，背对着炉火，双手插在口袋里，低头看着对他说话的人。"除了我以外，到现在为止，还没人听过这件事。实在是太可怕了。"这样一来，自然有几个人异口同声地说，不惜代价也要听一听。我们的朋友倒也沉得住气，显得胜券在握，他把视线转向我们这些人，接着说："这真是世间少有，我知道的故事全都比不上。"

"因为恐怖极了？"我记得我问道。

他好像说事情没那么简单，真的不知道该怎么形容才好。他用手遮住了眼睛，做了个龇牙咧嘴的鬼脸。"因为太可怕了——可怕得不得了！"

"哦，太妙了！"有个女人嚷道。

他没有理睬她，反而看着我，但他好像看的不是我，而是他刚刚说到的景象。"因为充满诡异的丑恶、恐怖和痛苦。"

"原来如此，"我说，"那就坐下来开始讲吧。"

他转过身对着炉火，踢了一下木头，看了一会儿。然后他又转过身，对着我们说："我还不能讲。我得先给伦敦送封信。"听到他这么说，大家不约而同地叹气，纷纷埋怨起来。等他们说完，他心事重重地解释道："这个故事已经写好了，放在一个上锁的抽屉里——好几年没有见过天日。我可以给佣人写封信，把钥匙附在里面，他一找到手稿，就会把包裹寄过来。"他提出这个想法，像是专门说给我听的——似乎是求我帮忙，让他不再犹豫。他仿佛打破了多年以来冬日封冻的厚厚冰层，沉默了这么久，他想必有自己的理由。其他人对他的推托感到不满，但恰恰是他的顾虑让我着迷。我恳请他把信写好，赶上第一班邮车，让我们尽早听他讲述。接着我问他，这是不是他的亲身经历。他回答得倒也痛快："哦，谢天谢地，不是！"

"这手稿是你的吗？你把这件事记下来了？"

"我只留下了印象。我放在了这里，"他拍了拍胸口，"从来没有忘记过。"

"那你的手稿——"

"旧墨迹虽然褪色了，字还是很漂亮。"他又卖起了关子，"女人的笔迹。她已经去世二十年了，临终前把手稿托付给了我。"大家这会儿都在听着，不免有人打趣起来，少不了要加以揣测。不过，他对揣测毫不理会，既没有露出笑意，也没有气恼的神色。"她是个很有魅力的人，但比我大了十岁，是我妹妹的家庭教师，"他平静地说，"我认得她那样地位的女人里头，她是最讨人喜欢的，怎么夸奖她都不过分。那是很久以前的事了，这个故事发生在更早以前。我当时在三一学院读书，第二年暑假回去的时候，我发现她在家。那年我在家里待了很久——真是美好的时光；她有空的时候，我们就在花园里散步聊天——在谈话中，我觉得她非常聪明伶俐。没错，你们别笑，我很喜欢她，到今天想起她也喜欢过我，还是很高兴。要是她不喜欢我，就不会把那件事告诉我。她从来没告诉过别人。可不是因为她这么说，而是我知道她没有对别人提过。我很确定，我能看出来。你们听了故事以后，很容易就能判断其中缘由。"

"因为这个故事太吓人了吗？"

他继续盯着我。"你很容易就能判断，"他重复道，"你会的。"

我也盯住了他。"我明白了，她爱上了什么人。"

他第一次笑了出来。"你倒是机灵。没错，她爱上了什么人。或者说，她爱上过什么人。这是瞒不住的——她要讲自己的故事，就没法瞒得住。我看出来了，她也知道我看出来了，但我们俩都没提起。我还记得彼时彼地——草坪的角落、大山毛榉的树荫、漫长炎热的夏日午后。那可不是让人颤抖的场景；但是，哦——！"他从炉火前走开，坐回到自己的椅子上。

"星期四早上你会收到包裹吗？"我问道。

"恐怕要等到第二班邮车来。"

"那么吃过晚饭后——"

"你们都要在这里等我吗？"他又打量着我们，"没人要走吗？"带着近乎期待的语气。

"大家都会留下来！"

"我会留下！"——"我会留下！"原先说好要告辞的女士们喊道，不过格里芬太太表示想多知道一点。"她究竟爱的是谁？"

"故事里会讲的。"我自作主张地回答。

"噢，我等不及要听故事了！"

"故事里不会讲的，"道格拉斯说，"不会粗俗直白地讲出来。"

"那就更可惜了。只有那么说，我才能听得懂。"

"道格拉斯，你总会讲吧？"还有人问道。

他猛地站起身来。"会的——明天吧。现在我得去睡觉了。晚安。"他很快拿起一只烛台走开了，弄得我们有点莫名其妙。我们在宽敞的棕色大厅尽头，听到他踏上楼梯的脚步声。这时格里芬太太说："好吧，虽说我不知道她爱的是谁，但我知道他爱的是谁。"

"她可比他大了十岁。"她丈夫说。

"那更有理由了——在那个年纪！不过他沉默了这么久，倒是难得。"

"四十年啊!"格里芬插嘴。

"到底还是要说出来。"

"要是说出来,"我回答道,"那星期四晚上就热闹极了。"大家都很赞同我的观点,既然这样,我们对其他事情就没了兴致。最后的那个故事虽说不完整,就像连载小说的开头,好歹也讲完了。我们握了握手,像人家说的那样"吹灯拔蜡",就去睡觉了。

第二天,我知道有封装着钥匙的信赶上了第一班邮车,寄到了他位于伦敦的寓所;尽管——也许就是因为——这个消息最终传开来,我们就没有在晚饭前打扰他,而是等到傍晚的那个时候,说实话,这可能最符合我们寄予厚望的那种情绪。接下来,他就像我们希望的那样变得很健谈,而且向我们讲明,他有充足的理由这样做。我们又围在大厅的炉火前听他讲述,就像隐约引起我们好奇心的头天晚上一样。他答应给我们讲的故事,显然需要几句开场白,才能让我们听得明白。我先在这里交代清楚,以后就此不提,我现在要讲的这个故事,是我很久以后原样抄写下来的内容。可怜的道格拉斯,他在去世之前——临终的时候——把手稿托付给了我;这份手稿是第三天寄到他手里的,到了第四天晚上,他就在同一个地方,对着我们安静的小圈子念起来,讲得极为精彩。当然,原先说要留下的太太小姐还是走了,真是谢天谢地:毕竟她们早就安排好了行程,告辞的时候还口口声声地说,按捺不住自己的好奇心,这都要怪他给故事润色的手法,吊起了我们的胃口。不过这样一来,最后留下的少数几个听众就整齐紧凑得多,大家围着壁炉不作声,一起沉浸在毛骨悚然的氛围中。

他的第一个手法就是告诉我们，这份手稿开始讲述的时候，其实故事早就开始了。有件事要先说明白，他的老朋友出身在贫穷的乡村牧师家庭，是家里最小的女儿，到了二十岁那年，她第一次去找教书的差事，忐忑不安地来到伦敦，亲自去应聘一则广告，当时她已经和刊登广告的人通过几封信。她来到哈利街的一幢房子面试，觉得那座房子富丽堂皇，又发现以后的东家是一位绅士，还是正值壮年的单身汉，让这个来自汉普郡牧师家庭的姑娘心烦意乱、颇为不安，除了在梦里和旧小说里，她从来没见过这样的人物。谁见了这样的人都会盯着他瞧，好在这种人从来不会绝迹。他长得很英俊，性格洒脱，讨人喜欢，而且举止随和、和蔼可亲。他给她留下的印象，无外乎是英姿飒爽、神采飞扬，可是最吸引她的，也让她后来鼓起勇气的，是他说整件事都是承蒙她的恩惠和人情，他应该感激不尽。她觉得他很有钱，却也奢侈无度——在她看来，他全身都笼罩着光环：相貌漂亮、讲究时髦、出手阔绰，对待女人很有手段。他在城里有自己的住宅，这幢大房子摆满了旅行的纪念品和打猎的战利品；不过他希望她马上动身，到他的乡间别墅去，那是埃塞克斯郡一栋古老的家族宅邸。

两年前，他在军中服役的弟弟与弟媳在印度去世后，留下年幼的侄子和侄女给他照顾。对他这种身份的人来说——既没有合适的经验，也没有丝毫耐心的单身汉——两个孩子阴差阳错地交到他手里，叫他难以应付。这一切本来就让人担忧，更不用说，他自己还出了一连串的差错，可他很同情两个可怜的孩子，也尽到了他该尽的本分；特地把他们送到自己的另一处房子，当然，这个适合他们居住的地方在乡下，一开头孩子们就待在那里，他找了最好的人手来照顾他们，还打发身边的仆人去服侍，但凡有空，他就会亲自去看看孩子们过得怎么样。让人为难的是，他们实际上没有别的亲戚，他自己的事务又占去了全部时间。他让孩子们住进了布莱庄园，那里对健康有益又安全，还给两个孩子的小家安排了管事，只管楼下的佣人。这个能干的女人叫格罗斯太太，从前是他母亲的女仆，他相信客人会喜欢她的。她现在做了管家，同时也是小女孩的临时看护人。她自己没有孩子，幸运的是，她非常喜欢这个小女孩。庄园里有不少帮工，不过这位即将担任家庭教师的小姐，当然会拥有至高无上的权力。她还要在假期里照看小男孩，他已经在寄宿学校里待了一个学期，虽说他还不到上学的年纪，可是还有别的办法吗？现在假期马上要到了，小男孩说不定哪天就会回来。从前有一位年轻小姐负责照看这两个孩子，遗憾的是，她已经离他们而去了。她把孩子们照顾得很不错——是个正派人——可她死了以后，却造成了极其尴尬的局面，小迈尔斯只能去寄宿学校，除此以外别无选择。从那以后，格罗斯太太在礼仪和其他方面尽心教导弗洛拉。此外，庄园里还有一位厨师、一个女佣、一个挤奶女工、一匹老小马、一个老马夫和一个老园丁，他们也都很正派。

说到这里，道格拉斯的故事刚开了个头，有人就提了个问题："从前那位家庭教师的品行那么正派，那她是怎么死的？"

我们的朋友立即答道："你会明白的。我就先不说了。"

"对不起——我还以为你要提前说出来。"

"如果我是接替她的人，"我提醒道，"我倒想知道，这个职

"必要的危险？"道格拉斯说破了我的心思，"她倒是想知道，她也确实知道了。你们明天就会听到，她知道了什么。当然，她觉得前景有些黯淡。她年轻不经事，难免担心：可以想见这个工作责任重大，少人陪伴，着实太寂寞了。她犹豫起来——花了几天时间打听和考虑。但是对方给的薪水远远超过她微薄的要求，到了第二次面试的时候，她鼓起勇气，答应了下来。"说到这里，道格拉斯停了下来，为了让大家明白，我忍不住插了一句——

"不用说，这个故事的教训就是那个风流倜傥的年轻人迷住了她。她就妥协了。"

他站起来，像前一天晚上那样，走向炉火，用脚踢了下木头，然后背对着我们站了一会儿。"她只见过他两面。"

"没错，可她的爱情也就妙在这儿。"

让我有点吃惊的是，听见这话，道格拉斯转过身来。"这段爱情就妙在这儿，而其他人不为所动，"他接着说，"他把自己的难处全盘托出——对几个申请人来说，这些条件令人望而却步。不知怎么，她们觉得害怕。这份工作听起来沉闷，也很古怪；加上他提出的主要条件，更显得诡异。"

"什么条件——？"

"她永远不要打扰他——永远不要：不要求助，也不要抱怨，更不要写信；她要自己解决所有的问题，从他的律师那里支取所有的费用，全力承担一切事务，不要打扰他。她全都答应了，而且对我说，当时他觉得如释重负，高兴地握着她的手，感谢她的牺牲，她感觉已经得到了回报。"

"但这就是她得到的所有回报吗？"其中一位女士问道。

"她再也没见过他。"

"哦！"那位女士说。我们的朋友说完又走了，大家对这件事的感想就只有这么一句要紧的话，等到第二天晚上，他坐在壁炉角落里最好的椅子上，打开了一本薄薄的镶金边的老式笔记本，红色封面已经褪去了颜色。他花了不止一个晚上，才把这个故事讲完，不过刚开始讲，那位女士就又问了个问题。"你的故事叫什么名字？"

"我没起名字。"

"哦，我起了个名字！"我说道。可是道格拉斯没有理会我，用他那清亮动听的声音读了起来，仿佛把作者优美的笔迹化成音符，送到我们的耳边。

第一章

我还记得，从一开头，我的心绪就起伏不定，在对错之间来回摇摆。在城里答应他的请求以后，我过了好几天难熬的日子——发觉自己又疑惑起来，心里越发笃定出了差错。我怀着这种心情，在路上颠簸了几个钟头，坐着摇晃的马车到了驿站，庄园会派一辆车子在那里接我。有人告诉我说，这辆便车已经安排好了，就在六月午后将尽时，我看见一辆宽敞的轻便马车在等着我。当时天清气朗，在那个时候乘车穿过乡间，夏日的可爱美景似乎友好地欢迎我的到来，我心里又生出了勇气，等我们走上了林荫大道，我已经缓过神来了，不过可见当时的心情低落到什么地步。我原先还以为，迎接我的是凄凉的景象，不免有些担心，没想到是莫大的惊喜。我还记得，宅邸的正面宽阔明亮，敞开的窗户衬着干净的窗帘，还有两个女仆向外张望，给我留下了最愉快的印象。我还记得，绿茵草坪烘托着明艳的鲜花，车轮碾过碎石吱嘎作响，一簇簇树梢映衬在金色的天空下，乌鸦在空中盘旋鸣叫。这幅宏伟壮观的景象，与我寒酸的家比起来大不相同，大门口马上出现了一个体面的妇人，手里牵着一个小女孩，对我行了个优雅的屈膝礼，仿佛我是女主人或到访的贵客。在哈利街的时候，我对这个地方只有浅薄的了解，现在回想起来，我觉得庄园的主人更有绅士派头，看来我要享受的待遇也许比他承诺的还要丰厚。

我的好心情持续到了第二天，因为接下来的几个小时，我见过了年幼的那个学生，叫我好生得意。我刚看到格罗斯太太身边的那个小女孩，就觉得她惹人疼爱，能跟她相处真是交了好运。她是我见过最漂亮的孩子，我后来还纳闷，我的雇主怎么没有对我多提起这件事。那天夜里，我没睡多久——我太兴奋了；这也让我有些惊讶，现在回想起来，这种感觉还在心头萦绕不去，更让我觉得自己受到了慷慨的款待。这个气派的大房间在宅子里算得上是最好的，那张招待贵客的大床，我现在仿佛还能摸到，还有印满花纹的帷幔，第一次让我从头到脚看见自己的穿衣镜，这一切都让我惊奇不已，就像我照料的小女孩那样有非凡的魅力，有很多事情都让我始料未及。还有一件想不到的事，我和格罗斯太太一见如故，坐马车来的路上，我还担心怎么相处。初次见面，只有一件事让我觉得畏缩，她见到我显然高兴过了头。不到半个钟头，我就看出她很快活——这个敦实纯朴的女人性格爽朗，干净利索，身心健康——显然她在费力遮掩，免得尽数流露出来。当时我还有点纳闷，她为什么不愿意表露出来，当然，要是多加思索，起了疑心，我可能会感到不安。

不过令人宽慰的是，想到如此美妙的景象，还有我的小女孩光彩照人的模样，心里怎么能感到不安呢。看见她那天使般的美貌，恐怕才是最让我烦躁不安的事情，天亮之前，我起来了几次，在房间里踱来踱去，仔细考虑我的处境和前景；透过打开的窗子眺望夏日朦胧的晨曦，打量这座宅子能看到的其他角落，倾听早起的鸟儿在淡去的夜色中啁啾鸣叫，还有可能再次出现的一两声响动，我仿佛听到过这些不太自然的动静，不像是从外面传来的，倒像是来自房子里面。有那么一会儿，我感觉听到远处隐约传来了孩子的哭声；又有那么一会儿，我发觉在门前的走廊上，响起了轻轻的脚步声，叫我心头一惊。可是这些声音没有听得那么真切，我也没放在心上，只是在其他变故和后来那些事情的映衬下——也许是在它们的阴影笼罩下——我才回想起来。对小弗洛拉的照看、教育和"培养"，显然会让我过上快乐有益的生活。初次见面后，我们已经在楼下说定，我理应在晚上陪着她，因此她的白色小床已经搬进了我的房间。不用说，我的责任就是照顾她的全部生活，只是考虑到她生性羞怯，对我不免有些陌生，就让她待在格罗斯太太身边最后一晚。尽管这孩子胆子小——可是说来也怪，她却表现得很坦然勇敢，我们谈论也好，责怪她也好，作决定也好，她一点儿也没觉得不自在，像拉斐尔画中的圣婴那样，保持着沉静甜美的安详姿态——我敢断定，她要不了多久就会喜欢我。我坐下来吃晚餐的时候，桌上点着四支长蜡烛，中间放着面包和牛奶，我的学生戴着围嘴坐在高脚椅上，光彩照人地对着我，让我忍不住赞叹称奇，格罗斯太太看见了很高兴，这也是我喜欢格罗斯太太的部分原因。当然，在弗洛拉面前，我们只能交换几个惊叹满足的眼神，说几句转弯抹角的隐晦暗语。

"那个小男孩——他长得像她吗？他也这么出众吗？"

我们俩已经商量好了，谁也不会过分夸奖孩子。"哦，小姐，太出众了。要是你觉得这个孩子不错的话！"——格罗斯太太站在那里，手里端着盘子，笑容满面地看着我们的同伴，而她用温和漂亮的眼睛，不动声色地来回打量着我俩，没有打断我们的意思。

"是啊，要是我——"

"你一定会给这位小绅士迷住的！"

"嗯，我想我来这儿就是——给迷住的。不过，"我还记得，自己心血来潮想要补一句，"恐怕我很容易给迷住，我在伦敦就给迷住了！"

我还清楚地记得，格罗斯太太听见这话时脸上的表情。"在哈利街？"

"在哈利街。"

"哎呀，小姐，你不是头一个，也不会是最后一个。"

"哦，我可不敢想，"我笑着说，"不会只有我一个。话说回来，我听说另一个学生明天就回来了？"

"不是明天——是星期五，小姐。他像你一样也坐驿车回来，路上有警卫照顾，还是那辆马车去接他。"

　　我随即表示，等公共马车到的时候，要是我带着妹妹去接他，岂不是周到体贴，又显得热心友好；格罗斯太太对这个提议深表赞同，我也不知道怎么回事，把她的态度看作让人放心的保证——谢天谢地，没有半点虚情假意！——保证我们遇到什么问题都完全一致。哦，我到这里来，真叫她高兴！

　　第二天给我的感受，我想不能说刚到这里的高兴劲儿过去了；也许最多是心情有点郁闷，因为我在庄园里走来走去，到处看看，对新环境有充分的了解。这座庄园的范围和广阔都出乎我的预料，面对这种情形，我觉得心里有些惊慌，又有些得意，这是从来没有过的。我的心情这样忐忑不安，日常课程当然要受到影响；我想现在不管别的，先要尽量使出最温柔的手段，让这个孩子愿意亲近我。我和她在外面待了一天。我跟她说好了，让她亲自带我参观这个地方，这让她心满意足。她领着我走了一步又一步，看过一个又一个房间，讲出一桩又一桩秘密，她那孩子气的可爱话语，听起来煞是有趣，结果不到半个小时，我们就成了要好的朋友。尽管她年纪还小，可是我们逛了没多久，她在路上展现出的信心和勇气，就给我留下很深的印象，我们走过空荡荡的房间和冷清的走廊，蜿蜒盘旋的楼梯让我停下脚步，我还登上了筑有垛口的古老方塔顶层，结果感到头晕目眩，她哼唱着晨曲，不用我问就说个不停，一路引领我继续前进。从离开布莱庄园的那天起，我就再也没见过那个地方，想来以我敏锐老练的眼光来看，那里显得没那么宏伟气派了。可是当年为我带路的金发小女孩穿着蓝裙子，在前面蹦蹦跳跳，啪嗒啪嗒地穿过走廊时，我仿佛看到了一座住着玫瑰色精灵的传奇城堡，这样的地方仿佛是为了小孩子的消遣，用尽了故事书和童话里的色彩堆砌而成的。这不就是让我昏然入梦的故事书吗？才不是呢；这是一座难看却很方便的古老宅邸，有几处年代久远的建筑特色，一半闲置不用，一半有人居住，住在这栋宅子里，我总觉得我们就像几个迷途失向的乘客，坐在一条漂流的大船上。奇怪的是，竟然是我在掌舵！

第二章

两天后，我带着弗洛拉坐车去接格罗斯太太说的那位小绅士时，这种感觉又涌上了心头；尤其是第二天傍晚发生了一件怪事，越发让我心慌意乱。我前面提过，总的说来，第一天还算让人安心；但我终究要看到形势急转直下。那天傍晚的邮包来迟了，里面有一封给我的信，是我的东家亲手写的，可是我发现信上只有寥寥数语，还附了另一封没有拆封的信，收信人是他自己。"我认出来这封信是校长寄来的，校长是个烦人透顶的家伙。请你读一下，跟他去打交道；不过千万别向我汇报。一个字也别提，我不管了！"我费了好大力气想拆开封印——实在太费劲了，我过了好久也没拆开；最后只好拿着未拆封的信回到房间，到上床睡觉前才打开。我要是等到早上再打开就好了，因为这封信又让我彻夜不眠。我找不到人可以商量，第二天满怀苦恼；最后我终于忍不住了，决定至少向格罗斯太太敞开心扉。

"这是什么意思？那孩子给学校开除了。"

她看了我一眼，我当时就注意到了；接下来，只见她马上露出茫然的神色，像是要收回刚才的目光。"可他们不是都——"

"给送回家了——没错。但只是放假回家。迈尔斯也许再也不回去了。"

见我盯着她瞧，她的脸明显红了。"他们不要他了？"

"他们绝对不肯要了。"

她刚把目光从我身上转开，听到这话，就抬起眼来；我看见她的眼睛里满是泪水。"他做了什么事？"

我犹豫起来，然后拿定了主意，干脆把我收到的信递给她——没想到这样一来，她反而没有接过信，却把手背在身后。她伤心地摇了摇头。"小姐，我看不了这种东西。"

我的顾问竟然不识字！这个误会让我有点迟疑，为了尽量弥补我的过失，我又打开信，向她复述了一遍；然后我迟疑了一下，再次把信叠好，放回了口袋。"他真的很坏吗？"

她的眼里还含着泪水。"老师们是这么说的吗？"

"他们没有细说。他们只是说，很遗憾不能留下他了。这话只有一个意思。"格罗斯太太默不作声地听着，她不敢问我是什么意思。于是，过了一会儿，为了弄清这件事的头绪，也为了让她在场帮我拿个主意，我接着说："他把别人害苦了。"

听了这话，她那副老实人的火爆脾气突然发作起来。"迈尔斯少爷！他会害人！"

她的话说得信心满满，尽管我还没见过那个孩子，却因为心里害怕，也觉得这个想法很荒唐。我为了迎合朋友的心意，当时就用讽刺的口吻说："害了他那些可怜无辜的小伙伴呗！"

"太可怕了！"格罗斯太太嚷道，"竟然说出这么狠毒的话来！怎么，他还不到十岁呢。"

"是啊，是啊，真叫人不敢相信。"

她显然对这番表白心存感激。"小姐，先见见他，再相信也不迟！"我心里生出新的念头，迫不及待地想见到他；好奇心开了个头，在接下来的几个钟头里越发强烈，简直变成了痛苦。我能看出来，格罗斯太太知道她的话对我有什么影响，她进一步向我保证说。"你不妨相信小姑娘的品性。上帝保佑她，"她接着又说，"你瞧瞧她！"

我转过身，看到了弗洛拉，十分钟前，我给了她一张白纸、一支铅笔、一本写满了滚圆的"O"的字帖，让她待在教室里，现在她却出现在敞开的门前。她用自己的小举动，表示对讨厌的功课毫不关心，她看我的眼神里充满孩子气的光芒，似乎是表明她对我有很深的感情，非得跟着我不可。不需要再多说什么，我就能充分体会到格罗斯太太这番对比的说服力，我把她搂在怀里，对她吻个不停，内疚地哭了起来。

尽管如此，那天余下的时间，我一直想找机会接近格罗斯太太，尤其是临近傍晚的时候，我开始怀疑她想躲着我。我还记得，我在楼梯上追上了她；我们一起往下走，我在楼梯底下拦住她，一只手挽着她的胳膊。"我认为你中午对我说的话，表明你从来不知道他干过坏事。"

她把头往后一仰，这回她的态度显然非常诚恳。"噢，从来不知道他——我可没那么胡说！"

我又烦恼起来。"那么你确实知道他——"

"一点儿不错，小姐，谢天谢地！"

我仔细想想，相信了她的话。"你是说，要是男孩从来不干坏事——"

"要我说，就不算男孩！"

我把她抓得更紧了。"你喜欢男孩有股调皮劲儿？"接着没等她回答，"我也喜欢！"我急切地说。"可是不能到堕落的地步——"

"堕落？"——这个生僻的字眼让她感到纳闷。我解释说："就是带坏别人。"

她瞪大眼睛，明白了我的意思，却发出了古怪的笑声。"你是怕他把你带坏了？"她问的话又大胆又好笑，我也跟着笑了起来，跟她比起来，无疑笑得有点傻，明白了荒谬之处，我也就没有问下去。

不过到了第二天，我快坐着马车出发的时候，又换了个法子试探她。"从前在这儿的小姐是什么样的人？"

"原来的家庭教师吗？她也年轻漂亮——几乎和你一样年轻漂亮，小姐。"

"哦，但愿她的年轻漂亮帮了她的忙！"我记得自己脱口而出，"他似乎喜欢我们年轻漂亮！"

"哎，他就是这样，"格罗斯太太应承道，"他就喜欢年轻漂亮的！"她刚说出口，就打住了话头，"我说的他就是——东家。"

我心里一惊。"那你原先说的是谁？"

她看起来愣住了，脸却红了。"怎么，说的就是他。"

"说的是东家吗？"

"难道还有别人？"

显然没有别人，不一会儿，我就忘了她刚才无意说漏了嘴；我只是问了我想知道的事情。"她有没有看出那男孩有什么——"

"有什么不对劲？她可没跟我说过。"

我有点顾虑，可我打定了主意。"她是不是很细心——很讲究？"

格罗斯太太似乎尽量字斟句酌。"对有些事情——很讲究。"

"但不是所有的事情？"

她又想了想。"哎，小姐——她过世了。我不想说闲话。"

"我很明白你的心情，"我连忙说道；可我马上就觉得，非要追问一句不可："她是死在这里吗？"

"不是——她走了。"

格罗斯太太的回答很简洁，却不知道有什么地方让我觉得含糊不清。"她走了以后死的？"格罗斯太太的眼睛直愣愣地望着窗外，但我觉得，我有权知道布莱庄园雇来的年轻人应该如何行事。"你是说，她生病了，然后回家了？"

"她不是在宅子里生的病，至少看不出来。她在那年年底离开了，说是回家去休个短假，她干了那么长时间，确实也应该休假。那时我们还有个年轻姑娘——就是保姆，留了下来，她是个机灵的好姑娘，在这段时间照顾两个孩子。可是我们的小姐再也没有回来，就在我盼着她回来的时候，从东家那里听说她死了。"

我琢磨了一下，"她是怎么死的？"

"他从来没对我说过！别问了，小姐。"格罗斯太太说，"我得去干活了。"

第三章

她说完就转身走开，幸好我也有满腹心事，不觉得她有意怠慢，妨碍我们对彼此生出敬重之心。我把小迈尔斯接回家后，我们见面倒是比从前还要亲热，因为我当时心神恍惚，心情大抵如此：我真是异想天开，竟然准备宣称我面前的这个孩子应该被勒令退学。我去接他的时候有点晚了，他已经下了马车，站在客栈门口，眼巴巴地等着我，我看见他的那一刻，觉得他从里到外都焕发着清新的光彩，洋溢着同样纯真的芳香，我初次见到他妹妹的时候，就感受到这种气息。他漂亮得不可思议，格罗斯太太说得没错：一见到他，你就会对他生出满腔柔情，其他全都抛到了脑后。让我当场对他心生怜爱的，是某种神圣的特质，我从来没发现其他孩子如此超凡脱俗——他那难以形容的微妙气质，仿佛除了爱以外，对世间什么事情都不懂。怎么能把坏名声安到这么天真可爱的孩子身上呢？等我带着他回到布莱庄园，想到锁在我房间抽屉里那封可怕的信，我还是弄不明白——也就是说，那时我还没觉得恼火。我一有机会和格罗斯太太私下说话，就对她说，这事太可笑了。

她立刻明白了我的意思。"你是说那个恶毒的罪名——？"

"这根本站不住脚。我的好太太，瞧瞧他的样子！"

我的口吻像是自己先发现了他的魅力，她听了笑起来。"老实说，小姐，我可什么都没做！你会怎么说？"她接着问道。

"回信怎么说吗？"我已经打定了主意，"什么都不说。"

"对他的伯父呢？"

我毫不含糊，"什么都不说。"

"对孩子本人呢？"

我回答得妙极了，"什么都不说。"

她用围裙使劲擦了擦嘴。"那我就站在你这边。我们要坚持到底。"

"我们要坚持到底！"我热情地附和，对她伸出了手，算是发个誓。

她握着我的手好一阵儿，然后用另一只手掀起了围裙，"你不介意吧，小姐，要是我冒昧——"

"亲我吗？不介意！"我紧紧搂住这个善良的女人，我们像姐妹那样拥抱在一起，让我感到更加坚定和愤慨。

不管怎么说，这就是当时的情形：那段时间过得很充实，倘若要我回想事情的经过，倒是提醒了我，如今我得使出浑身解数，才能说得更清楚明白。我回顾往事的时候也很吃惊，我居然接下了这个重任。我还答应要和同伴坚持到底，我分明是鬼迷心窍，把这里头深浅远近、错综难解的关系看得太容易。我心底涌起强烈的迷恋和怜悯之情，不免忘乎所以。出于我的无知、困惑也许还有自负，我以为自己可以对付一个刚开始接受启蒙教育的小男孩。我到现在也想不起来，他假期结束重拾书本的时候，我到底提了什么建议。在那个迷人的夏天，我们都以为，当然是我给他上课；可我现在觉得，有好几个星期，反而是他给我上课。我学到了一些东西——当然是开头的时候——不是我以往平凡压抑的生活所能教给我的；我学会了被人取悦，也学会了取悦别人，学会了不去想什么明天。从某种意义上说，那还是我第一次知道空间、空气和自由的意义，熟悉夏天的所有旋律和大自然的所有奥秘。我还懂得了体贴——体贴有多么讨人喜欢。哦，这就是个陷阱——不是故意设下的，却挖得很深——套住了我的想象力、我的敏感，也许还有我的虚荣心，以及我内心最容易激动的地方。要想把当时的情形尽数描绘出来，最好的法子就是说我没有提防。两个孩子很少给我惹麻烦——他们的性格出奇地温顺。我曾经猜测——不过是没来由的隐约揣测——坎坷的未来（因为未来都是坎坷的！）会如何摆布他们，给他们带来什么伤害。他们焕发着健康幸福的光彩，而我仿佛照顾的是两个有皇室血统的贵族子女，处处都要安排妥当，为他们遮风挡雨，在我的想象中，他们今后的岁月只有一种生活，那就是在真正广阔的皇家园林和庄园里，过着富有浪漫气息的生活。当然，也许最重要的是后来突然发生的事情，让先前这段时光显得平静迷人——在平静的表面下，积攒和潜伏着某种力量。事实上，这种变故就像野兽猛然跳了出来。

　　最初的几个星期，白天很漫长；夏日昼长的好处在于，我经常可以享受我所说的"独处时光"，等我的学生吃过茶点、上床睡觉以后，还没到我就寝的时候，我有一小段独处的时间。虽然我很喜欢两个孩子，但那个钟头是我在白天最喜欢的时光；我最喜爱的时刻是，天光逐渐暗淡——不如说，白昼的余晖还在流连，红霞布满了天空，晚归的鸟儿在老树的枝头唱响最后的欢歌——我可以在庭院里闲逛，欣赏美丽庄严的景色，简直觉得我就是这个地方的主人，心里又好笑又得意。在这种时候，我感到内心平静、心安理得，真是令人快活；毫无疑问，也许还会想到，凭借我的谨慎持重、冷静睿智和礼貌周到，我也给那个对我施加压力的人带来了快乐——要是他想到这一点就好了！我现在做的事情正是他热切希望、直接请求我做的，而我竟然能胜任，这比我想象的还要快活。总之，我当时满以为自己是个不平凡的姑娘，想到这份才干会显露出来，心里就觉得宽慰。哎，我需要不平凡的本事，遇到那些初露端倪的怪事，才不会慌张退缩。

　　一天下午，就在我独处的那段时间，突然遇到了一件怪事：孩子们都睡下了，我也出来散步了。我现在也不避讳提起，每天散步的时候，我心里都在想，要是像迷人的小说里那样突然遇到什么人，该有多么美妙。那个人会出现在小路的转弯处，站在我面前，微笑着表示赞许。我没有别的要求——我只要叫他知道就好；要确定他知道，只有一个办法，那就是看到他英俊的脸庞焕发温柔的光彩。这正是我所看到的——我指的是那张脸——第一次是在六月的漫长白昼结束的时候，我刚从树林里出来，走到看得见宅子的地方，就停下了脚步。我当场就愣住了——无论看见什么景象，我都不会这么震惊——感觉我的幻想竟然转眼间变成了现实。他就站在那儿！——站在草坪对面的高处，就是第一天上午小弗洛拉带我去过的那座塔楼顶上。这座塔楼是双子塔中的一座——两座外形极不调和、带有垛口的方塔，不知是什么缘故，分作新塔和旧塔，反正我看不出有什么区别。两座塔楼各自矗立在宅子的两端，也许从建筑来看不成体统，却不显得形单影只，高度也没有叫人望而生畏，多少弥补了不足，华而不实的古典风格可以追溯到昔日令人起敬的浪漫主义复兴时期。我很欣赏这两座塔楼，也有不少遐想，因为我们都能从中受益，尤其是塔楼在暮色中隐约可见的时候，真正的墙垛更显得宏伟；然而，我常想起的那个人出现在这么高的地方，似乎不太妥当。

我还记得，那个身影出现在晴朗的暮色中，让我心里倒抽了两口冷气，说得明白些，第一次是受了惊吓，第二次是感到惊讶。我后头觉得惊讶，是猛然发现第一眼看错了：我看到的那个人并不是我贸然想象的那个人。当时我就看得恍惚出神，经过了这么多年，也不指望我能生动地描述当初的情景。一个陌生男人出现在偏僻荒凉的地方，在一个从小深居简出的年轻姑娘看来，自然是可怕的景象；而我面前的这个身影——过了几秒钟，我就确定——根本不是我认识的什么人，也不是我心里想的那个人。我在哈利街没见过他，我在什么地方都没有见过他。而且他一出现，这个地方霎时变得寂寞凄凉，真是世间少有的怪事。至少对我来说，我以前所未有的慎重讲起这件事时，当初的全部感觉又涌上心头。我看清了眼前的景象，我的确看清楚了，周围的一切仿佛笼罩着死亡的气息。写到这里，我仿佛又听到了幽深的寂静，傍晚的声响就在寂静中消失了。金色的天空中不再有乌鸦的鸣叫，惬意的时光瞬间失去了所有的声音。可是大自然没有其他变化，除非是我以出奇敏锐的眼光看到的变化。天空还有金色的余晖，空气仍然清新，站在城垛上看着我的那个人，就像是画框里的画一样真切。我心里的念头转得飞快，想着他可能是什么人，可他什么人都不是。我们远远相隔对望了很久，久到让我追问自己，他到底是谁，但我说不出答案，只是感觉好奇，过了一会儿，这种好奇心越来越强烈。

后来我才明白，提到某些事情，最要紧的问题（或者说最重要的问

就是，这种情形到底持续了多久？好吧，我遇到的这件怪
事——不管你们作何感想——持续了好长一段时间，我想了十几
种可能，也没有找到更像样的解释，在我看来，这座宅子里有个
我没见过的人，最要紧的是，他在这儿待了多久？当时我心里有
点恼火，觉得凭我的职责所在，我不该被蒙在鼓里，也不该有这
种人存在。这样说吧，那个访客显得怪轻松自在的，我还记得，
他没有戴帽子，表明他对这里很熟悉。他站在那里盯着我瞧，似
乎带着疑问，借着逐渐暗淡的天色打量着我，而他的出现也引起
了我的疑问。我们隔得太远，没办法打招呼，只能直愣愣地盯着
对方，倘若有那么一刻，我们要是离得近些，就会互相盘问，顺
理成章地打破沉默的氛围。他站在离宅邸很远的塔楼转角，身子
笔直，双手扶着墙垛。我可算看清楚他了，就像看清我写下的这
页文字一样；接着过了一会儿，仿佛是要让这幅景象更生动，他
慢慢地改变了位置，一边走向塔楼的另一个转角，一边死死地盯
着我不放。没错，我的感觉再敏锐不过了，他走动的时候，目光
从未离开过我，此时我仿佛还能看到，他走过来把手从一个垛
口移到另一个垛口的样子。他走到另一个转角停下来，但没过多
久，他就转身离开，临走前还紧紧地盯着我。他转身走了；这就
是我知道的一切。

第四章

这一次，不是我不愿意等下去，而是我给吓住了，待在原
地动不了。布莱庄园难道有什么"秘密"——到底是乌道夫之

谜[1]，还是有个见不得人的疯子亲戚关在不为人知的地方？我把这件事翻来覆去想了多久，我在撞见他的地方，怀着好奇恐惧的心情待了多久，我自己也说不准；我只记得，我又走进宅子的时候，天快要黑透了。在此期间，我实在按捺不住激动的心情，在原地兜起了圈子，怕是走了有三英里路；不过，此时恐怖才刚刚降临，比起后来更惊心动魄的经历，这次惊吓只是让人感受到几分寒意。说实话，那天最古怪的地方——虽说后来的事情也很古怪——是我在大厅里遇见格罗斯太太才意识到的。我的脑海中又浮现出那幅画面——我对回来的情形还有印象，宽敞的房间镶着白色的嵌板，在灯光下明亮耀眼，衬着墙上的肖像和地上的红毯，还有我朋友惊喜的神情，我一眼就看出她很牵挂我。她的目光清澈真诚，看见我回来就松了口气，我马上想到，她根本不明白我准备告诉她的那件怪事可能意味着什么。我事先没有料到，她那和善的面容会让我开不了口，不知道怎么，我掂量了刚才看到的景象，反倒迟疑起来，不愿意提起此事。在我看来，从始至终几乎没什么比这件事更奇怪的，可以这么说，就是从本能地瞒住我的同伴起，我才真正感到害怕。于是，当时在舒适的大厅里，在她的注视下，说不清是什么缘故，我心里打定了主意——找了个含糊的借口，说我回来得晚，要怪夜色太美，露水又重，打湿了脚，然后赶快回到自己的房间里。

这样一来，事情就变了样；此后的好几天里，更是显得古怪透顶。每天有好几个钟头——至少有那么一会儿，从手头的工作抽出空来——我把自己关在房间里思来想去。我还没有紧张到无法忍受的地步，可我生怕自己到了那一步；我琢磨出来的真相简单明了，那就是我说不清那个访客的来历，我与他的关系实在莫名其妙，却又似乎非常密切。我没过多久就发现，不用费心打听，也不用挑起话头，我就能弄清楚家里有什么纠葛。我受了这场惊吓以后，感觉变得敏锐起来；经过仔细的观察，到了第三天晚上，我就断定，不是仆人暗地里捣鬼，也不是搞的什么"把戏"。不管我知道了什么秘密，周围的人都不知情。只有一个结论合乎情理：有人放肆到胆大妄为的地步。这就是我躲进房间锁上门，反复对自己说的话。我们大家受到了侵扰：有个无耻的游客对老宅感到好奇，趁着没人注意闯了进来，在最好的位置饱览了风景，然后偷偷地溜了出去。倘若他用放肆的眼神盯着我不放，那不过是他举止轻率的表现。不过，好在我们肯定不会再见到他了。

这可不是什么好事，我得承认，倒不至于让我觉得，只要有我美妙的工作，其他事情都无关紧要。我美妙的工作就是陪着迈尔斯和弗洛拉生活，仿佛只要投入其中，我的烦恼就会消散，这也是我喜欢这份工作的原因。两个小孩可爱动人，给我带来了无穷的欢乐，使我不免感到惊讶，想到当初平白无故地担心，开头以为是个沉闷无聊的差事，难免心生反感。如今看来，既不感到沉闷无聊，也不觉得是长久的折磨；每天的生活那么美好，这样的工作怎么能不美妙呢？育儿室里有传奇的故事，教室里有诗意的氛围。当然，我可不是说，我们只学习小说和诗歌；我的意思是，只有这么说，我才能表达出我的小伙伴激发的那种兴趣。我该怎么形容呢？只能说我没有对他们习以为常，反而不断有新的发现，对家庭教师来说，这可是个奇迹，同行的姐妹可以做我的见证！当然，有一个方向没什么新发现：这个男孩在学校的行为，仍然是个难解之谜。可我看得出，没过多久我就能毫无痛苦地面对这个谜团。也许更接近事实的说法是：他一句话也没说，就已经澄清了这件事，让整个指控显得荒诞可笑。看见他那天真的小脸泛起玫瑰色的红晕，我就有了结论：他实在是太可爱、太美好了，学校那个可怕龌龊的小天地容不下他，他却为此付出了代价。我强烈地感觉到，这样出类拔萃、品行优越的人物，难免会引起大多数人的嫉恨，就连糊涂卑鄙的校长也不例外。

两个孩子的性情都很温和——他们只有这个缺点，却从来没让迈尔斯显得笨拙——我该怎么说呢？他们几乎没什么私心，自然也完全不会受到惩罚。两个人就像传说中的小天使一样，至少在道德上无可指责！我记得，当时就感觉迈尔斯不同寻常，似乎没有从前的经历。我们没有指望小孩子有什么"前尘往事"，可是在这个漂亮的小男孩身上，却有一种异常敏感又异常快乐的气质，比起我见过他同龄的孩子，我倒觉得，他每天似乎都是新的开始。他从来没受过什么罪。我认为，这恰好证明他没受过真正的责罚。要是他干过坏事，肯定会给"逮住"，那我就能从他的反应中看出来——我应该找到蛛丝马迹，应该能觉察到伤口和耻辱。可我根本无法自圆其说，那么他就是个天使。他从来没有说起学校，也从来没有提过同学或老师，而我也实在感到厌烦，不愿提起他们。当然，我是着了魔，最奇妙的是，即使在当时，我也完全知道自己着了魔。但我是心甘情愿的；这是万般痛苦的解药，而我的痛苦不止一件。那些天，我收到了几封让人心烦的家信，说家里的情况不太好。可是跟我的两个孩子在一起，世上还有什么要紧的事情呢？我偶尔独处的时候，经常这样扪心自问。我已经为他们的天真可爱所倾倒。

有一个星期天，雨下得很大，一连下了好几个钟头，怕是去不了教堂了；天色渐渐暗下来，我和格罗斯太太商量好，要是傍晚天气好转，我们就一起去参加晚祷。好在雨停了，我去为出门做准备，穿过庄园，沿着那条好走的路到村子里，大约需要二十分钟。我从楼上下来，走到大厅里等我的同事，想起来有一双手套需要缝上三针，我在孩子们吃茶点的时候缝好了——当着孩子的面缝补也许有失体面——只有在星期天，我们才破例在清冷干净、摆着红木家具和黄铜餐具的"成人"餐厅里享用茶点。想来手套是落在了那里，我就转身去找手套。天色已经很灰暗了，午后的阳光还流连不去，我一跨进门，不仅立即借着亮光，看见我要找的东西就在宽大窗户旁边的一把椅子上，当时窗户已经关上了，还察觉到有人从窗户外往里面张望。

走进房间一步就够了；我瞬间就看清楚了，一切都在眼前。那个往里面张望的人，就是在我眼前出现过的那个人。他就这样再次出现了，我不敢说比上次看得更清楚，因为那是不可能的，但他离得这么近，代表我们的关系又向前迈进了一步，我看见他的时候，呼吸急促，浑身发冷。他还是那样——还是原来那样，这次和上次一样，只能看见他腰部以上，尽管餐厅在一楼，可是窗子没有落地，看不到他站的平台。他的脸紧贴着玻璃，让我看得更清楚了，但说来也怪，这次看得更清楚，正好说明了我上次看得多么真切。他只待了几秒钟——却感觉很漫长，我相信他也看到了我，而且认出了我；但仿佛我盯着他看了好几年，一直都认识他似的。不过，这次发生了上次没有发生过的事情；他的目光透过玻璃窗，穿过房间，盯着我的脸瞧，像上次一样深沉严厉，却从我身上移开了片刻，在这段时间里，我仍然可以看到这道目光，接连盯着其他几个地方。当场我感到更加震惊，因为我确信他不是来找我的，他是来找别人的。

这个念头一闪而过——这是恐惧中生出的念头——而我的反应真是希奇少有，我吓得站在原地，心底突然涌出了责任感和勇气。说到勇气，是因为我已经把满腹疑虑远远抛在了后面。我直接冲出了房门，跑到宅邸的大门前，转眼间就上了车道，沿着平台拼命地跑过去，转过拐角，就能看清楚了。但是现在什么也看不到了——我的访客已经不见了。我停下了脚步，差点跌倒在地，这才真正松了一口气；可我还在四处张望——想给他时间再次现身。说到给他时间，但到底有多久呢？如今我已经说不清楚，这段时间持续了多久。我已经没有了时间的概念：到底过去了多久，肯定不像我心里想的那样。平台和整栋房子，草坪和旁边的花园，我能看到的庄园各处都空空荡荡，渺无人迹。远处有灌木丛和大树，但我清楚地记得，我感觉这些树木遮不住他，他要么还在，要么就不在：要是我看不到他，他就不在那儿了。我想清楚了这一点，接下来没有原路返回，而是不由自主地走到那扇窗前。我莫名其妙地觉得，我应该到他刚才站过的地方去。我照做了，把脸贴在玻璃窗上，像他那样往房间里张望。就在这个时候，仿佛是要让我看清楚他的视野，格罗斯太太就像我刚才那样，从大厅里走了进来。这样一来，刚才发生的事情就在我眼前重演了。她看着我，就像我看见那个访客一样；她也像我一样，突然停了下来，我也让她受了惊吓。她的脸色变得煞白，让我不禁问自己，我的脸色是不是也那么白。总而言之，她瞪着眼睛，沿着我刚才走过的路退了出去。我知道，她这时已经走出宅子，绕过来找我，我很快就会见到她。我待在原地不动，等她过来的时候，心里想了很多事。但我只想说一件事。我想知道，她为什么会害怕。

第五章

哦，她刚走过房子的拐角，再次出现在我的视线中，我就知道了答案。"看在上帝的分上，到底出了什么事？"她满脸通红，走得上气不接下气。

等她走近了，我才开口说话。"你问我吗？"我的表情肯定很古怪，"你看出来了？"

"你的脸色煞白，看起来怪可怕的。"

我想过了，趁着这个机会，我可以毫无顾忌地面对自己的无知。从前我得体谅格罗斯太太的好气色，如今这个负担从我的肩头卸下了，要是我有过瞬间的动摇，那也跟我隐瞒的事情无关。我向她伸出手去，她握住了；我紧紧地拉着她的手，想让她陪在我身边。她胆怯惊讶的神情，有点支持的意味。"你当然是来找我去教堂的，可我不能去了。"

"出什么事了？"

"是啊。现在该让你知道了。我看起来很奇怪吗？"

"透过窗户往里看吗？太吓人了！"

"没错，"我说，"我刚才给吓坏了。"格罗斯太太的眼神分明想说，她根本不情愿跟我分担什么明显的麻烦，可她也很清楚自己的地位，由不得她不愿意。唉，这件事已经决定了，她非得分担不可！"你刚才在餐厅看见的，就是吓到我的景象，可我看见的——还要早些——也要可怕得多。"

她的手收紧了。"什么意思？"

"有个稀奇古怪的人向里面张望。"

"什么稀奇古怪的人？"

"我根本不清楚。"

格罗斯太太茫然地看着四周。"那他去哪儿了？"

"我更不清楚了。"

"你从前见过他吗？"

"是的——见过一次。在旧塔上。"

她只能更使劲地盯着我。"你的意思是说，他是个陌生人？"

"哦，脸生得很！"

"你怎么没告诉我？"

"没有——是有原因的。但现在你猜到了——"

听到这话，格罗斯太太瞪圆了眼睛。"啊，我可没猜到！"她说得很干脆，"我怎么能猜到，难不成是你想象出来的？"

"我绝对想象不出来。"

"除了在塔楼上，你没在其他地方见过他？"

"就是刚才在这儿。"

格罗斯太太又向四周看了看。"他在塔楼上做什么？"

"只是站在那里，低头看着我。"

她想了一会儿。"他是个上等人吗？"

我发现自己不用多想。"不是。"她满腹疑惑地瞅着我。"不是。"

"那不是这里的人？也不是村里来的？"

"不是——都不是。我没告诉你，但我心里有数。"

她隐约松了口气：说来也怪，这似乎是件好事，只是也没好到哪儿去。"但他要不是上等人——"

"那他是什么人？他是个怪物。"

"怪物？"

"他是——上帝保佑我，我要知道他是什么人就好了！"

格罗斯太太又环顾了一下四周；她目不转睛地盯着昏暗的远方，然后打起精神，转过身来对着我，不假思索地说："咱们该去教堂了。"

"哦，我不能去教堂！"

"去教堂对你不好吗？"

"去教堂对他们不好——"我朝屋里点了点头。

"孩子们？"

"我现在不能离开他们。"

"你怕什么？"

我大着胆子说："我怕的是他。"

听了这话，格罗斯太太的脸上隐约流露出恍然大悟的神色，我还是头一回看到；不知怎么，我还从她脸上看出，她想到了最近发生的什么事，却不是我告诉她的，把我弄得一头雾水。现在回想起来，当时我马上就想到，可以从她嘴里套出话来，我觉得，这跟她想打听更多消息的劲头有关。"那是什么时候的事——

在塔楼上？"

"大概是这个月中旬。也是这个时候。"

"天快黑的时候。"格罗斯太太说。

"哦，不，天还没黑。我能看见他，就像看见你一样。"

"那他是怎么进来的？"

"那他是怎么出去的？"我笑着说，"我还没机会问他呢！你瞧，今天晚上，"我接着说，"他就没能进来。"

"他只是偷看吗？"

"但愿只是这样！"她现在松开了我的手，稍微转过身去。我等了一会儿，接着说："你去教堂吧，再见，我得守着。"

她又慢慢转过脸来。"你担心他们吗？"

我们又对视了很长时间。"你不担心吗？"她没有回答，而是走近窗户，把脸贴在玻璃窗上。"现在你明白他是怎么看的。"我接着往下说。

她一动不动。"他在这里站了多久？"

"到我出来为止，我是出来找他的。"

格罗斯太太终于转过身来，脸上的表情还是很复杂。"要是我，我可不敢出来。"

"我也不敢！"我又笑了起来。"可我还是出来了，我有自己的本分。"

"我也有自己的本分，"她回答说，接着又补充道，"他是什么样的人？"

"我一直很想告诉你，可他跟谁都不像。"

"跟谁都不像？"她附和道。

"他没戴帽子²。"我从她脸上看出来，她听了这话惊慌失措，有了几分画面感，我赶紧一笔一画地描补。"他有一头红发，非常红，紧紧地打着卷，面孔苍白，脸很长，五官端正，留着古怪稀疏的络腮胡，跟他的头发一样红。他的眉毛特别黑，看上去弯得厉害，好像能挑来挑去。他的眼睛很锐利，很奇怪——怪吓人的；可我只能看清楚，他的眼睛很小，直直地盯着。他的嘴巴很大，嘴唇很薄，除了络腮胡，脸上刮得很干净。我感觉他看起来像个戏子。"

"戏子！"至少在那个时候，可能没人比格罗斯太太更像个戏子。

"我从来没见过戏子，可我想戏子就是这样。他长得很高，样子利落，身材笔直，"我接着说，"可是一点儿也不像——绝对不像！——上等人。"

我接着往下说，我的同伴脸色煞白；她瞪着圆眼睛，温和的嘴巴张得很大。"上等人？"她倒吸了一口冷气，迷惑不解、目瞪口呆，"他也算上等人？"

"那你认识他吗？"

她显然在努力克制自己。"可他长得很英俊？"

我知道该怎么帮她了。"英俊极了！"

"他穿着——？"

"别人的衣服。衣服很漂亮，可不是他自己的。"

她有气无力地发出了一声肯定的呻吟："那是东家的衣服！"

我紧追不放。"你当真认识他？"

她犹豫了片刻。"昆特！"她嚷道。

"昆特？"

"彼得·昆特——东家在这儿的手下，他的贴身男仆！"

"东家在这儿是什么时候？"

她的嘴巴张得老大，可是看见我，她就赶紧把嘴合上了。"他从不戴帽子，但他确实穿过——嗯，有几件马甲找不到了。他们去年都在这儿，后来东家走了，留下昆特一个人。"

我稍微停了一下，接过话头。"一个人？"

"一个人陪着我们。"仿佛这话是从内心深处说出来的，"当管事的。"她接着说。

"他后来怎么样了？"

她很久没说话，我更是迷惑不解。"他也走了。"她终于说了出来。

"去哪儿了？"

听了这话，她的表情变得非同寻常。"天知道去哪儿了！他死了。"

"死了？"我几乎要尖叫了。

她似乎站直了身子，好让自己更坚决地说出这件怪事。"是的，昆特先生死了。"

第六章

当然，不仅是前面那番谈话，使我们站到一起，面对我们必须接受的处境——我感知鬼怪的可怕能力有了生动的例子，连我的同伴也知道了，叫她半是惊愕、半是同情。那天傍晚，我得知真相以后，有一个钟头都缓不过神来——我们俩都没有去教堂做礼拜，又是流泪又是起誓，又是祈祷又是许诺，说到激动的地方，更是互相盘问、赌咒发誓，随后我们一起回到教室里，关起门来把一切都说清楚。我们俩说清楚的后果，就是好歹把我们的处境理出个头绪。她自己什么也没看到，连鬼影子都没见到，这座宅子里也只有家庭教师，受着家庭教师的这份罪；然而她没有当面质疑我神志是否清醒，就接受了我告诉她的真相，到头来还流露出令人敬畏的温情，对我值得怀疑的异能表示体谅，这样的举动叫我难以忘记，堪称人世间最美好的善举。

那天晚上，我们就约定好了，什么事都要一起承担；当时我还不清楚，尽管她什么都没看见，却背负了最大的压力。我想，我那会儿就知道，就像我后来知道的那样，我能做些什么来保护我的学生；可是我过了一段时间才清楚，我忠实的朋友准备做什么，来履行这个艰难的约定。我这个人相处起来很古怪——几乎就跟我的同伴一样古怪；可是，等我回顾往事的时候，想知道我们达成多少共识，幸运的是，有个念头叫我们稳住了阵脚。要我说，就是这个念头和接下来的行动，指引我走出了恐惧的内心世界。我至少可以到庭院里透透气，格罗斯太太也会陪在我身边。我现在还清楚地记得，那天晚上我们分开以前，有股特殊的力量涌上了我的心头。我们一遍又一遍重温了我所看到的每一个特征。

"他要找的是另一个人，你是说——那个人不是你？"

"他要找小迈尔斯，"一种不祥的念头缠绕着我。"这就是他要找的人。"

"可你是怎么知道的？"

"我知道，我知道，我知道！"我越发兴奋起来。"你也知道，亲爱的！"

对此她倒不否认，可我觉得，我根本不用说得那么明白。反正过了一会儿，她又接着说："万一那家伙看见他怎么办？"

"小迈尔斯？他就是这个打算！"

她看起来又吓坏了。"那孩子？"

"千万不要！那个男人。他就想出现在他们面前。"他也许有个可怕的念头，不知怎么，我能让他的打算落空；而且我们在那里徘徊的时候，我也成功地证明了这一点。我有绝对的把握，我会再次看到我见过的景象，但我内心有个声音说，只要我勇敢地献出自己，独自经历这种场面，接受、吸引和战胜这一切，我就能成为赎罪的祭品，守护家里其他人的安宁。尤其是孩子们，我应该这样保护他们，彻底挽救他们。我想起那天晚上我对格罗斯太太说的最后几句话。

"真叫我吃惊，我的学生从来没有提到过——"

她紧紧地盯着我，我若有所思地停下来。"没提他来过这里，也没提他们跟他待在一起的日子？"

"他们跟他待在一起的日子，他的名字、他的样子、他的来历。他们从来都没有提过。"

"哦，小姑娘不记得了。她从来没有听说过，也不知道。"

"你是说他的死因？"我有些紧张地想。"也许她不记得了。可是迈尔斯会记得——迈尔斯会知道。"

"啊，别去问他！"格罗斯太太脱口而出。

她向我使了个眼色，我也看向她。"你放心好了，"我继续思考，"真是奇怪极了。"

"他从来没有说起过他吗？"

"从来没提过，可你跟我说，他们从前是'好朋友'？"

"哦，他可没那么说！"格罗斯太太加重了语气，"是昆特自己胡思乱想。带着他玩，我的意思是——把他宠坏了。"她停了一会儿，又接着说："昆特太随便了。"

听了这话，我眼前浮现出他的脸——他那副嘴脸！——突然觉得恶心透顶。"对我的孩子太随便了？"

"对每个人都太随便了！"

听到她这样讲，我暂且耐着性子没有琢磨下去，只是想到这话说的是家里的几个人，也就是还在我们这个小殖民地的六七个女仆和男人。不过在我们看来，幸运的是，谁也想不起来，这座体面的老房子有什么令人不快的传闻，厨房帮佣搞出过什么乱子，既没有坏名声，也没有丑闻缠身。最明显的是，格罗斯太太只想紧紧抓住我，默不作声地打哆嗦。最后，我甚至还试探了她一次。当时已是午夜时分，她把手放在教室的门上，准备离去。"那么你来告诉我——因为这很重要——大家都认为他是个坏蛋吗？"

"哦，倒也不是。我知道——可东家不知道。"

"你从来没有告诉过他？"

"嗯，他不喜欢听人说坏话——他也讨厌人家诉苦。他对这种事情很反感，要是什么人合他的胃口——"

"他就不愿意多操心？"这倒是符合我对他的印象：他不是

个爱找麻烦的绅士，对留在他身边的人也许不那么挑剔。尽管如此，我还是要逼问我的线人。"我跟你说吧，要是我肯定会告诉他！"

她觉得我洞察秋毫。"我想是我错了。但是，我真的很害怕。"

"害怕什么？"

"害怕那个人干出什么事来。昆特相当狡猾——他的心机太深了。"

我听明白了这话，可是脸上没怎么流露出来。"你就不害怕别的吗？不怕他的影响？"

"他的影响？"她满脸苦恼地重复了一遍，等我把话说完。

"影响两个天真的小宝贝。他们可是归你管的。"

"不，他们不归我管！"她痛苦地转过身来。"东家相信他，把他派到这里，因为他身体不舒服，乡下的空气对他有好处。所以什么事都是他说了算。没错，"——她对我说明白了——"就连他们的事也不例外。"

"他们——那个畜生？"我只能把咆哮压下去，"你竟然能受得了！"

"不，我受不了——现在也受不了！"可怜的女人放声大哭起来。

我已经说过了，从第二天起，我就对孩子们严加看管；然而有一周的时间，我们常常谈起这个话题，谈得多么起劲！虽说我们在那个星期天晚上谈了很多，尤其是后来几个钟头——你可以想象，我能不能睡得着——可她没有告诉我的那些事情，像个鬼影似的缠着我。我自己什么都没有隐瞒，格罗斯太太却有所保留。到了早上，我就确定不是她不够坦白的缘故，而是因为双方都有顾虑。现在回想起来，在我看来，到第二天太阳升起的时候，我已经不安地解读出我们面前的事实有什么深意，这也在后来发生更残酷的事件中显现出来。这些事实让我了解到那人生前的罪恶形象——他死后的样子更不用说了！——还有他接连在布莱庄园逗留的几个月，加起来更是令人生畏。一个冬天的黎明时分，这段罪恶的日子终于到了尽头，一个去上早班的工人发现彼得·昆特死在从村里出来的路上：人们解释说这出悲剧——至少表面上是这样——要怪他头上明显的伤口；也许是他从小酒馆出来，天黑走错了路，在冰冻的陡坡上失足滑倒，摔到了坡底，造成了这道致命的伤口，最后的证据也表明确实如此，他的尸体就躺在下面。冰冻的陡坡，夜里转错了弯，他又喝了酒，这些说明了很多问题——实际上，最后经过验尸和无数的议论，解释了所有的疑问；但他生前的所作所为——奇特的经历和冒险、隐秘的疾病、绝非猜疑的恶习劣迹——这些事情倒是会说明更多的问题。

我真不知道该用什么样的语言讲述我的经历，才能如实描述我当时的心情；但在那些日子里，形势迫使我生出了非凡的英雄气概，我也确实从中找到了乐趣。当时我发现自己肩负着令人钦佩而艰巨的责任；要是让人家看到——哦，在合适的地方！——其他姑娘可能办不到的事情，我却能办得到，那才了不起。这对我来说是莫大的帮助——我承认，回首往事的时候，我真想为自己鼓掌喝彩！——所以我把自己的责任看得那么要紧，那么纯粹。我来到这座庄园，就是为了保护世上最孤苦伶仃、最讨人喜欢的两个小孩，他们的可怜无助突然变得明显起来，给我专注的感情带来长久的痛苦。说真的，我们如今与世隔绝，只有在险境中相依为命。他们除了我什么依靠都没有，而我呢——我也只有他们。总之，这是个难得的机会。这个机会以非常具体的形象呈现在我的眼前。我就是一面屏障，我应该挡在他们前面。我看到的越多，他们看到的就越少。我开始压抑着内心的焦虑观察他们，按捺住紧张的心情，长此以往下去，可能会叫人发疯。现在我才知道，当初我没有发疯，是因为事情完全变了样。这种焦虑的情况没有持续多久——就被可怕的证据取代了。没错，我说的就是证据——从我真正掌握证据的那一刻算起。

那一刻发生在一个下午，我恰好单独带着弗洛拉在花园里玩。我们把迈尔斯留在屋里，坐在深窗的红色坐垫上；他想读完一本书，这孩子唯一的缺点，就是有点不安分，我很乐意鼓励他把这件值得称赞的事做完。他的妹妹却相反，一直很想出去，我就陪着她逛了半个小时，专找阴凉的地方，因为太阳还很高，天气也特别炎热。我们散步的时候，我又感觉到，她就像哥哥一样——这就是两个孩子的可爱之处——让我独处而不显得冷落我，陪在我身边而不缠着我不放。他们从不胡搅蛮缠，也不无精打采。我对两个孩子的照看，其实就是看着他们自己玩，没有我也无关紧要：他们像是极力演一出好戏，让我做个热心称赞的看客。我在他们创造的世界里走动——他们却从来不需要走进我的世界；对他们来说，只有游戏里需要什么像样的人物或道具，我才有时间上场，多亏了我见识不凡，地位又高，充当了快活尊贵的摆设。我忘了当时是什么身份，只记得我扮演的是个非常重要的安静角色，弗洛拉玩得非常投入。我们待在湖边，因为最近才开始学习地理，所以就把这个湖叫作"亚速海"。

在这种环境下，我突然意识到，亚速海的对面有人饶有兴致地看着我们。我察觉这件事的经过真是再奇怪不过了——说来也怪，还有一件更奇怪的事情，很快就自行消失了。当时我扮演的角色可以坐下来，我就坐在俯瞰湖面的旧石凳上，做着针线活；就在这个位置，我开始确信——虽然没有亲眼看到——远处有第三个人的存在。湖边有古老的树木和茂密的灌木丛，投下大片令人惬意的浓荫，可是在那个炎热宁静的时刻，周围都给照得亮堂堂的。没有什么含糊不清的地方；至少我心底逐渐生出的念头毫不含糊，我确信，只要我抬起眼睛，就会看到我的正前方和湖对岸有什么东西。在那个紧要关头，我盯着手里的针线活，我现在还能感受到，当时尽力强迫自己不要移动目光，直到我镇定下来，才想清楚我要怎么办才好。在我的视线中，出现了一个陌生的身影——我立刻产生了强烈的怀疑，它怎么可能出现在这里。我记得我仔细盘算了各种可能性，提醒自己这是再自然不过的事情，也许只是住在附近的人，或者是村里的信使、邮差或商人的伙计。这种提醒动摇不了我坚定的信念，对我感知到——我连看也没看一眼——这个访客的品性和态度也没什么影响。再没有什么比这更自然的了，这些东西看起来应该是别的东西，可是又绝对不是。

只要我的勇气用对了地方，我就能弄清楚这个幽灵的确切身份；与此同时，我费了很大的力气，把目光直接转到小弗洛拉身上，此时她就在离我大约十码远的地方。她到底看到了没有，想到这个令人疑惑和害怕的问题，我的心脏瞬间停止了跳动；我屏住呼吸，等待着她惊声尖叫，或者突然露出感兴趣或惊恐不安的天真神情，那我心里就明白了。我等了一会儿，但什么也没等到；接下来发生的这件事，我觉得比我要说的任何事情都更可怕，我先是感觉到，她发出的所有声音瞬间就消失了；然后，就在这个瞬间，她正玩着却转过身去，背对着水面。我最终看向她的时候，她就是这个姿势——我看着她，越发相信我们俩仍然在别人的注视下。她捡起一小块扁平的木头，上面碰巧有一个小洞，显然让她想到，可以插上一个碎片充当桅杆，把木头做成一条船。我打量着她的时候，她非常用力专注地把第二块木头紧紧地插进洞里。看清楚她在做什么，我就放心了，过了一会儿，我觉得我已经做好了准备。然后，我又一次移开了视线——我要面对我必须面对的东西。

第七章

然后我尽快找到了格罗斯太太；我也说不清楚，刚才这段时间我是怎么挨过来的。我似乎还能听到我扑到她怀里的哭喊："他们知道——太可怕了：他们知道，他们知道！"

"究竟知道什么——？"她抱着我，我觉得她没听明白。

"怎么，我们知道的那些事——天知道还有什么！"然后她放开我，我把刚才的事对她说了，也许到了那个时候，我才完全理清头绪。"两个钟头前，在花园里，"我连话都说不清楚了，"弗洛拉看见了！"

格罗斯太太听了这话，就像挨了当头一棒。"她跟你说的？"她说这话的时候直喘气。

"什么都没说——这才吓人呢。她憋在自己心里！八岁的孩子，还是个孩子！"我还是说不出心里那份惊慌。

当然，格罗斯太太只能目瞪口呆。"那你怎么知道的？"

"我就在跟前——我亲眼看见的：看见她什么都知道。"

"你是说知道那个男人？"

"不——那个女人。"我刚说出口，就觉得我的模样很骇人，因为我看见她的脸上慢慢浮现出惊恐的神色。"是另一个人；不过我没看错，这个人也很可怕，很邪恶：一个穿黑衣服的女人，脸色惨白吓人——她那样的神态，那样的嘴脸！就在湖对面。我和孩子在湖边，那会儿很安静；就在这时，她来了。"

"怎么来的——从哪儿来的？"

"从他们该来的地方来的！她突然出现，站在对面——但离得不太近。"

"没有走近吗？"

"哦，感觉她可能像你离我这么近！"

我的朋友有种奇怪的冲动，后退了一步。"你从来没见过她吗？"

"没有。可是孩子见过她。你也见过她。"为了表示我已经全想明白了，"我的前任——死了的那个女人。"

"杰塞尔小姐？"

"就是杰塞尔小姐。你不相信我吗？"我追问道。

她转来转去，烦恼得要命。"你怎么能断定呢？"

我本来就紧张，听了这话感到一阵不耐烦。"那就去问弗洛拉——她能断定！"可我刚说出口，突然就回过神来，"不，看在上帝的分上，别去问！她会说不知道——她会撒谎的！"

格罗斯太太不由得感到困惑，可也没忘了反驳："啊，你怎么能说这种话？"

"因为我很清楚，弗洛拉不想让我知道。"

"只是不想伤害你。"

"不，不——里头的意思很深！我想得越多，就知道得越多，我知道的越多，就越害怕。我不明白还有什么我不知道的，还有什么我不害怕的！"

格罗斯太太想弄清楚我的意思。"你是说，你害怕再见到她吗？"

"哦，不是；现在不要紧了！"我解释道，"我是害怕见不到她。"

但我的同伴看起来脸色煞白。"我还没明白你的意思。"

"怎么，那孩子会瞒到底的——她肯定会的——我却不知情。"

想到这种可能，格罗斯太太一时不知所措，但很快又打起精神来，似乎有股积极的力量支撑着她，只要我们让步一分一毫，就真的要败下阵来。"亲爱的，亲爱的——我们得冷静下来！毕竟，要是她不在乎的话——"她甚至想讲个冷笑话，"也许她喜欢呢！"

"喜欢这种事情——这么小的孩子！"

"那不是恰好证明她不懂事吗？"我的朋友鼓起勇气问道。

那一瞬间，她几乎把我说动了。"哦，我们要相信这一点——我们必须相信！要是不能证明你的说法，那就证明——天知道有什么！因为这个女人恐怖透顶。"

格罗斯太太听了这话，盯着地上看了一会儿，最后抬起眼睛说："告诉我，你是怎么知道的。"

"那么你承认她就是这样？"我嚷道。

"告诉我，你是怎么知道的。"我的朋友简单地重复道。

"怎么知道的？看到她就知道了！看看她的眼神。"

"你是说，她看你的眼神——很恶毒？"

"天啊，没有——那样我倒能受得了。她连看都没看我一眼。她只顾盯着孩子看。"

格罗斯太太设想当时的情景。"盯着她看？"

"唉，她的眼神真吓人！"

她盯着我的眼睛，好像真的看到了那女人的眼睛。"你是说憎恶的眼神？"

"愿上帝保佑我们，不是，比憎恶还要可怕。"

"比憎恶还要可怕？"这确实让她不知所措。

"带着无法形容的决心。有种狂热的打算。"

我的话让她脸色苍白。"什么打算？"

"打算抓住她。"格罗斯太太盯着我的眼睛看，突然打了个激灵，走到窗前；她站在窗边向外望的时候，我趁机把话说完了。"这就是弗洛拉知道的事情。"

过了一会儿，她转过身来。"你说那个女人穿着黑衣服？"

"她穿着丧服——相当破旧，寒酸得很。可是——说真的——她美得超凡脱俗。"我现在意识到，经过一字一句的描述，我终于赢得了她的信任，她显然在掂量我的话。"哦，她长得很漂亮——漂亮极了，"我紧接着说，"漂亮得出奇，可是很下流。"

她慢慢地走到我身边。"杰塞尔小姐——她是很下流。"她又用双手握着我的手，握得那么用力，像是要让我鼓起勇气，免得听了这句话更加惊慌失措。"他们两个都很下流。"她终于说。

于是，有那么一会儿，我们又一起共同面对了；我发现把这件事弄清楚，绝对大有用处。"我很佩服你，"我说道，"你做的真是得体，到现在都没有透过口风，不过如今也该把所有的事情告诉我了。"她似乎同意我的话，但还是不作声。见到她这样，我接着说："我现在就要知道。她是怎么死的？说吧，他们两个有什么关系。"

"什么关系都有。"

"哪怕身份有别——？"

"唉，他们的地位和身份都有差别，"她伤心地说道，"她可是位小姐呢。"

我想了想，明白了这话的意思。"是啊——她是位小姐。"

"可他的身份要低得多。"格罗斯太太说。

我觉得自己没必要逼问下去，她不过是个仆人；但是她对我的前任自贬身份的评价，我没什么道理不接受。对付这种局面有个好法子，我就照做了；对于我们东家那个英俊机灵的已故"贴身"男仆，我越发看清了他是什么货色 (我可是有根据的)：厚颜无耻、狂妄自大、放荡堕落。"那家伙就是一头恶狼。"

格罗斯太太觉得，似乎跟鬼影比起来也许不算什么。"我从来没有见过像他这样放肆的人。他想怎么样就怎么样。"

"对她吗?"

"对她们所有人。"

当时在我朋友的眼里,杰塞尔小姐仿佛又出现了。有那么一瞬间,我似乎看到这双眼睛里幻化出她的身影,就像我在湖边看到她一样清晰;我斩钉截铁地说,"一定也是她乐意的!"

从格罗斯太太的表情来看,我说得没错,但她同时又说:"可怜的女人——她为此遭了报应!"

"那你知道她是怎么死的吗?"我问道。

"不——我什么都不知道。我可不想知道;我倒高兴我不知道;我感谢上天,叫她彻底解脱了!"

"可是你自己想过——"

"想过她究竟是什么缘故才走的?哦,是啊——就是这样。她待不下去了。想想看——家庭教师出了这种事!后来我猜想过——我还在猜想。我猜想的缘故很可怕。"

"不像我想的那么可怕,"我回答道;我自己再清楚不过了,我肯定对她流露出痛苦挫败的神色,又唤起了她对我的怜悯之情,她的仁慈再次打动了我,我再也忍不住了,失声痛哭起来,就像上次让她号啕大哭那样。她慈爱地把我搂进怀里,我的眼泪扑簌簌地流下来。"我不干了!"我绝望地抽泣着,"我救不了他们,也保护不了他们!我做梦也想不到这么糟糕——他们没救了!"

第八章

我对格罗斯太太说的话千真万确：我跟她讲的这件事里头，还有不少深奥的地方和疑点，我却没有决心追究下去。因此，等到我们满腹疑惑地再次碰面时，都抱着同样的想法，那就是尽到自己的本分，千万不能胡思乱想。要是我们手里没什么底牌，就要保持冷静——我们的经历匪夷所思，面对不容置疑的事实，实在很难冷静下来。等到那天深夜，宅子里的人都睡着了，我们在我的房间里又谈了一次，她跟我从头到尾梳理了一遍，我当真看到了我看见的那些东西，这是不容怀疑的。我发现，要想叫她完全相信这件事，只能反问她，如果是我"编造"出来的，我怎么能说出在我面前现身的两个人是什么长相，连细节和特征都不差——我刚描摹出他们的样貌，她一眼就认出是谁，说出了两个人的名字。当然，她希望就此放下不提，这也不能怪她！我赶紧向她保证，我对这件事感兴趣，是因为急着找个脱身的办法。我诚恳地与她约定，要是再发生这种怪事——我们都觉得难免会再发生——我会习惯危险的处境，我说得很明白，我个人的安危突然成了微不足道的烦恼。叫人无法忍受的是我新的疑虑；然而，那天过了几个钟头，就连这件烦心事我也不放在心上了。

我头一回放声大哭后，就抛下她走了，当然回到了我的学生身边，让他们的魅力来治愈我的烦恼，我早就认识到，这是我能精心培养的对症良药，对我从来都没有失效过。换句话说，我只是重新投入到弗洛拉与众不同的陪伴中，意识到——这简直是奢侈的享受！——她可以用体贴的小手抚慰痛苦的地方。她带着可爱的疑惑表情，当面责怪我"哭过了"。我本来以为把难看的泪痕抹去了：不过，面对深切的关怀，我应该感到高兴——至少当时如此——还没有把泪痕擦干净。凝视着孩子深邃的蓝眼睛，要是说可爱的眼神是早熟的狡黠把戏，那就犯了愤世嫉俗的毛病，而我宁愿放弃原先的判断，尽量压下心头的骚动。我不能想放弃就放弃，但我可以对格罗斯太太再说一遍——等到凌晨时分，我就一次一次说给她听了——听着孩子们的声音，看着他们依偎在我的怀里，芳香的小脸贴着我的脸颊，除了觉得他们弱小可爱，心里什么念头都没有了。可惜的是，为了彻底解决这个问题，我只好重新列举那些微妙的迹象，多亏了这些迹象，那天下午在湖边，我才能表现得沉着冷静，真是了不起。可惜的是，我不得不重新探究当时的真相，回顾我是如何突然发现，让我感到惊讶的灵异交流对双方来说却习以为常。可惜的是，我不得不再次颤抖着说出，为什么在我的幻觉中，我没有质疑这个小女孩看到我们的访客，就像我真正看到格罗斯太太一样，她不但看见了，还想让我以为她没看到，同时不动声色，让我怀疑自己看错了！可惜的是，我要再次描述她为了让我分神，使了什么小花招：动作明显多起来，玩得更加卖力，嘴里唱着歌，说着无聊的话，还邀请我加入游戏。

然而，要是我没有仔细进行这番回顾，来证明没什么问题，我就会错过两三条让我宽慰的模糊理由。比如，我就不会向我的朋友断言，说我能确定——那样就太好了——我至少没有露出破绽。我也不会迫于压力和焦虑的心情——我真不知道该怎么说——把我的同事逼得无路可走，告诉我更多的真相。她经不住我的逼问，一点一滴地说了很多事情；可是在这件事的另一边，还有飘忽不定的小疑点，就像蝙蝠的翅膀，时不时掠过我的额头；我还记得当时的情形——宅子里的人都睡熟了，我们身处险境，警惕不安，似乎起了作用——我感到，最后使劲把帘幕拉开有多么重要。"我不相信有那么可怕的事，"我记得当时说，"不，我们把话说明白，亲爱的，我不相信。你知道，要是我相信的话，我现在就要做一件事，你要一五一十说清楚——哦，一点儿也别隐瞒，说吧！——全都说出来。迈尔斯回来以前，我们为他的学校寄来的那封信烦心的时候，在我的追问下，你说过没有为他开脱，假装他从来没干过'坏事'，当时你心里是怎么想的？这几个星期，我和他一起生活，仔细观察过他，他确实'从来'没有干过坏事；他是个冷静沉稳的小天才，讨人喜欢，善良可爱。要是你没有碰巧见过什么出格的事，你完全可以为他作保证。你到底见过什么出格的事，你从他身上看出了什么端倪？"

这话问得直截了当，但我们绝对没有心情说笑，不管怎么样，在灰暗的黎明提醒我们分开之前，我得到了想要的答案。原来，我朋友心里想的那件事有很大的关系。事情差不多是这样的，有好几个月的时间，昆特和男孩一直形影不离。其实，恰好有证据表明，格罗斯太太曾经大胆批评他们的密切关系不成体统，暗示这样有失身份，她甚至为此和杰塞尔小姐坦率地谈过，杰塞尔小姐的态度却很傲慢，叫她不要多管闲事，这个好心的女人听了这话，直接找到了小迈尔斯。在我的逼问下，她才说出了当时对他讲的话：希望年轻的绅士不要忘了自己的地位。

我听到这里，自然要追问下去。"你提醒他，昆特只是个卑贱的佣人？"

"你说得没错！可他的回答糟透了，这只是一方面。"

"另一方面呢？"我等她回话，"他把你的话都说给昆特听了？"

"不，才不是呢。他可不愿意那么说！"她的样子仍然给我留下了深刻的印象。"不管怎么样，我能肯定，"她接着说，"他没说过，但他否认了几件事。"

"什么事？"

"他们待在一起的时候，昆特就像是他的老师——还是个了不得的老师——杰塞尔小姐只管小姑娘。他跟着那家伙到处跑，要我说，一去就是几个钟头。"

"然后他就搪塞过去——说他没有做过？"她显然表示同意，我就赶紧补上一句，"我明白了，他撒谎了。"

"哎呀！"格罗斯太太嗫嚅地说，表明这件事无关紧要；其实，她又说了一句话，更加证明了这一点。"你瞧，反正杰塞尔小姐不在乎。她没有不准他去。"

我想了一下。"他为自己辩解的时候，跟你这么说的吗？"

听了这话，她的声音又低下来。"不，他从来没有提过。"

"从来没有提过她和昆特的关系？"

她明白我要说什么，明显脸红了。"他什么都没流露出来。他否认了，"她重复道，"他否认了。"

天啊，我把她逼到了什么地步！"你看出他知道那两个混蛋有什么关系？"

"我不知道——我不知道！"这个可怜的女人哭着说。

"你肯定知道，亲爱的，"我回答道，"只是你没有我这可怕的胆量罢了，你天性胆怯、害羞、体贴，过去没有我帮你，你只能在沉默中挣扎，把你最痛苦的印象埋在心底。可我还是要让你说出来！那孩子有些举动叫你明白，"我接着说，"他掩盖和隐瞒了他们的关系。"

"哦，他也拦不住——"

"拦不住你知道真相吗？我看就是这样！可是，天哪，"我激动地想着，"这说明他们把他教成了什么样子！"

"哎，现在没那么糟了！"格罗斯太太哀伤地恳求道。

"我跟你提起他的学校寄来那封信时，"我坚持说，"怪不得你看起来那么古怪！"

"我倒没像你那么古怪！"她不客气地顶了回来，"要是他原先就那么坏，那他现在怎么会是个天使呢？"

"是的，说得不错——要是他在学校里像个恶魔的话！怎么会，怎么会呢？好了，"我痛苦地说，"你必须再问我一次，可我要过几天才能回答你。只要再问我一次就好！"我大声嚷道，把我的朋友吓得目瞪口呆。"有些方面我暂时还不能放手。"与此同时，我又想到了她举的头一个例子——她刚才提过的那个例子——幸好那孩子偶尔也会说漏了嘴。"你劝他的时候说，昆特只是个卑贱的佣人，那么我猜想，迈尔斯回答你的话是，你也是个卑贱的佣人。"她又一次痛快地承认了，我接着说，"那你原谅他了吗？"

"难道你不会原谅他吗？"

"哦，会的！"我们在寂静中，交换了最古怪的笑声，我又接着说，"不管怎么样，他跟着那个男人的时候——"

"弗洛拉小姐跟着那个女人。对他们都挺合适的！"

我觉得，对我也挺合适的；我是说，对我努力不去多想的那个可怕念头再合适不过了。不过，我当时总算是忍住了，没把我的想法说出来，我在此不愿多提，只是对格罗斯太太说了我最后的看法。"我承认，他撒谎也好，无礼也罢，比起我原本希望从你那儿打听到这小家伙暴露的天性，没那么吸引人。不过，"我若有所思地说，"知道这些也好，让我比以往任何时候都更觉得，我必须看着他。"

接下来，看到我朋友的表情，我就知道，她已经毫无保留地原谅了他，我的脸一下子就红了，原来她讲这些逸事，不过是想让我心软。她在教室门口和我分手时，把这一点说得很清楚。"你肯定不会怪他——"

"怪他瞒着我私下来往？哎，你听着，没找到更多证据之前，我是不会怪任何人的。"接着我关上门，她从另一条走廊回自己房间之前，我最后说，"我会等下去。"

第九章

我等了又等，日子一天天过去，冲淡了几分惊恐的心情。实际上，过了几天，我成天看着两个学生，没发生什么新鲜事，足以从我的心头抹去那些痛苦的幻想，还有讨厌的回忆。我早就说过，他们颇具孩子气的优雅风度叫我倾倒，这是我能努力培养的感情，要是我忘了向这个源泉汲取可能产生的安慰，不难想象会怎么样。当然，还有一件说不清楚的怪事，就是我要尽力压下新的念头。不过，要是我占上风的时候不多，心情无疑会更加紧张。我曾经也怀疑过，两个小家伙会不会猜到我觉得他们有些蹊跷；这些事情只会让他们更受关注，当时的情况对瞒住他们却没什么直接的帮助。我怕得发抖，唯恐他们发现自己受到了过多的关注。无论如何，要是把事情往最坏的方面想，就像我经常暗自思忖的那样，但凡有什么给他们纯真的心灵蒙上阴影——尽管他们没有过错，却没逃过命运的劫数——都会成为我更想冒险的理由。有时候，我情不自禁地想追上他们，把他们紧紧搂在怀里。可是每次过后，我就会担心："他们会怎么想呢？会不会泄露了太多的秘密？"我很容易就会心烦意乱，不知道自己露出了多少破绽；不过现在想来，当时我还能过几个钟头的平静日子，真正的原因是两个小伙伴迷人的魅力，即使我疑心可能是装出来的，也依然让我心醉神迷。如果说我想过，我对他们流露出更强烈的情感，偶尔可能引起他们的猜疑，那么我也记得问过自己，从他们表露出日渐增长的感情中，我能否察觉出古怪的地方。

这段时间里，他们对我的喜爱到了过分狂热的地步；我想，这不过是孩子们对经常俯下身来拥抱的人做出得体的回应。说真的，他们殷勤地向我表示亲热，倒是安抚了我的情绪，可以这么说，我就像从来没有觉察到他们有什么目的似的。现在想来，他们从来没有想过要为可怜的保护人做这么多事；我的意思是——尽管他们的功课越来越好，这自然是最让她高兴的事情——让她分神、逗她开心、给她惊喜；为她读文章、讲故事、猜字谜，扮成动物和历史人物扑到她怀里，最重要的是，他们把"选篇"默记下来，还能没完没了地背诵，让她大吃一惊。我永远也弄不清楚——即使我现在放任自己——在那些日子里，我私下对他们的举动有无数的评价，也有更多私下的纠正，占去了他们所有的时间。一开头，他们就向我展现出无所不能的本事，无论学什么，只要从头学起，就会取得出众的成绩。他们做起琐碎的功课来，似乎也乐在其中；凭借过人的天赋，他们尽情地展示不同寻常的好记性。他们不仅装扮成老虎和罗马人，突然出现在我面前，还会扮演莎士比亚笔下的角色、天文学家和航海家。这真是稀奇古怪，大概和今天我还不知道如何解释的事实有很大关系：我指的是给迈尔斯另找一所学校的事，我表现得异常镇定。我记得，当时我满足于对此事暂且不提，这种满足感一定来自他总是表现出惊人的聪明。他实在是太聪明了，一个糟糕的家庭教师，一个牧师的女儿，不可能把他宠坏；我刚才提到的那幅让人忧心的画面中，有一条不见得最显眼、却是最奇怪的线索，倘若我敢追查到底的话，可能会得到这样的印象：他受到了某种力量的影响，这种力量在他小小的精神生活中掀起了巨大的波澜。

然而，要是说很容易想到这样的男孩推迟入学也无妨，那么至少也能想到，这样的男孩被校长"赶出"校门，简直是个猜不透的谜。我得补充一句，当时我和他们朝夕相处——我很小心，几乎从不离开他们——却没有追查到更多的线索。我们生活在音乐、爱情、成功和家庭戏剧的云端。两个孩子都有很强的乐感，尤其是迈尔斯有领会和重复曲调的奇妙技巧。教室里的钢琴声打破了所有毛骨悚然的幻想；钢琴声消失后，他们就躲在角落里讨论，其中一个人兴致勃勃地出去，以便扮成新角色"登场"。我自己也有兄弟，因此小女孩对小男孩的盲目崇拜，对我来说不是什么新鲜事。叫人称奇的是，世上竟然有一个小男孩，对年龄、性别和聪明才智都不及他的人如此体贴周到。两个孩子特别合得来，说他们从来没有争吵过，从来没有抱怨过，不过是对他们可爱品质的粗俗赞美。的确，有时我产生了粗俗的想法，也许会发现他们俩的小默契，其中一个会让我忙得不可开交，而另一个却悄悄溜走了。我想，这就是机智手段的天真一面；可是，如果我的学生对我耍什么花招，那肯定也谈不上恶劣。过了一段平静的日子，在另一个角落，终于发生了恶劣的事情。

我写到这里，不由得迟疑起来，可我还得打定主意，说出可怕的故事。要是接着讲述布莱庄园的丑闻，我不仅要质疑最开明的信仰——我对此并不在意；还要重温我亲身经历的痛苦（这是另一回事），再一次沿着那条可怕的路走到尽头。那个时刻来得很突然，以后我回想起来，这段经历在我看来纯粹是受罪；但我至少触及了问题的核心，最直接的出路无疑就是前进。有一天傍晚——没什么铺垫，也没什么准备——我感觉到抵达庄园的那天夜里袭来的寒意，这种印象比上次还要强烈，我前面提到过，要是后来的生活不那么烦心的话，我可能就不会记得了。当时我还没有上床睡觉，坐在几支蜡烛旁读书。布莱庄园有一屋子的旧书，有些是上个世纪的小说，名声已经大不如前，可是没有到无人问津的地步，流落到这个与世隔绝的宅子，吸引了我年轻时不曾表露的好奇心。我记得，我手里拿的那本书是菲尔丁的《阿米莉亚》[3]，也记得我再清醒不过了。我还记得，明知道夜已深了，却很不情愿去看表。最后我还能想起来，白色的床幔垂落下来，按照当年时兴的样子，搭在弗洛拉小床的床头上，完全遮住了熟睡的孩子，这是我早就拿准的事情。简单地说，我记得尽管我对作者很有兴趣，可是翻过一页后，却发现他的魔力消散了，我从书上抬起头来，使劲地望着我的房门。我听了一会儿，想起了第一天晚上隐约感觉到，房子里有什么说不清道不明的东西，我还注意到，从敞开的窗口吹进来的微风，轻轻拂动了半掩的窗帘。紧接着，我带着从容不迫的气派——要是有人欣赏的话，我的表演一定很精彩——把书放下，站起身来，拿着一支蜡烛，径直走出房间，借着不怎么亮的烛光，在走廊上把房门关上锁好，没有发出一点声响。

我到现在也说不出，到底是什么叫我打定了主意，也说不出是什么指引着我，让我高高举起蜡烛，沿着走廊径直往前走，一直走到我看见楼梯转角上方高大的窗户。此时，我突然意识到了三件事，其实几件事是同时发生的，却也是接连而至的。我的蜡烛晃了两下就熄灭了，透过无遮无挡的窗户，我看到清晨的暮色悄然褪去，也就用不着蜡烛了。烛火刚刚熄灭的工夫，我就察觉楼梯上有个人影。我现在说来有个先后次序，可不过是转瞬之间，我就僵在了那里，第三次撞见了昆特。那个幽灵已经走到楼梯中间的平台，站在离窗户最近的地方，他一看见我，就停下了脚步，死死盯住我，就像他在塔楼顶上和花园里盯着我一样。他认出了我，我也认出了他；于是在寒冷昏暗的晨曦中，借着高大玻璃窗透出的微光，还有下头橡木楼梯锃亮的反光，我们同样紧张地面面相觑。他这回出现在我面前，活生生就是个凶煞恶鬼。可这还不是最奇怪的，最让我感到奇怪的是另一回事：恐惧显然已经离我而去，我倒想遇上他，跟他较量一番。

那个不同寻常的瞬间过后，我感到万分痛苦，不过感谢上帝，我不害怕了。他也知道我不害怕了——那一刻结束的时候，我对这一点再清楚不过了。我心里怀着强烈的信念，只要我在原地站上一分钟，我就再也不会——至少在那段时间里——和他打交道了；在那一分钟里，这家伙就像个活人，也很吓人，跟真正的见面没什么两样：说吓人是因为他像个活人，就像夜深人静的时候，屋子里的人都睡着了，你却独自撞见了一个仇人、一个强盗、一个罪犯。我们离得很近，盯着对方看了很久，周围一片死寂，让原本就阴森恐怖的气氛，显得有些不自然。要是我此时此地撞见的是个杀人犯，我们至少还会说点什么。我们会有言语的交流，就算什么也不说，也会有人行动起来。那一刻是如此漫长，要是再拖下去，我就会疑心自己是不是还活着。我说不出接下来发生了什么，只能说寂静本身——在某种程度上确实证明了我的力量——成了我看见那个身影消失的转机；我亲眼看见他转过身去，仿佛看到鬼魂生前的那个卑鄙小人，听到呼唤就转身离去，我注视着那个邪恶的背影——没有哪个驼背比他更不成人形——径直走下楼梯，走到下一个拐角，隐没在黑暗中不见了。

第十章

我在楼梯上头站了一会儿，很快就明白过来，我的访客走了，他已经走了。于是我回到了自己的房间，临走前点着的蜡烛还没熄灭，透过烛光，我第一眼就看到弗洛拉的小床空了，这叫我倒吸了一口冷气，五分钟前我还能强忍着恐惧，如今全都涌上了心头。我冲到刚才她躺着的地方，小小的丝绸床罩和床单乱七八糟，白色的床幔有意拉到了前面，叫我心里暗自庆幸的是，我的脚步声引来了一声回响：我留意到窗帘在晃动，孩子弯着腰，快活地从窗帘后边钻了出来。她就站在那儿，脸上的表情很坦然，身上的睡衣却很单薄，光着粉色的小脚，披着金光闪闪的卷发。她的神情很严肃，用责备的口气对我说，"你好没规矩，刚才跑到哪儿去了？"叫我觉得很内疚，我还从来没有像这样，感觉失去了到手的先机(我刚才还很激动呢)。我还没有怪她没规矩，反而先要受到责难，为自己辩解。她用最可爱热切的语气，简单地解释了刚才的事：她躺在床上的时候，突然发现我不在房间里，就起来看看我怎么样。她重新出现在眼前，让我喜出望外地跌回到椅子里，此时才觉得有点头晕；她直接跑过来，扑到我的膝盖上，要我紧紧抱着她，烛光照着她可爱的小脸，还带着泛红的睡意。我记得，她碧蓝的眼睛焕发着动人的光彩，让我不敢直视，下意识把眼睛闭了一会儿。"你向窗外看是在找我吗？"我说，"你以为我在花园里散步？"

"嗯，你知道，我以为有人——"她笑着对我说，脸色都没有变。

哦，当初我是以什么眼神看着她！"你看到了什么人？"

"啊，才没有呢！"她不客气地回答道，充满孩子气的任性，她那拖长的否认腔调还带着甜蜜的余音。

那一瞬间，怀着紧张的心情，我绝对相信她撒谎了；要是我再次闭上眼睛，我的眼前就会闪过三四个念头，可以解释这件事。一时间，有个念头强烈地诱惑着我，为了抵挡住诱惑，我只好把小女孩紧紧抱在怀里，好在她表现得很乖巧，没有哭闹，也没有流露出害怕的神情。为什么不当场向她发难，把一切都说出来呢？对着她那可爱明亮的小脸直截了当地说清楚呢？"你瞧，你瞧，你明知道你做了什么，你也猜到我是怎么想的；既然这样，为什么你不敢对我说实话，这样我们至少还能一起对付它，也许在我们奇怪的命运里头，能弄清楚我们的处境，知道究竟是怎么回事？"哎，这个念头刚冒出来，就给压下去了。如果我当时能够立刻照办，也许就不会自讨苦吃——好吧，你们以后会明白的。我没有照办，而是再次站起身来，看着她的床，采取了无奈的折中办法。"你为什么要把床幔拉下来，让我以为你还在床上？"

弗洛拉若有所思地想了想，嘴角挂着圣洁的微笑说："因为我不想吓到你！"

"要是我像你想的那样出去了呢？"

她根本不愿意想下去，转过头去看蜡烛的火光，仿佛这个问题无关紧要，至少和她没有关系，就像马塞特夫人[4]或九乘九似的。"哦，不过你要知道，"她相当体贴地回答，"你会回来的，亲爱的，你还是回来了！"过了一会儿，等她上床睡觉了，我就握住她的手，紧挨着她在床上坐了好长时间，表示我知道自己回来得正是时候。

你可以想象得出，从那一刻起，我在夜里都是怎么熬过来的。我整夜守着，不知道什么时候才合眼；等到孩子真的睡熟了，我就偷偷溜出房间，在走廊里悄没声儿地转来转去。我甚至走到上次撞见昆特的地方，可再也没有在那儿见过他，不妨说一句，我再也没有在屋子里其他地方见过他。不过，我倒是在楼梯上错过了另一桩奇遇。有一次，我站在楼梯上头往下看，只见下面的台阶上坐着一个女人，她背对着我，半弓着身子，双手抱着头，一副悲惨的样子。可是我刚待了一会儿，她就消失不见了，没有回头看我一眼。不过我也知道，她到底会露出什么可怕的嘴脸；我想知道，要是我没有站在楼梯顶上，而是在下面的话，还有没有上次遇到昆特的那份胆量。好吧，以后还有好些需要胆量的时候。在我撞见昆特以后的第十一天晚上——现在都是数着日子过的——我遇到了一桩险些错过的怪事，因为这件事来得猝不及防，给我带来的惊吓也最厉害。我连着几天守夜，弄得疲累不堪，那天晚上头一次觉得，可以在平常睡觉的钟点躺下，只要警醒些就是了。我躺下就睡着了，后来才知道，我睡到了一点钟左右；等我醒的时候，直挺挺地从床上坐起来，心里清醒极了，好像有只手把我摇醒了似的。我睡前还留了一支蜡烛点着，现在却熄灭了，我立刻认定，是弗洛拉吹灭了蜡烛。想到这里，我从床上起来，在黑暗中径直走到她的床前，发现她已经离开了。我看了一眼窗口，明白了过来，于是划了一根火柴，看清了完整的景象。

那孩子又起来了，这次她先吹灭了蜡烛，以便观察和应对，再次躲在窗帘后面，窥视着外面的夜色。她现在看到了什么东西——我料定她上次没有看到——我重新点燃蜡烛也好，匆忙穿上拖鞋、披上围巾也好，都没有惊扰到她，足以向我证明，她看到了什么东西。她躲在窗帘后面，遮住自己，全神贯注，显然靠在窗台上——窗子是朝外开的——探出了身子。一轮巨大宁静的月亮帮她照亮，这个事实逼着我匆忙作出了决定。她跟我们在湖边遇到的幽灵相对而视，现在可以和它交流了，这是她当时做不到的。在我看来，我得留神不去惊动她，从走廊上绕到同一方向的另一扇窗户。我走到房门前，没叫她听见；我走出来，把门关上，在门外听着她在屋里的动静。我站在走廊里的时候，两眼望着她哥哥的房门，那扇门离我只有十步远，难以形容地让我心里重新产生了奇怪的冲动，我前头说过这个念头引得我心痒难耐。要是我直接闯进去，走到他的窗前，会怎么样？要是我冒着可能暴露动机的风险，让他年幼的心灵感到困惑，为了揭开剩下的谜底大胆行事，又会怎么样？

这个念头使我忍不住走到他的门前，又停住了。我凝神静听，暗自揣测会发生什么要紧的事情；我想知道他的床上是不是也没有人，他会不会也在偷偷地窥探。那是寂静无声的一分钟，等到过去了，我心里的冲动也消失了。他没有动静，也许毫不知情，冒这样的风险太可怕了，于是我转身走开。庭院里有个人影到处徘徊寻觅，那是弗洛拉私下来往的访客，却不是对迈尔斯最感兴趣的那个访客。我又犹豫起来，却是为了别的缘故，不过只犹豫了几秒钟，我就做出了选择。布莱庄园到处都是空房间，只要挑选一个合适的房间就行。突然有个合适的房间出现在我眼前，那是楼下的一个房间，就在花园的上方，位于宅子坚固的角落，也就是我说过的旧塔。那是个方正宽敞的房间，原先布置成卧室的样子，由于面积过大、居住不便，尽管格罗斯太太收拾得井井有条，但是很多年都没有人住过。我经常对这个房间赞叹不已，很熟悉室内的情形；只是长久没人住过，刚开门就觉得寒冷阴森，令人望而生畏，我只要穿过房间，轻轻拉开百叶窗就行。经过这番周折，我悄无声息地拉开玻璃的遮挡，把脸贴在窗玻璃上，看到窗外的夜色要比屋里明亮得多，就知道我找对了方向。然后我看到了另一样东西。月光把夜色照得格外透亮，我看到草坪上站着一个人——由于离得太远，他看上去很小，一动也不动，好像着迷似的，抬头望着我出现的地方，不过他看的不是我，而是我上面的某个地方。显然，我上方还有一个人——有人在塔楼上；但草坪上的那个人根本不是我想象的那样，不是我满心想要撞见的人。草坪上的那个人——我看清楚以后，觉得很恶心——是可怜的小迈尔斯本人。

第十一章

到了第二天晚些时候，我才和格罗斯太太说上话；由于我把两个学生看得很紧，平常难得跟她私下见面：我们俩越发觉得，要紧的是不能引起仆人和孩子们的怀疑，免得他们暗自慌乱，议论这些神秘的事。她那平静的面容，让我对这一点格外放心。从她好气色的脸上，旁人根本看不出我可怕的秘密。我敢说，她绝对相信我，要是她不相信我，真不知道我该怎么办，因为我自己可受不了这种压力。但她就像一座宏伟的丰碑，见证着缺乏想象力的福气，如果她只能从两个小孩身上看到漂亮可爱、聪明快活，其他什么都看不出来，那她就没法和我烦心的根源打交道。

倘若孩子们明显受过打击摧残，她要追究下去，无疑也会像他们那样憔悴；不过，照当时的情形来看，我可以感觉到，她把两条白胖的胳膊叉在胸前，打量着孩子们的时候，神情中充满了平静，像是感谢主的怜悯，即便他们给毁了，留着破碎的躯壳也有用处。在她的脑海里，奇妙的幻想抵不过炉边安稳的火光，我已经开始察觉到，她越发认定——随着时间的推移，表面上没有出什么乱子——两个小家伙终究可以照顾自己，她反倒对家庭教师的悲惨处境表现出极大的关心。在我看来，这倒是简单多了，我敢担保，我的脸色不会对外人泄露什么秘密，不过在那种情形下，要是我还得为她的脸色操心，只会叫我更加心烦意乱。

在我前面提到的那个时候，格罗斯太太经不住催促，到露台上跟我见了面。当时夏天就要过去了，午后的阳光温暖宜人，我们一起坐在露台上，只见两个孩子乖巧地走来走去，虽然离得远，我们要是叫一声，他们也能听见。在下头的草坪上，他们俩一起慢慢地散步，男孩一边走，一边大声地读着故事书，还用胳膊搂着妹妹，把她带在身边。格罗斯太太心平气和地看着他们；然后，我听到她心里暗自嘀咕的声音，她一本正经地转过身来，任凭我把其中底细说给她听。我对她倾诉了那些耸人听闻的怪事，她却耐着性子忍受我的痛苦，奇怪的是，她觉得论起才学和本事来，我都要比她高出一等。她对我说的话深信不疑，就算我想调制"女巫的肉汤"，只要提出来，她准保会拿出干净的大平底锅来。我讲述头天晚上发生的事时，她的态度就是这样，我把迈尔斯对我说的话讲给她听，在那个可怕的时刻，他就站在眼下待的位置，我看到他以后，赶紧下楼把他带了进来；当时我在窗边就打定了主意，不要惊动宅子里的人，宁愿用这个法子，也不能弄出什么动静。我把他带进宅子以后，终于对他细细盘问了一番，这孩子的应对倒是机灵，叫我觉得精彩极了，就连格罗斯太太听了也深有同感，丝毫没有怀疑我讲述当时情景的打算。我刚走到月光下的露台上，他就直接向我走过来；我拉着他的手，一句话都没说，领着他穿过重重黑暗，走上昆特渴望找到他而徘徊过的楼梯，沿着我曾经颤抖着倾听的走廊，来到了他刚才离去的房间。

一路走来，我们谁也没出声，我想知道——哦，我真的想知道！——他那可怕的小脑瓜到底在琢磨什么似是而非又不太离谱的借口。他要信口胡诌，肯定得费不少心思，说来也怪，这回看见他窘迫透顶，我心里觉得说不出的得意。不管原先的游戏多么高明，这都是个厉害的圈套。他再也不能高明地玩下去了，也假装不下去了；那么他到底该如何摆脱困境？这个问题引得我心头乱跳，其实在我内心深处，也有同样无声的呼喊：我到底该如何摆脱困境。我终于遇到了前所未有的危险，要是我提出可怕的问题，这种危险现在就会降临。我记得，我们走进他的小房间时，只见床根本没有睡过，月光透过窗子照进来，房间里看得一清二楚，根本不用划亮火柴——我记得，我突然跌坐在床边，因为有个念头把我击倒了，他肯定像人家说的那样，知道怎么"控制"我。只要我还尊重古老的传统，认为照顾小孩的人宣扬迷信和恐怖是罪恶的行径，他就可以凭借自己的聪明才智而为所欲为。他真的"控制"了我，让我进退两难；要是在我们相处融洽的时候，我先提到这么吓人的东西，哪怕说得再隐晦，谁会宽恕我的罪过，谁会让我不被绞死？不，不，我没法对格罗斯太太讲出来，就像我没法在这里说出来，在黑暗里短暂激烈的交锋过后，我对他佩服得五体投地。当然，我心里充满了温情与怜悯，我靠在床边，从来没有那么温柔地把手放在他稚嫩的肩上，逼他面对我的质问。我没有别的办法，至少在表面上，我只能对他这么做。

"你现在一定要告诉我——跟我说实话，你出去干什么？你在那里做什么？

我仿佛还能看到他美妙的笑容，他清澈的眼白，他露出洁白的牙齿，在暮色中闪闪发光。"要是我讲给你听，你会明白吗？"听了这话，我的心一下子跳到了嗓子眼。他会告诉我为什么吗？我想要追问下去，却发不出声音，只能含糊地胡乱点头来回答。他还是那么温柔，我冲着他点头的时候，他站在那里，比往常都更像一个小精灵王子。如果他真的要告诉我，那不是很好吗？"好吧，"他终于说，"就是为了让你这样。"

"怎么样？"

"以为我变了，是个坏孩子！"我永远不会忘记，他说这句话时可爱快活的神态，也不会忘记他俯下身来亲吻我的样子。于是一切都结束了。我迎上去，接受了他的亲吻，等我把他抱在怀里的时候，我好不容易才忍住没有哭出来。他非常巧妙地说出了自己的理由，不允许我追问下去，只是为了表示接受了他的解释，我朝房间里看了一眼，只能说——

"那么你根本就没上床睡觉？"

他在黑暗中闪闪发光。"根本没有，我坐在床上看书。"

“那你什么时候下楼的？”

“半夜的时候，我要做坏孩子，就得坏到底！”

“我明白了，明白了——好极了。但你怎么能断定我会知道呢？”

“哦，这是我和弗洛拉安排好的。”他的回答脱口而出！“她要起床向外张望。”

“她就是这么做的。”原来是我落入了圈套！

“这样她就把你惊醒了，要弄清楚她在看什么，你也会去看——你就看见了。”

“那你呢，”我随声附和，“你会在夜里冻死的！”

这次勇敢的行动真的让他欣喜若狂，对我的抱怨也欣然接受。“要不然，我怎么够坏呢？”他问道。然后，我们又拥抱了一下，这件事和我们的谈话就结束了，我认识到，他有多么充足的乖巧资本，可以供他来开玩笑。

第十二章

我再说一遍，那天晚上给我留下的特殊印象，到了天亮的时候，却没法让格罗斯太太完全领会，虽说我为了强调，有意提起我们分开前他说过的另一句话。“要紧的是这句话，”我对她说，“这句话把事情挑明了。‘想想看，你知道，我能做出什么事！’他抛出这句话，就是为了叫我知道他有多厉害。他完全清楚自己‘能做出什么事’。他在学校里早就让人家领教过了。”

“天啊，你真的变了！”我的朋友嚷道。

"我没有变——我只是想明白了。这四个人一直都在见面，准保错不了。要是过去几个晚上，你随便和哪个孩子待一夜，你就会明白我的意思。我看得越多，等得越久，我就越觉得，就算没有其他证据，两个人都保持沉默，也足以证明他们心里有鬼。他们从来没有随口提到两个老朋友，迈尔斯也从不提起他给开除的事。哦，不错，我们不妨坐在这儿看着他们，他们也不妨在那儿尽情演戏给我们看；即便他们假装忙着读童话故事，他们也是沉浸在死人复活的幻想中。他不是在给妹妹读书，"我说，"他们在谈论那两个人——他们在谈论恐怖的事情！我知道，我要接着往下说，像是我疯了一样；奇怪的是，我没有发疯。我看见的东西准保会叫你发疯，但只会让我更清醒，让我看清了其他事情。"

我清醒的样子一定显得很可怕，而我指责的两个孩子却天真可爱，亲密依偎着走来走去，让我的同事抓住了什么线索；我感觉到她抓得很紧，因为她对我激烈的情绪无动于衷，眼睛却不住地看着孩子们。"你还看清了什么？"

"怎么，就是从前叫我喜欢着迷的假象，让我心里感到困惑不安的东西，说来也怪，我现在明白了。他们超凡脱俗的美貌，世间少有的乖巧，不过是虚假的把戏，"我接着说，"都是骗人的花招和手段！"

"你是说两个小宝贝？"

"还是可爱的小孩吗？没错，虽说听起来像疯话！"我把心里话说出来，反倒帮我理出了头绪，顺着线索追查下去，就能拼凑出真相。"他们从来都不听话，只是不在乎罢了。跟他们一起生活倒是轻松，因为他们过着自己的生活。他们不属于我——也不属于我们。他们属于那个男人，属于那个女人！"

"昆特和那个女人？"

"昆特和那个女人。他们想要对孩子们下手。"

啊，听了这话，可怜的格罗斯太太用怎样的眼神端详着他们！"可是为什么呢？"

"因为在从前可怕的日子里，那对男女就喜欢给孩子们灌输邪恶的念头，现在还想用邪恶纠缠他们，继续干恶魔的勾当，把鬼魂招引回来。"

"天哪！"我的朋友低声惊呼。这声感叹平淡无奇，却表明她真的接受了我的说法，我再次证明，在从前糟糕的日子里——因为还有比现在更糟糕的日子！——一定发生过什么。她凭借自己的经历，完全同意我对那两个恶棍的判断，无论我认为他们堕落到什么地步，对我来说，没有比这更充分的理由了。过了一会儿，她显然想起了什么，追问道："他们原先就是混蛋！但现在他们还能做什么？"

"还能做什么？"我大声回答道，从远处走过的迈尔斯和弗洛拉听见了，停下了脚步，看着我们。"他们做的还不够吗？"我压低了声音问，孩子们微笑着点头，向我们抛来飞吻，继续他们的表演。我们的谈话耽搁了一分钟，然后我回答道："他们能毁了两个孩子！"听了这话，我的同伴转过身来，向我无声地发问，我只好说得更明白些。"他们还不知道怎么下手，可是想尽了办法试探。他们出现的时候，不是在对面，就是在远处——都是在奇怪的地方和高处现身，比如塔楼上头、屋顶上、窗户外面、池塘的对岸；不过双方都有很深的算计，想要缩短距离，跨过这道障碍：诱惑者得逞是迟早的事。他们只要做出危险的暗示就够了。"

"引诱孩子们出来？"

"让他们在冒险中丧命！"格罗斯太太慢慢地站起来，我又严谨地补充了一句："当然，除非我们能阻止！"

我坐着没有动，她就站在我面前，明显在琢磨这些事。"一定要让他们的伯父来阻止。他非得把他们带走不可。"

"那谁来让他这么做？"

她一直注视着远处，现在却低下头，傻乎乎地看着我。"你啊，小姐。"

"写信给他说，他的宅子遭了毒手，他的小侄子和侄女都疯了？"

"要是他们真的疯了呢，小姐？"

"你说，要是我也疯了呢？这可真是太妙了，给他送信的人偏偏深得他的信任，最要紧的职责就是不让他操心。"

格罗斯太太想了想，又看着孩子们。"是啊，他确实不愿意操心。就是因为这样——"

"两个恶魔才能骗了他那么久？当然，他无动于衷的样子也真够吓人的。反正我不是恶魔，我不应该骗他。"

过了一会儿，我的同伴找到了答案，又坐了下来，抓住了我的胳膊。"不管怎么样，让他来见你。"

我瞪大了眼睛。"来见我？"我突然害怕她可能做出什么事。"他吗？"

"他应该到这儿来——他应该帮得上忙。"

我赶紧站起身来，我想在她眼里，我的脸色肯定古怪到了极点。"你以为我会求他到这儿来？"不，从她盯着我的眼神来看，她显然不是那么想的。她非但没有那么想——女人能明白女人的心思——她还能看到我心里的想法：他会嘲弄我，取笑我，瞧不起我，因为我没法独自承担责任，我还使出巧妙的手段来吸引他注意我被人轻视的魅力。她不明白——没有人明白——我能为他效力而遵守我们的约定，让我感到多么自豪。不过我想，她还是掂量了我当时提出的警告："要是你昏了头，为了我去求他的话——"

她真的吓坏了。"怎么，小姐？"

"我马上就离开，离开他，也离开你。"

第十三章

跟孩子们做伴当然也不错，不过和他们讲起话来，我向来感到力不从心——亲近他们的时候，也像从前一样，让我觉得再为难不过了。这种情形持续了一个月，又添了新的烦恼和别样的气氛，最要紧的是，两个学生冷嘲热讽的意味也越来越明显。到了今天，我也像当时一样肯定，倒不是我疑神疑鬼：他们察觉到了我的困境，这绝对有迹可循，在很长时间里，这种奇怪的关系形成了笼罩在我们身上的氛围。我倒不是说，他们说了什么挖苦的话，做了什么下流的事，因为他们的威胁不在于此。我要说的是另一回事，我们之间有个不能提及也不敢触碰的禁忌话题，比别的事情更让人头疼，要是没有大量默契的安排，就无法巧妙地避开。有时候，我们仿佛老是撞见什么东西，逼得我们非得停下来不可，要么发现进了死胡同，只好掉头走出来，要么是不小心打开了门，然后哐当一声关上——哐当哐当关门的声响全都一样，比我们料想的还要吵闹——弄得我们面面相觑。话说条条大路通罗马，有时我们可能会想到，无论讲到什么学问，提起什么话题，都会绕过禁地。禁地大概就是死人复生的问题，尤其是孩子们死去的朋友可能留下来让他们回忆的东西。有那么几天，我敢发誓，一个孩子暗中推搡了一下，对另一个孩子说："她以为她这次能办得到——可她不会的！""办得到"说的是我不顾情面，比如说——只有一次而已——直接提到那位教他们对付我的管教的小姐。

他们饶有兴趣地打听我过去的经历，让我一遍又一遍地讲给他们听；他们对我身上发生的每件事了如指掌，无论是我不起眼的奇遇，我兄弟姐妹的掌故，家里小猫小狗的趣事，还是我父亲古怪的癖好，我们房子里的家具摆设，就连我们村里老妇人的闲聊，他们也都知道得一清二楚。只要你讲得足够快，凭着直觉知道什么时候该兜圈子，那么就有足够多的事情，一件接一件地讲下去。他们自有一套本领，暗中操纵我的想象和回忆；后来我回想起这些场景，也许没有别的事情更让我觉得怀疑，我在背地里受到了监视。无论如何，只有谈到我的生活、我的过去和我的朋友，我们才能随心所欲地聊天；这种情形使两个孩子有时没来由地说些客气话，提醒我讲下去。他们会无缘无故地要我再说一遍鹅妈妈的著名格言，要么复述前头提到的细节，讲讲牧师家的小马有多么机灵。

有时在这样的紧要关头，有时在完全不同的场合，随着我的事情起了变化，我的困境，正如我所说的，也变得再明显不过了。事实上，几天过去了，我没有再遇上什么怪事，似乎让我紧绷的神经松弛下来。自从上次打过照面——就是第二天夜里，我在楼梯顶上看见有个女人坐在底下的台阶上以后，无论是屋里还是屋外，我再也没见过什么不宜见人的东西。多少次走过角落，我都以为会撞见昆特，多少回觉得险恶的情形，我都以为杰塞尔小姐会趁机出现。夏日流逝，夏日已去；秋天降临到布莱庄园，吹灭了一半的灯光。灰暗的天空、枯萎的花环、荒芜的庭院和散落的枯叶，就像演出散场后的剧院——遍地都是皱巴巴的戏单。正是这种气氛，这种声响和寂静的环境，对守护时刻难以言说的印象，让我隔了很久以后，回想起通灵的感觉：那个六月的傍晚，我在户外第一次看到昆特的时候，我透过窗户看见他以后，在灌木丛中没有找到他的那次，也有过这种感觉。我认出了那些迹象，那些预兆——我认出了那个瞬间，那个地点。可是我身边什么也没有，四周空荡荡的，我依然不受烦扰；要是你可以用"不受烦扰"来形容一个年轻姑娘的话，她的感觉非但没有迟钝，反而更加敏锐，这可真是稀奇少有。我对格罗斯太太讲述弗洛拉在湖边的可怕场景时，曾经说过，从那一刻起，失去我的感知力比留着这种力量更让我痛苦，这话使她感到困惑不解。我说出了心里清楚的想法：事实上，无论孩子们是否真的看到了什么——因为还没有确凿的证据——我都心甘情愿挡在前头，把自己充分暴露出来。我愿意知道众所周知最可怕的事情。当初我最不想看到的是，我的眼睛可能被封住，他们的眼睛却睁得很大。现在看来，我的眼睛真的被封住了——这倒是个圆满的结果，倘若不为此感谢上帝，似乎是亵渎神灵。唉，让人为难的是，要不是我对两个学生的秘密同样深信不疑，我原本会全心全意地感谢上帝。

如今我该怎么回顾当初鬼迷心窍的奇遇呢？我敢发誓，有几次我们待在一起的时候，孩子们当着我的面欢迎了他们认识的客人，可我的直觉却不灵验了。要不是我担心可能造成的伤害比避而不谈的伤害更大，我会高兴地嚷出来。"他们来了，他们来了，你们这些小坏蛋，"我会喊道，"你们现在还不承认！"两个小坏蛋却表现得分外温柔可亲，到底也没有承认，就在晶莹剔透的内心深处——像是在溪流中出没的小鱼——隐约可见他们占尽上风的嘲弄态度。那天晚上，我在星空下寻找昆特和杰塞尔小姐的踪影时，看到了我守护着睡去的男孩，立刻把他带了进来——他直接转过来对着我，可爱地抬头仰望，而昆特可怕的幽灵就在我上方的城垛上，事实上，这在我心底埋下的惊恐，比我所知道的还要深。

如果说这事关惊吓的话，那么我这次的发现比以往更让我担惊受怕，我正是怀着惊恐的心情得出了真正的结论。这些结论叫我受尽了折磨，偶尔有空的时候，我就把自己关在房间里，大声地排练——顿时得到奇妙的解脱，却又陷入了新的绝望——我要怎么样说到正题上去。我变着法子提到这个问题，在房间里兜来转去，打起全副精神，可每当说到那些可怕的名字，我就开不了口。那些名字从我的嘴边消失后，我心里想，真应该让他们显出丑陋的原形，要是我把名字说出来，那就破坏了教室里原有的微妙氛围，这种事情也许实在少见。我对自己说："他们礼貌地保持沉默，可你呢，受到人家的信任，还好意思说出来！"我觉得自己脸颊绯红，赶紧用手捂住了脸。我在私下里排演过后，比以往更加喋喋不休地讲下去，直到气氛明显安静下来——我想不出别的形容——在陌生的眩晕中飞起来，游进一片寂静，一切生命都停止了，与此刻我们可能正在制造的或多或少的噪音无关，在越发喧闹的欢乐氛围中，在越来越快的背诵声中，在越发响亮的钢琴声中，我都能听到。当时还有别人，有外人在场。虽然他们不是天使，但就像法国人说的那样，有天使"经过"[5]。他们在场的时候，我吓得浑身发抖，生怕他们对年幼的孩子说出什么邪恶的话，显出什么露骨的形貌，比他们让我看到的景象还要过分。

最难以摆脱的是那个残酷的念头：不管我看到了什么，迈尔斯和弗洛拉都看到了更多——可怕而猜不透的事情，这些都是过去可怕的交往造成的。从表面上来看，这些事情自然让人心生寒意，我们却吵嚷着抹煞这种感觉；我们三个人经过反复的精心排练，几乎每次都下意识做出同样的动作，宣布这段插曲到此结束。让人吃惊的是，无论怎么样，孩子们都会依照惯例，带着漫不经心的态度亲吻我，他们从来不忘提出一个问题，这个要紧的问题帮我们渡过了多少难关。"你认为他什么时候会来？你不觉得我们应该写信吗？"经验告诉我们，没什么比这个问题更能打破尴尬的局面了。"他"当然是指孩子们住在哈利街的伯父，我们心里存着个深信不疑的念头：他随时可能到我们身边来。他对这种想法的态度再冷淡不过了，可我们要是没有这个指望，就看不到对方最精彩的几幕表演。他从来不给孩子们写信——也许是出于自私，可也有褒奖的意思，表明他对我信任有加；因为一个男人要对一个女人致以最崇高的敬意，不过是顶礼膜拜让他过得舒服的神圣法则。所以我要恪守承诺，绝不向他求助，还要让两个小朋友明白，他们写的信不过是出色的习作。这些信写得太漂亮了，没办法寄走，我只好自己留着，全都保存到了现在。这条规矩只是对我多了一丝嘲讽，因为我一直猜想他随时会来到我们身边。两个孩子似乎完全清楚，这对我来说是多么尴尬的处境。现在回想往事的时候，我觉得没什么比这件事更不寻常的：尽管我很紧张，他们占了上风，我却从来没有对他们失去耐心。我现在想来，他们一定很讨人喜欢，因为在那些日子里，我竟然不讨厌他们！不过，要是解脱迟迟不来，我最终会勃然大怒吗？这倒无关紧要，因为解脱还是到来了。我称之为解脱，其实只是绷得太紧而断裂的琴弦，或是闷热的天气里骤降的暴雨。至少事情起了变化，而且来得很突然。

第十四章

一个星期天的早上，我们步行去教堂，小迈尔斯走在我身边，他妹妹跟着格罗斯太太走在前面，抬眼就能看见。那是个晴朗干爽的日子，也是很久以来第一个好天气；夜里下了霜，在秋日清新凉爽的空气里，教堂的钟声似乎也变得欢快起来。说来也怪，我竟然在这个时候想起两个孩子的听话乖巧，心里觉得格外宽慰。我老是跟在孩子们身边，一丝也不放松，为什么他们从来都不抱怨？有些事情让我想得越来越明白，差点儿把迈尔斯别在我的披肩上，还让两个同伴在前面带路，提防着闹出什么叛变的乱子。我就像个看守，时刻留意可能发生的意外和逃亡。但是这一切——我指的是他们微不足道的顺从——只不过是一系列神秘莫测的怪事之一。迈尔斯做礼拜穿的衣服是他伯父的裁缝包办的，此人手艺不错，擅长做漂亮的马甲，衬托出他高贵的气质，他打扮成这样，似乎表明他有独立的资本，也有性别和地位的特权，要是他突然为了争取自由而发难，我也没有什么话可讲。我不由自主地想到，等到革命当真爆发的时候，我该怎么面对他。我不妨称之为革命，因为我现在明白，等他说出下面那句话，我那场可怕的大戏就要拉开最后一幕，灾难就这样降临了。"听我说，亲爱的，"他讨人喜欢地说，"请问，我到底什么时候可以回学校去？"

我把这句话写下来，听不出有什么恶意，尤其是他用甜美清亮、轻松随意的语调讲出来，他对所有人都这样说话，对陪在他身边的家庭教师尤其如此，就像抛玫瑰花一样。他的话里总是有令人心动的意味，让我也怦然心动，不由停住了脚步，仿佛庄园里的一棵树突然倒在了路上。我们的关系立刻有了新的变化，他完全清楚我看出来了，他不必显得比平时更率真可爱，我也能看得出来。我可以感觉到，见我一时无法回答，他知道自己占了上风。我迟迟不说话，给了他不少时间，过了一会儿，他带着意味深长、难以捉摸的微笑说，"你知道，亲爱的，一个小伙子总是待在一位小姐身边——"他跟我说话的时候，经常把"亲爱的"挂在嘴边，没什么比这个亲切熟悉的称呼，更能表达我想要从两个学生那里得到的感情，既显得尊敬，又透着轻松。

哦，当时我感觉说话一定要小心！我记得，为了争取时间，我勉强笑了一下，从他看着我的那张美丽的脸上，似乎看到我的样子有多么丑陋古怪。"还总是待在同一位小姐身边吗?"我回答道。

他的脸色没有变,眼睛也没有眨一下。整件事在我们之间很明白了。"啊,当然,她是个挺'完美'的小姐;可我毕竟是个小伙子,你看不出来吗?我快长大了。"

我跟他在原地逗留了一会儿,很客气地对他说。"是啊,你快长大了。"哦,可我感到无能为力!

我至今还忘不了那个令人心碎的念头:他似乎知道了内情,还拿来戏弄我。"你可不能说我表现得不好,对吗?"

我把手放在他的肩膀上,虽然我觉得往前走要好得多,可我迈不动步子,"对,我不能这么说,迈尔斯。"

"除了那天晚上,你知道——!"

"那天晚上?"他直直地盯着我,我却不敢正眼看他。

"怎么,就是我下楼走到宅子外面的那天晚上。"

"哦,是啊。但是我忘了你为什么要那样做。"

"你忘了?"他带着孩子气的娇嗔,用甜蜜夸张的语调说,"哎呀,那是为了叫你知道我能做到!"

"哦,没错——你能做到。"

"我还能再做一次。"

我觉得,我也许终究还能保持头脑清醒。"当然,可你不会那么做。"

"不,不会再那么做了。那不算什么。"

"不算什么,"我说,"可我们该往前走了。"

他用手挽着我的胳膊,跟我往前走。"那我到底什么时候能回去上学？"

我琢磨了一下，摆出了最负责任的态度。"你在学校过得开心吗？"

他想了一下。"哦，我在什么地方都很开心！"

"好吧，那么，"我颤抖着说，"如果你在这里也一样开心的话！"

"啊，开心也不是万能的！当然，你知道得很多——"

"你是说，你知道的也不比我少？"他没有说下去，我趁机问道。

"还不到我想知道的一半！"迈尔斯老实地承认，"可我说的不是这个意思。"

"那是什么意思？"

"嗯——我想多见见世面。"

"我明白，我明白。"我们已经走到看得见教堂和人群的地方，里面有几个布莱庄园的仆人，他们围在教堂门口，看着我们走过去。我加快了脚步，想趁着我们俩进一步摊牌前，赶紧走进教堂；我急切地想着，有一个多钟头的时间，他必须安静下来；我渴望坐到教堂里光线幽暗的长凳上，可以屈膝跪在垫子上，得到精神的慰藉。我似乎在跟他要让我陷入的困境赛跑，然而我发觉他已经抢先一步，还没等我们走进教堂墓地，他就抛出了这句话——

"我想跟我这样的人在一起！"

这句话让我绊了个趔趄。"像你这样的人可不多，迈尔斯！"我笑了，"也许还有亲爱的小弗洛拉！"

"你真的把我当作小姑娘吗？"

这让我感到格外无能为力，"那么，你难道不爱我们可爱的弗洛拉吗？"

"要是我不爱——你也不爱，要是我不爱——！"他重复了一遍，好像要退后一步冲出去，可他还没有把话说完，我们就走进了教堂的大门，他用胳膊使劲拽住我，我不免又停下了脚步。格罗斯太太和弗洛拉已经进了教堂，其他信众也跟着走了进去，当时只剩下我们俩，孤零零地待在密密麻麻的旧墓地中，我们停在从大门进来的小路上，旁边有一座形似椭圆形桌子的低矮坟墓。

"没错，要是你不爱——？"

我等着他回答，他却看着那些坟墓。"好了，你知道是什么意思！"可他没有动，接下来说的那句话，让我直接跌坐在墓石上，好像我突然要休息一下，"我伯父和你想的一样吗？"

我装作休息的样子。"你怎么知道我的想法？"

"啊，好吧，我当然不知道；我觉得你从来没有告诉过我。可我的意思是，他知道吗？"

"知道什么，迈尔斯？"

"哎呀，就是我现在的样子。"

我很快就明白了，对于这个问题，无论我怎么回答，不免要让我的东家做出牺牲。然而，在我看来，我们待在布莱庄园的所有人都做出了足够多的牺牲，我这么说也情有可原。"我觉得你的伯父不太在乎。"

迈尔斯听了这话，站在那儿看着我。"你不觉得有什么办法让他在乎吗？"

"什么办法？"

"怎么，让他到这儿来。"

"但谁能让他到这儿来呢？"

"我会的！"他的话说得异常响亮和坚定。他带着那种表情又看了我一眼，然后独自大步走进教堂。

第十五章

从我没有跟着他进去的那一刻起，这件事几乎已成定局。可怜我激动得难以自持，虽说心里很清楚，我却没法缓过劲儿来，只好依旧坐在墓石上，琢磨着迈尔斯对我说的话有什么深意；等我完全领会了其中的意思，也想好了缺席的借口，就说我不好意思在两个学生和其他信众面前迟到。我对自己说，最要紧的是迈尔斯从我嘴里探出了口风，他逼得我窘迫失态就是明证。他打探出了我害怕的事情，只怕要利用我的恐惧来争取更多的自由，达到他自己的目的。我害怕的是非要探究他给学校开除的原因，这个问题叫人觉得无法忍受，因为后头隐藏的秘密实在可怕。请他的伯父来和我商量这些事，倒是个解决的办法。按理说，我当时应该积极地提出来，可我无法面对其中的丑陋和痛苦，只能拖延下去，勉强对付着过日子。叫我深感不安的是，这个男孩完全有理由，也有资格对我说："要是你和我的监护人解不开我退学的谜团，就别指望我跟你过这种对男孩来说不近人情的生活。"对我关心的这个男孩来说，最不近人情的是他突然吐露的想法和打算。

这才是真正让我为难，让我不敢走进去的原因。我在教堂周围走来走去，心下拿不定主意，兜起了圈子；我想到，我跟他一起给自己造成了无法弥补的伤害。我没有办法补救了，要是挤到他旁边的长凳上，那也太费劲了：他会比平时更自信地挽住我的胳膊，让我在旁边坐上一个钟头，静静地听他对我们的谈话评头论足。自从他回家以后，我头一次想要离他而去。我走到教堂东边的高窗下，停下了脚步，听着里面做礼拜的声音，心里涌出一阵冲动，我觉得要是再加把劲儿，就会完全听从这种冲动。我只要远走高飞，就可以轻而易举地摆脱眼下的困境。我的机会来了，没有人来拦住我，我可以不顾一切，转身就走。不过要稍做准备，赶快回到宅子里去，那么多仆人都在教堂做礼拜，宅子里几乎空无一人。总之，要是我坐车扬长而去，也没有人会责怪我。假如我在晚饭前赶回来，那逃走又有什么意义呢？毕竟也过不了几个钟头，我敏锐地预感到，两个小学生到头来会摆出天真好奇的面孔，想知道我为什么没有出现在他们身边。

"你真不老实，你做什么去了？为什么要害我们担惊受怕——我们都没心思做礼拜了，你不知道吗？你就把我们丢在门口不管了吗？"我无法面对这样的质问，也无法面对他们虚伪可爱的眼睛；然而，这就是我必须面对的结果，这幅情景在我眼前越来越清晰，我终于转身离开了。

我当时拔腿就走，径直走出教堂墓地，一边想着心事，一边沿着来时的路穿过庄园。在我看来，等我走到宅子的时候，已经打定主意要愤然离去。那是个安静的星期天，从外面走到屋里，一个人也没有遇见，让我心头一动，觉得这是个难得的机会。要是赶紧离开的话，不会弄出什么动静，也不用说什么话。只是我的动作得快点，而安排马车是个大难题。我站在大厅里，想到各种艰难险阻就觉得困扰，我记得，自己在楼梯底下摔倒了，突然跌坐到最底下的台阶上，然后我猛然想起，就在一个多月前，在黑暗的夜色中，我看到那个最可怕的女人的幽灵，也是弯着腰坐在这里，充满邪恶的气息。想到这儿，我挺直了身子，走完了剩下的路；我不知所措地走进了教室，那里有我的私人物品，我应该拿走。但是我打开门的刹那间，发现我的眼睛打开了封印。看到眼前的景象，我直接往后退了一步。

在正午明亮的阳光中，我看到有个人坐在我的桌子前，要是没有以往的经验，我第一眼看过去，会以为是留在家里照看庄园的女仆，她利用难得的空闲，趁着没人看见，借用教室里的桌子和我的笔墨纸张，费尽心力给她的心上人写信。她把胳膊放在桌子上，双手撑着头，显得疲惫不堪，可见费了不少力气；看见这一幕，我就感觉到，尽管我进来了，她却奇怪地坐着不动。接着她变换了姿势，正是这个举动暴露了她的身份。她站起身来，不像是听见我进来了，反而露出难以形容的哀愁神色，显得那么冷漠淡然。她站在离我只有十几英尺远的地方，就是我前头那个卑鄙的家庭教师。这个下贱悲惨的女人就在眼前，我盯着她不放，想牢牢记住她的样子，那个可怕的身影却消失了。她的衣裙像午夜一样漆黑，她的美貌憔悴失色，她的忧伤难以言说，她盯着我看了很久，似乎在说，她有权坐在我的桌子旁，就像我有权坐在她的桌子旁一样。就在那个瞬间，我感到彻骨的寒意，好像我才是闯进来的不速之客。我疯了似的想要反驳，居然对她嚷出声来，"你这个可怕可怜的女人！"我听到自己的喊声穿过敞开的门口，回响在长长的走廊和空荡荡的宅子里。她看着我，仿佛听到了我说的话，我已经回过神来，空气也清新了。一眨眼的工夫，房间里什么都没有了，只有照进来的阳光，还有我要留下来的感觉。

第十六章

我满以为其他人从教堂回来会有所表示，没想到他们很沉得住气，对我的缺席只字不提，让我感到心烦意乱。他们不但没有打趣数落我，也没有跟我亲热，更没有提到我让他们白等了一场，我察觉到格罗斯太太也一声不响，只好打量起她那张古怪的脸。我这么做是因为确信，两个孩子一定使了什么花招收买了她，让她保持沉默；而我一有机会和她私下相处，就会想办法让她开口。等到喝下午茶前，这个机会出现了：我和她在女管家的房间里待了五分钟，房间里打扫得干干净净，布置得井井有条，暮色中弥漫着刚烤好的面包的香气，我看见她闷闷不乐地坐在炉火前。我至今还能看到她的模样，那是她给我留下最好的印象：在火光闪烁的昏暗房间里，她面对着炉火，坐在那把笔直的椅子上，俨然是一幅"收拾停当"的整洁情景——抽屉都关上锁好了，其余各处也没什么毛病。

"哦，没错，孩子们要我什么也别说；为了让他们高兴——只要他们待在教堂里——我当然答应了。可你到底是怎么了？"

"我只是陪你们去教堂，"我说，"然后我得回来见一位朋友。"

她流露出惊讶的神情。"你有一位朋友？"

"哦，是啊，我有两位朋友！"我笑了，"不过孩子们对你解释了吗？"

"为什么不提起你离开的事？是啊，他们说你喜欢这样。你真的喜欢吗？"

我的脸色让她看起来很懊恼。"不，我不喜欢！"过了一会儿，我又说，"他们有没有说，我为什么喜欢这样？"

"没有，迈尔斯少爷说，'我们只能做她喜欢的事情！'"

"但愿他能做到！那弗洛拉怎么说？"

"弗洛拉小姐真贴心。她说，'哦，那还用说（可不是吗）！'——我也是这么说的。"

我想了一会儿。"你也很贴心——我想象得出你们说话的样子。不过，我和迈尔斯之间说清楚了。"

"说清楚了？"我的同伴盯着我看，"说了什么，小姐？"

"所有的事。不要紧，我已经打定主意了。亲爱的，我回家来，"我接着说，"是要和杰塞尔小姐谈谈。"

那时候我已经养成了习惯，趁着还没提起话头，一定要把格罗斯太太牢牢抓在手里；因此，即使是现在，我也能让她相对保持镇定，听到我话里的信号，她只是勇敢地眨了眨眼，"谈谈！你是说她开口说话了？"

"事情就是这样，我回来的时候发现她在教室里。"

"那她说了什么？"我似乎还能听到这位好太太的声音，看到她满脸茫然的样子。

"她受尽了折磨——！"

听了这句话，她领悟到了我话里的含义，不由得目瞪口呆。"你是说，"她支支吾吾地说，"地狱里的折磨？"

"地狱里的折磨，恶人的折磨。所以要让孩子们分担——"我想到恐怖的地方，自己也颤抖起来。

可是我的同伴没什么想象力，催我说下去，"让孩子们分担？"

"她想要弗洛拉。"我的话刚说出口，格罗斯太太差点儿没倒下去，幸亏我有所防备，赶紧扶住了她，表明我的态度，"不过，我已经告诉过你了，不要紧。"

"因为你已经打定了主意？但是为了什么呢？"

"为了一切。"

"'一切'是指什么？"

"就是派人把他们的伯父请来。"

"噢，小姐，求你快去吧。"我的朋友大声说。

"哦，我会去的，我会去的！我知道这是唯一的办法。我跟你说过，跟迈尔斯都说清楚了，要是他以为我害怕这样做——他以为能得到什么好处——他就会明白他错了。没错，我要当场告诉他的伯父，如果有必要的话，要当着男孩的面说，如果他责怪我没有为学校的事多费点心——"

"那么，小姐——"我的同伴追问我。

"嗯，还有个可怕的理由。"

现在，对我可怜的同伴来说，有太多这样的理由，她含糊其词是情有可原的。"但是——是哪个理由？"

"他原来的学校寄来的那封信。"

"你会把信拿给东家看吗？"

"我当时就应该这么做。"

"哦，不要！"格罗斯太太坚决地说。

"我要告诉他，"我无情地说下去，"我不能代表一个被开除的孩子来处理这件事——"

"因为我们根本不知道是怎么回事！"格罗斯太太断定。

"因为恶劣的品行，还能因为什么？他那么聪明，那么漂亮，那么完美！他愚蠢吗？他邋遢吗？他体弱多病吗？他脾气不好吗？他优雅讲究——所以只能是这个原因，只要把信拿出来，这件事就能说清楚了。毕竟，"我说，"那是他们伯父的错。如果他把这种人留下来——"

"其实，他一点儿也不了解他们的为人。这是我的错。"她脸色变得煞白。

"好了，不该让你受罪。"我回答。

"不该让孩子们受罪！"她坚定地回答道。

我沉默了一会儿，我们面面相觑。"那我该怎么对他说呢？"

"你什么都不用对他说，我会告诉他的。"

我盘算了一下，"你是说你要写——"我想起她不认字，就把话收了回去，"你们是怎么通信的。"

"我告诉管家，他来写。"

"你想让他来写我们的事情吗？"

我的问题带着一种讽刺的意味，可我不是有意的，过了一会儿，她无缘无故地崩溃了，眼里又泛起了泪水。"啊，小姐，还是你来写！"

"好吧，今晚就写。"我最后回答道，说完我们就分开了。

第十七章

到了晚上，我当真动笔写起信来。天气又变坏了，外头刮起了大风，在我的房间里，弗洛拉安静地睡在旁边，我在灯下对着一张白纸坐了很久，听着外面骤起的狂风暴雨。最后，我拿起一支蜡烛走了出去，穿过走廊，来到迈尔斯门前听了一会儿。我放不下心里的执念，忍不住要听听他有什么不安分的迹象，我很快就听见了动静，却不是我想象的那样，而是他清脆响亮的声音。"我说，你在外面——进来吧。"在黑暗的夜色中，这真叫人快活！

我拿着蜡烛走进去，只见他躺在床上，完全没有睡意，却很轻松自在。"唉，你来做什么？"他带着优雅和气的口吻问道，我突然想到，要是格罗斯太太当时在场，想找到我们"说清楚"的证据，可能会白忙活一场。

我拿着蜡烛，站在他的床边。"你怎么知道我在外面？"

"怎么，我当然听见了。你以为没弄出动静吗？你吵得像一队骑兵！"他笑得很迷人。

"这么说，你没有睡着？"

"根本没睡！我躺在床上想事情。"

我故意把蜡烛放在不远的地方，他像往常那样友好地伸出手来，我在床边坐了下来。"那么，"我问道，"你究竟在想什么？"

"亲爱的，除了你，我还会想什么？"

"啊，听你这么说真叫我高兴，可你不该熬夜！我倒宁愿你睡着了。"

"好吧，你知道的，我也在想我们俩的这件怪事。"

我握住他的小手，感觉有点凉。"迈尔斯，什么怪事？"

"哎呀，就是你管教我的方式，还有别的事情！"

我屏息静气了一会儿，借着闪烁不定的烛光，瞧着他躺在枕头上朝我微笑，"你说别的事情是指什么？"

"哦，你知道，你知道的！"

我一时说不出话来，只好握着他的手，依然凝视着他的眼睛，我觉得自己默不作声，像是承认了他的指控，也许在那个瞬间，整个世上再没有比我们的真实关系更让人难以置信的。"你当然会回到学校去，"我说，"要是你为这件事烦心的话，那就不必了。不是回到原来的学校，我们得另找一所更好的学校。你从来没有对我说起这件事，压根儿就没有提过，我怎么知道你为这件事烦恼呢？"他平静地听着我说话，光滑白皙的脸庞，使他看上去惹人怜爱，就像儿童医院里满怀期待的病人；想到这点相似之处，我觉得愿意放弃世间拥有的一切，去做个护士或慈爱的修女，只要能帮助治好他。好吧，即使是现在，我也还能帮得上他！"你知道吗？你从来没有对我提过你的学校——我说的是以前的学校，从来没有说过一个字！"

他似乎感到纳闷，还是笑得那么可爱。但他显然争取到了时间，他等待着，等着有人给他提示。"我没有说过吗？"他求助的那个人不是我——而是我撞见的那家伙！

听到他说出这句话，他的语气和脸上的表情有什么东西，叫我感受到从未有过的心痛。看到他绞尽脑汁，使出浑身解数，听任附身的恶魔驱使，扮演天真无邪、言行一致的角色，我心里的感伤，真是难以用言语形容。"不，从来没有——从你回来的那一刻起。你从来没有跟我提过你的老师、你的同学，也从来没有向我提起过，你在学校里哪怕最不起眼的小事。小迈尔斯——不，从来没有——你从来没有对我透露过，学校里可能发生过什么事。所以你可以想得到，我是多么摸不着头绪，直到今天早上，你才用那种法子说出来，从我见到你的那一刻起，你几乎没有提到你以前的生活。你似乎心甘情愿地接受了现实。"

奇怪的是，我对他不为人知的"早熟"深信不疑，不管怎么说，都要怪我不敢提及的势力的毒害；尽管他隐约流露出内心的烦恼，看上去却像个大人那样懂事，也让我把他当作智力相当的人来对待。"我以为你想像现在这样生活下去。"

我觉得，听了这句话，他的脸色泛起了红晕。他就像个略显疲惫的康复病人，无精打采地摇了摇头说："我不——我不愿意。我想离开这里。"

"你讨厌布莱庄园吗？"

"哦，不，我喜欢布莱庄园。"

"好吧，那么——？"

"哦，你知道男孩想要什么吗！"

我觉得我不像迈尔斯知道得那么清楚，只好暂时避而不谈。"你想去你伯父那儿吗？"

听了这话，他甜美的面容露出了嘲讽的神情，在枕头上动了一下。"哎呀，你不能这么敷衍过去！"

我沉默了一会儿，我想，现在脸红的是我。"亲爱的，我没想敷衍你！"

"就算你想也不行。你办不到，你办不到！"他躺在床上，瞪大了漂亮的眼睛，"我伯父一定要来这儿，你们一定得把事情解决好。"

"要是我们解决好了，"我打起精神回答道，"你肯定会给送到很远的地方去。"

"好了，这就是我努力争取的结果，你难道不明白吗？你得告诉他——你没有提过的所有事：你得告诉他许多事！"

看到他说起话来兴高采烈，不知怎么，我顿时生出了要和他作对的心思。"迈尔斯，你要告诉他多少事情？有些事他会问你的！"

他沉吟了一会儿。"很有可能，不过他会问哪些事？"

"你从来没有告诉我的那些事。让他决定怎么安排你。他不能把你送回去——"

"我不想回去！"他插嘴说，"我要去个新地方。"

他说这话的时候，从容得叫人佩服，那种快活劲儿，任谁也不能指责；想必是这种语调让我觉得痛苦不堪，这出有违常理的幼稚悲剧，他可能过了三个月就要重演一回，不仅同样虚张声势，还会更加丢脸。当时我不知所措，再也忍不下去了，心里头只觉得他可怜，难以自持地扑到他身上，满心疼爱地把他搂在怀里。"亲爱的小迈尔斯，亲爱的小迈尔斯——"

我的脸紧挨着他的脸，他好心地让我吻了他，还开起了玩笑。"怎么了，老太太？"

"你没有什么——没有什么事情要告诉我吗？"

他稍稍转过身去，面对着墙壁，盯着自己抬起的手，就像我见过生病的孩子做的那样。"我告诉过你了——我今天早上对你说过了。"

哦，我真为他难过！"你只是想让我不要烦你吗？"

他现在转过身来看着我，好像承认我明白他的意思，然后非常温柔地回答："让我一个人待着吧。"

这句话隐含了几分奇怪的威严，我只好放开了他，我慢慢站起身来，待在他身边没有离去。上帝知道，我从来没有想过要折磨他，可我觉得，要是听了这话转身就走，就等于抛弃了他，说得更明白一点，就等于失去了他。"我刚要给你伯父写信。"我说。

"好啊，那就把信写完！"

我等了一会儿，"以前发生过什么事？"

他又抬头看着我，"什么以前？"

"你回家以前，还有你离开以前。"

他半晌没有说话，但他仍然凝视着我的眼睛。"发生过什么事？"

我从他的话音里，似乎听出了一丝微弱的颤抖，表明他内心赞同我的说法，这种感觉还是头一回——我跪在床边，重新抓住了占他的机会。"亲爱的小迈尔斯，亲爱的小迈尔斯，你知道我有多么想帮你！只想帮你，没有别的意思，我宁愿死也不愿让你受苦，不愿让你做错事，我宁愿死，也不愿让你掉一根头发。亲爱的小迈尔斯，"——哦，我可算说出来了，即使我说得太过分了——"我只想求你让我救救你!"

这句话刚说出口,我就知道自己说得太过分了。我的恳求立刻得到了回应,没想到刮起了凛冽的狂风,冰冷刺骨的寒气袭来,连房间都摇晃起来,好似狂风把窗户撕得七零八碎。那孩子发出一声响亮的尖叫,顿时淹没在震天的响声中,尽管我离他很近,却听得不太真切,像是欢呼,又像是惨叫。我又跳了起来,发现房间一片漆黑。我们在黑暗中待了一会儿,我环顾四周,看到拉着的窗帘没有晃动,窗户依然紧闭着。"怎么,蜡烛灭了!"我嚷了起来。

"亲爱的,是我吹灭的!"迈尔斯说。

第十八章

第二天下课后,格罗斯太太抽了个空,悄悄对我说:"小姐,你写信了吗?"

"是啊,我写好了。"可我当时没有说的是,虽然我把信封口,写好了地址,却还放在我的口袋里。信差到村子里去之前,我还来得及把信寄走。回过头来说到我的两个学生,那天上午他们表现得再出色不过了,简直堪称楷模,仿佛他俩有心想把最近的小摩擦遮掩过去。他们做起算术题的本领叫人眼花缭乱,绝不是我那点可怜的学识比得上的,他们还颇有兴致地开起了地理和历史的玩笑。当然,迈尔斯的表现尤为抢眼,似乎想要表明,他可以多么轻易地辜负我的期望。现在回想起来,这个孩子确实生活在美好而悲惨的环境中,难以用言语来形容;他每次流露真情的冲动，都有自己的个性，在不知情的人看来，他性格直率、自由自在，从来没有哪个小孩比他更聪明机灵，更像一个气度不凡的小绅士。我得时刻提防着，不要好奇地注视他，以免暴露我的成见；为了收回无端打量的目光，忍住沮丧的叹息，我只好不停地思来想去，琢磨着那个不解之谜：这样的小绅士究竟做了什么坏事，竟然会受到惩罚。这么说吧，从我知道的隐秘怪事来看，所有邪恶的想象都呈现在他眼前：我心底的正义感渴望找到证据，证明这可能变成了行动。

在那个可怕的日子，我们吃过午饭后，他走到我跟前，问我愿不愿意听他弹半个小时的钢琴，当时他的举止比往常更像一位小绅士。就算大卫王给扫罗弹琴，也不会比他更好地把握时机。实际上，他是在巧妙地展示高明的手段，显示宽容的气度，仿佛直截了当地说："我们喜欢读的故事里，真正的骑士从来不会咄咄逼人。我现在明白你的意思了，你的意思是——只要别管你的事情，别紧追不放——你就不再担心我，不再窥探我，不再把我拘在你身边，让我来去自由。你看，我来了——但是我不走！现在有的是时间！我真的很喜欢和你待在一起，我只想让你知道，我是为了原则而斗争。"

可以想象，我怎么会拒绝他的请求，不再牵着他的手到教室去。他在那架旧钢琴前坐下，弹得比以往还要出色，要是有人认为他最好去踢足球，那我只能说，他们说的一点儿也不错。因为听着他的弹奏，我完全不知道时间过了多久，等我恍然惊醒过来，突然有一种奇怪的感觉，仿佛我守在旁边的时候睡着了。那是午饭后，我坐在教室的炉火旁，可我根本没有真的睡着，还有一件更糟糕的事情：我忘了，这么长时间，弗洛拉在哪里？我问迈尔斯的时候，他却没有回答，弹了一会儿钢琴才开口说："亲爱的，我怎么知道？"紧接着，他又发出一阵欢快的笑声，听上去像是在伴奏，紧接着拖长了音调，变成了一首支离破碎的走调歌曲。

我直接回到自己的房间，但他妹妹不在那里；下楼以前，我又查看了其他几个房间。既然哪儿也找不到她，她肯定是和格罗斯太太在一起，想到这里我就放心了，于是去找格罗斯太太。我找到她的时候，她还在前一天晚上待过的房间里，可她听到急切的询问，却露出了茫然惊讶的表情，表示毫不知情。她还以为吃过午饭后，我把两个孩子都带走了；说到这一点，她倒也没错，因为我还是头一次没有特别的防备，就让小女孩离开我的视线。当然，现在她兴许和女仆们在一起，所以当务之急就是去找她，不要露出惊慌失措的表情。我们很快就安排好了这件事，但是过了十分钟，我们按照约定在大厅里见面时，只能告诉对方，经过谨慎的追问，根本没有找到她的行踪。有那么一会儿，除了留心观察以外，我们只能无声地交换疑虑的眼神，我可以感觉到，我最初带给她的那些恐慌，我的朋友现在全都还给了我。

"她在楼上吧，"她接着说，"在你没找过的哪个房间里。"

"不，她走远了，"我已经拿定了主意，"她到外面去了。"

格罗斯太太目瞪口呆。"连帽子都不戴吗？"

我自然也露出了意味深长的表情。"那个女人不也总是不戴帽子吗？"

"她和那个女人在一起？"

"她和那个女人在一起！"我宣布，"我们一定要找到她们。"

我抓住了我朋友的胳膊，可她听了我的话，却一时没有反应过来，站在原地不动，局促不安地说："迈尔斯少爷在哪儿？"

"哦，他跟昆特在一起。他们在教室里。"

"天啊，小姐！"我自己也知道，我的看法——我想还有我的语气——从来没有这么平静笃定。

"我们给人耍了，"我接着说，"他们的诡计得逞了。他使出了最高明的手段来稳住我，好让她悄悄溜走。"

"'高明的'？"格罗斯太太困惑地重复道。

"也是拙劣的！"我几乎兴高采烈地说，"他为自己做好了打算。快来吧！"

她无助地、闷闷不乐地看着楼上。"你留下他——？"

"和昆特待了这么久？没错，我现在不在乎了。"

在这种时候，她总是要抓住我的手，这样她就可以把我留在身边。不过我突然放手，让她喘不过气来。"因为你那封信？"她急切地问道。

我没有回答她，很快摸到了那封信，拿出来举在手里。然后我挣开她的手，走过去把信放在大厅的桌子上。"卢克会把信取走的。"我走回来说。我走到大门口，把门打开，走下了台阶。

我的同伴还在犹豫：昨天夜里和清晨的暴风雨已经平息了，不过下午的天气还是那么潮湿灰暗。我走到了车道上，她还站在门口说："你不穿外套就出去吗？"

"孩子什么都没穿，我又何必在乎呢？我来不及换衣服了，"我嚷道，"要是你非要穿外套的话，我就先走了。你自己上楼去吧。"

"跟他们待在一起？"哦，这个可怜的女人刚说完，就跟上了我！

第十九章

我们直接向湖边走去，那是布莱庄园的叫法，虽说以我未经世事的眼睛来看，这片湖水不算什么胜景奇观，不过我觉得这么叫也没错。我对湖面的见识不多，说到布莱庄园的池塘，也只有那么几次，我在两个学生的陪伴下，登上停泊在湖边供我们使用的旧平底船，到水面上游玩，那辽阔的湖面碧波荡漾，给我留下了深刻的印象。平日里登船的地方离宅子有半英里远，可我有个深信不疑的念头，无论弗洛拉去了哪儿，她都不会离家很近。她趁我不注意溜走，绝不是为了小小的冒险，从我们在湖边遭遇惊险的那天起，我就在散步的时候发现，她最想去的是那个地方。所以我带着格罗斯太太直奔一个明确的方向，可她察觉到要去的方向时，却不愿意走下去，对我露出了迷惑不解的表情。"小姐，你要去湖边吗？你觉得她在——？"

"她也许在那儿，尽管我相信湖水不是很深。不过我觉得，她大概在那天待过的地方，我跟你说过，我们俩在那儿看到了什么。"

"就是她假装没看见的那次——？"

"她那么冷静沉稳，真是吓人！她一定想自己回到那儿去，现在她哥哥帮她办到了。"

格罗斯太太仍然站在原地不动。"你认为他们真的谈起过那两个人吗？"

我对这个问题有十足的把握！"他们说的那些事，要是叫我们听见了，准保会吓死的。"

"要是她在那里。"

"怎么？"

"杰塞尔小姐也在吗？"

"那还用说，你会看到的。"

"哦，千万不要！"我的朋友嚷了起来，依旧站着不动，我见此情景，没有理会她就直接走了。不过等我走到湖边的时候，她还紧跟在我身后，我知道她心里的盘算，不管有什么事降临到我头上，跟我在一起总归是最安全的。我们终于看到了宽广的水面，却没有见到孩子的身影，她如释重负地松了一口气。我们在这边的岸上，也就是弗洛拉的举动叫我受了惊吓的地方，没有找到她的踪迹，对面的岸边也没有，那里只有大约二十码的空地，还有一片茂密的灌木丛延伸到湖里。湖面是椭圆形的，与长度相比显得很窄，两边看不到头，很容易被当成一条小河。我们望着空旷的水面，接着我从格罗斯太太的眼神看出她想说什么，我明白她的意思，于是摇了摇头，给了她否定的回答。

"不，等等！她把船弄走了。"

我的同伴盯着空荡荡的泊地，然后又望着湖对面。"船去哪儿了？"

"我们没有看到船，就是最有力的证据。她坐着船过去了，然后设法把船藏起来。"

"她一个人——还是个孩子？"

"她可不是一个人，这会儿她也不像个孩子，她像个很老的妇人。"格罗斯太太听出了我话里的古怪，再次对我唯命是从，而我在岸边环顾四周，接着指给她看，这条船可能藏在什么地方，池塘的凹处形成了小水湾，从这边看过去，正好给凸出的湖岸和靠近水面的树丛遮住了。

"要是船在对面，她到底在哪儿？"我的同伴焦急地问。

"这就是我们要弄清楚的。"我开始往前走。

"一路绕过去吗？"

"当然，就是有点远。我们走过去只要十分钟，不过对孩子来说够远的，她不愿意走路，就直接乘船过去了。"

"天啊！"我的朋友又大声嚷道；我一步步推理下来，她却难以理解。现在想来，我是硬拖着她往前走，走到半路的时候——那一路走来并不顺利，地面坎坷不平，路上杂草丛生，叫人疲累不堪——我只好停下来，让她喘口气。我满怀感激地搀扶着她，向她保证，她会给我很大的帮助；于是我们重新上路，又走了几分钟，发现那条船就在我猜想的地方。她故意把船抛在人家看不见的地方，拴着栅栏的一根木桩，而栅栏紧邻着岸边，正好可以扶着下船。我望着那对又短又粗的桨，稳稳地收在船上，觉得一个小女孩非得有出奇的本领，才能做出这样的举动。不过到了那会儿，我早就见识过太多的奇闻怪事，也经历过太多叫人惊心动魄的时刻。栅栏上开了一扇门，我们穿过去，走了一会儿，到了更开阔的地方。然后，我们俩异口同声地惊叫起来，"她在那儿！"

弗洛拉就在不远处，站在我们眼前的草地上微笑着，仿佛她的表演刚刚结束。可她紧接着就弯下腰来，捡起一大株难看枯萎的蕨枝，好像这就是她此行的目的。我马上断定，她刚从灌木丛里出来，自己一步也没走，就等着我们过来。我们很快迎上前去，那种严肃的态度让我觉得稀奇少有。她开心地笑了又笑，我们终于碰面了，可所有的举动都是沉默无声的，此时有种阴森的气氛。

格罗斯太太第一个打破了僵局：她突然跪下来，把孩子搂进怀里，久久地拥抱着这个柔弱顺从的小身体。她们上演这出激烈哑剧的时候，我只好在旁边看着——我看到弗洛拉露出小脸，从同伴的肩头偷看我，我瞧得更仔细了。她的表情变得严肃起来——那丝笑容消失了；这更加剧了我的痛苦，我嫉妒格罗斯太太和她单纯的关系。然而在这段时间里，除了弗洛拉把那株愚蠢的蕨枝丢在地上，我们之间什么都没有发生。她和我实际上是在对彼此说，现在借口已经没用了。最后，格罗斯太太站了起来，她拉住了孩子的手，这两个人站在我面前一动不动；她用坦率的眼神看着我，让我们沉默的交流更显得诡异，就像在说，"我死也不会开口的！"

先开口的还是弗洛拉，她把我从头到脚打量了一番，毫不掩饰好奇的神色。我们没戴帽子的样子叫她感到惊讶。"怎么，你们的帽子和外套呢？"

"你的帽子和外套呢，亲爱的。"我立刻回嘴。

她恢复了往常的高兴劲儿，似乎觉得我的话足以回答她的问题。"迈尔斯在哪儿？"她接着问道。

她的话里透着小小的勇气，使我彻底崩溃了：她说的几个字，就像猛然抽出的闪光利剑，转眼就打翻了我几个星期以来举在手里斟满的杯子，我还没有开口说话，就觉得杯子里的水溢出来了。"要是你愿意告诉我，我就告诉你——"我听见自己说，然后听到颤抖的声音戛然而止。

"你说什么？"

格罗斯太太向我投来阻止的目光，可惜为时已晚，我已经清楚地说了出来。"我的宝贝，杰塞尔小姐在哪里？"

第二十章

就像在教堂墓地里面对迈尔斯一样，整件事来得猝不及防。我心里很清楚，这个名字从来没有在我们面前提起过，可是孩子听到以后，脸上顿时露出惊恐的表情，对我怒目而视，仿佛我打破的不是沉默，而是一扇玻璃窗。此时听到我说破了隐情，格罗斯太太仿佛挨了当头一棒，惊声尖叫起来，她叫得像是受了惊吓的动物，说得更恰当些，像是受伤动物发出的哀鸣，紧接着，我倒抽了一口冷气，抓住了格罗斯太太的胳膊。"她在那儿，她在那儿！"

杰塞尔小姐就站在湖对岸，面对着我们，像她上次站在那儿一模一样，说来也怪，我记得最初的感觉竟然是一阵狂喜，因为我找到了证据。她在那儿，我是清白的；她在那儿，我既不残忍也不疯狂。她在那儿，是为了让可怜受惊的格罗斯太太看见，可她在那儿，多半是为了弗洛拉而来；在那段可怕的岁月里，也许那一刻最为稀奇古怪，我特意向她致以无声的感谢，虽说她是个苍白贪婪的恶魔，她也能领会我的心意。她就站在我和格罗斯太太刚才离开的地方，尽管和她的欲望相距甚远，她那邪恶的力量却丝毫不减。最初清晰的景象和生动的情感，不过是几秒钟的工夫，此时格罗斯太太茫然地眨了眨眼，朝着我指的方向看过去，我觉得她终于看见了，于是急忙向孩子瞥了一眼。我看到弗洛拉的表情，着实吃了一惊，如果她只是激动不安的话，我也不会那么吃惊，因为我根本没有想到她会大惊失色。对于我们的追踪，她其实早有防备，绝不会露出什么破绽；因此，我第一眼看到始料未及的场景，当场就吓了一跳。我看到她那粉红的小脸绷得很紧，对我指着幽灵的方向，甚至没有假装看一眼，反而向我转过头来，露出严肃冷酷的表情，我绝对没有见过那样陌生的表情，似乎是在揣摩我、控诉我、审判我——不知何故，这个举动把小女孩变成了不祥的人物。

面对她的冷酷表现，我目瞪口呆，尽管我从未比那一刻更确定，她已经看到了一切，我急于为自己辩白，激动地叫她做我的见证。"她在那儿，你这不幸的小家伙——那儿，那儿，就在那儿，你看见了，就像你看见我一样！"不久前，我对格罗斯太太说过，她根本不像个孩子，而像个老妇人，我对她的描述恰好得到了有力的证实，听到我的问话，她的眼神既不妥协也不承认，脸色越来越凝重，突然露出了谴责的神情。要是我能把整件事拼凑起来的话，她的态度比起其他事情更让我感到震惊，与此同时，我发觉还要对付格罗斯太太，更是令人生畏。紧接着，她把一切都遮掩过去了，只是脸涨得通红，吓了一大跳似的大声反驳，提高嗓门嚷道："这话说得怪吓人的，小姐！你到底看到了什么东西？"

我只能赶紧抓住她，因为就在她说话的时候，那可怕的身影仍然站在对岸，丝毫没有暗淡，也没有退缩。这种情形持续了一分钟，趁着还没消失，我一把抓住我的同伴，用力把她推过去，让她面对着鬼影，用手指给她看。"难道你不像我们那样看得到她吗？难道你现在还看不见她？她就像一团燃烧的烈火那样耀眼！我的好太太，你看看啊！"她像我那样看了看，发出一声深长的叹息，饱含着否认、厌恶和怜悯——夹杂着她无缘得见的庆幸——感觉她要是能看到的话，她会帮我说话的，这在当时也让我感动不已。我可能很需要她的帮助，事实证明她的双眼被无望地封住了，这个沉重的打击让我觉得自己的处境岌岌可危。我感觉到——我看到——我那脸色铁青的前任站在对岸，逼着我认输，我暗自思量，此时最要紧的是对付弗洛拉叫人吃惊的态度。而格罗斯太太立即粗暴地采取了这种态度，尽管我的挫败感让她大获全胜，她还是上气不接下气地安慰起弗洛拉来。

"她不在那儿，小宝贝，没人在那儿——你什么也没看到，我的心肝！可怜的杰塞尔小姐怎么可能——可怜的杰塞尔小姐已经死了，下葬了！我们都知道，不是吗，亲爱的？"她赶紧向那孩子恳求道，"这就是个误会，真叫人烦心，开玩笑罢了——我们赶快回家去吧！"

听了这话，弗洛拉的反应很古怪，她迅速摆出了严肃正经的样子，格罗斯太太站起身来，她们又合起伙来，似乎要与我势不两立。弗洛拉依然盯着我，脸上装作不满的样子，就在那一刻，我祈求上帝原谅我，因为我仿佛看到，她站在那里紧紧抓住我们朋友的衣服时，她那无与伦比的童稚美貌黯然失色，完全消失了。我已经说过了——她简直冷酷得可怕，变得很平凡，几乎是丑陋的。"我不知道你在说什么，我什么人也没看到，什么东西也没看到，从来都没看到。我觉得你很残忍，我不喜欢你！"这话就像是街头粗俗不堪的小姑娘说出来的，接着她紧紧抱住格罗斯太太，把那张可怕的小脸埋在她的裙子里，发出了一声近乎愤怒的哀号，"带我走，带我走吧——带我离开她身边！"

"离开我？"我气喘吁吁地说。

"离开你——离开你！"她嚷道。

就连格罗斯太太也惊愕地望着我；我却无可奈何，只能再次望着湖对岸的那个身影，她一动不动，直挺挺地站着，仿佛隔着湖面听到了我们的对话，她生动地站在那里，不是为了给我解围，而是为了给我带来灾难。这个可怜的孩子说出那些尖酸刻薄的话，一字一句似乎都是从外头学来的，我只能接受令人绝望的现实，悲伤地对她摇了摇头。"要是我曾经怀疑过，我所有的怀疑现在都消失了，我一直生活在悲惨的真相中，如今真相紧紧缠绕着我。我当然失去了你：我插手了，而你在她的操纵下——"我转过去看着湖对岸那个恶魔似的证人，"找到了简单完美的办法来破解。我已经尽了全力，但我还是失去了你。再见。"对着格罗斯太太，我发出了近乎疯狂的命令"走，走啊！"尽管她什么都看不见，但清楚地知道发生了可怕的事情，某种绝望吞没了我们，她在无限的痛苦中，默默地抓住了小女孩，沿着我们来时的路尽快离开了。

我给独自撇下了，接下来发生了什么，我后来也不记得了。我只知道，大概过了一刻钟，一股潮湿难闻的气息扑面而来，使我打了个寒噤，刺透了我心中的烦恼，这才明白过来，我一定是脸朝下扑倒在地，伤心到发狂的地步；我一定在地上躺了很久，放声痛哭了很久，因为等我抬起头来一看，天已经快黑了。我站起身来，透过朦胧的暮色，往灰色的湖面和鬼魂出没的空旷岸边望了一会儿，转身走上了凄凉艰难的归途。走到栅栏的门前时，我惊讶地发现，那艘船已经不见了，让我对弗洛拉掌控形势的非凡本领有了新的认识。那天晚上，她和格罗斯太太待在一起，大家对此都心照不宣，要我说，这也是"最愉快"的安排，这个词用在这里不算古怪，也不欠妥。回来以后，我没有见过她们俩，反而见到了迈尔斯好几次，似乎算是一种补偿。我看到——我不能用其他词来形容——迈尔斯的次数那么多，简直比以往任何时候都要多。我在布莱庄园度过的夜晚，从来没有像这天晚上那样充满了不祥的气氛；尽管如此——尽管在我脚下裂开了更阴暗的惊恐深渊，可是在现实逐渐消退后，确实有一种格外甜蜜的忧伤。我回到宅子后，没有去找迈尔斯；我直接回到自己的房间，换了身上的衣服，一眼就看到了弗洛拉与我决裂的许多物证，她的小东西都拿走了。后来，我坐在教室的炉火旁，女仆像平时那样给我端来了茶，我没有问起另一个学生。他现在自由了——他可能一直自由下去！没错，他得到了自由；他大约在八点钟的时候走进来，默默地在我身边坐下。茶具取走后，我吹灭了蜡烛，把椅子拉到壁炉旁，我感到一阵刺骨的寒意，觉得自己似乎再也不会暖和起来。迈尔斯进来的时候，我正坐在火光中想心事。他在门口停留了片刻，仿佛在看着我，想要分担我的心事，然后他走到壁炉的另一边，坐到椅子上。我们静静地坐在那里，但我觉得他想和我待在一起。

第二十一章

第二天早上，天色还没有大亮，我刚睁开眼睛，就看到格罗斯太太在房间里，她来到我的床边，带来了更坏的消息。弗洛拉烧得很厉害，眼看就要生病了；她昨天夜里睡得很不安稳，最叫她不安的是内心的恐惧，而她恐惧的对象不是前任家庭教师，正是现任家庭教师。她抗议的不是杰塞尔小姐可能再次现身，而是明显强烈地反对我去看她。我赶紧从床上起来，有好些问题要问，而我的朋友似乎也做好了准备，等着我发问。我问她，她觉得孩子和我谁说的是真话时，我立刻感觉到了这一点。"她还是不肯对你承认，她看见了——看见过什么东西吗？"

我的客人真的很烦恼。"啊，小姐，这件事我可不能逼她！不过要我说，我也没有必要逼她。这让她从头到脚都长大了。"

"哦，我把她看得一清二楚。她就像个高高在上的小人物，痛恨别人指责她的诚实和体面。'杰塞尔小姐——她这个人！'她还有体面呢，这个小妞儿！我向你保证，她昨天给我的印象是最奇怪的；这是任何人都无法想象的。我确实说错话了！她再也不会理我了。"

尽管我的话说得很可怕，又晦涩难懂，但还是使格罗斯太太沉默了一会儿。然后她坦率地同意了我的观点，我确信她的坦率背后还有更多的原因。"说真的，小姐，我想她不会。她对这件事的态度确实很傲慢！"

"那种态度，"我总结道，"实际上就是她现在的问题！"

哦，那种态度，我从格罗斯太太的脸上就能看得出来，除此之外，一点儿别的也看不出来！"她每隔三分钟就问我，你是不是要进来。"

"我明白了——我明白了。"我这边有太多的事情要做。"从昨天起，除了否认她对这种可怕的事很熟悉之外，她有没有对你说过一句关于杰塞尔小姐的话？"

"一点儿也没有，小姐。你当然知道，"我的朋友接着说，"我相信她在湖边说的话，至少当时那里没有人。"

"那倒是！你当然还是听她的话。"

"我没法反驳她。不然我还能怎么办？"

"根本没办法！你要对付的小孩绝顶聪明，他们被那对男女——我是说他们的两个朋友——教得比天生的还聪明，成了任人摆弄的好材料！弗洛拉现在满腹怨气，她会坚持到底的。"

"是啊，小姐，那她为了什么呢？"

"怎么，为了找她伯父来对付我。她会当着他的面，把我说成最卑鄙的人——！"

我看到格罗斯太太脸上精彩的表情，不由得收住了话头；她看了一会儿，仿佛清楚地看到了他们相见的情景。"他对你那么有好感！"

"我现在才知道，他表现的方式真是古怪！"我笑着说，"可这无关紧要。当然，弗洛拉想要把我打发走。"

我的同伴勇敢地表示赞同。"她再也不想看见你了。"

"那你现在来找我，"我问道，"是想打发我快点走吗？"还没有等她回答，我就接着往下说，"我倒有个更好的主意，是我自个儿想出来的。要是我走了，似乎也不错，星期天我差点儿就走了。可是我不能走，该走的是你。你一定要把弗洛拉带走。"

格罗斯太太听到这里，不禁猜测起来。"可到底是——？"

"带她离开这里。离开他们。最要紧的是，赶紧离开我，直接去她伯父那里。"

"只是为了告你的状——？"

"不，不只是告状！交给我吧，让我来补救。"

她还是不明白，"那你要怎么补救？"

"首先要靠你的忠诚，然后是迈尔斯的忠诚。"

她使劲盯着我看。"你觉得他——"

"要是他有机会，不会背弃我吗？是的，我还是想这么做。不管怎样，我都想试一试。尽快带他妹妹离开，留下我和他单独待在一起。"我竟然还有这份勇气，连我自己也觉得惊讶，尽管把绝佳的例子摆在面前，她还是犹豫不决，也许更让我感到不安。"当然，有一件事很要紧，"我接着说，"她离开之前，绝对不能让他们俩见面。"然后我突然想到，尽管弗洛拉从湖边回来后就关起来了，但现在可能是时已晚。"你是说，"我焦急地问，"难道他们见过面了？"

听了这话，她脸涨得通红。"啊，小姐，我还没有糊涂到那个地步！要是我有什么事，离开过她几回，每次都让女仆看着她，虽说她现在自己待着，却是给锁起来了。不过——不过！"要说的事情可太多了。

"不过什么呢？"

"嗯，你对这位小绅士那么有把握吗？"

"除了你，我对什么都没把握。可是从昨天夜里，我有了新的希望。我觉得他想对我挑明了。我确实相信他有话要说——可怜的小坏蛋！昨天晚上，他在火炉旁边，静静地陪我坐了两个钟头，好像随时要把话说出来。"

格罗斯太太从窗户往外看，紧盯着灰蒙蒙阴沉的天色。"到底说出来了吗？"

"没有，虽然我等了又等，可我得承认，他什么都没有说，等我们吻别道晚安的时候，他也没有打破沉默，对他妹妹的情形和失踪的事，更是只字不提，"我继续说，"要是我没有给孩子多一点时间，就算她伯父见了弗洛拉，我也不能同意他见她哥哥，最主要的是，因为事情变得如此糟糕。"

说到这件事，我的朋友显得很不情愿，让我完全无法理解。"你说多一点时间是什么意思？"

"对，多给一两天时间——真的让他说出来，到时候他就会站在我这边——你知道，这有多重要。要是他什么都没说，那我就失败了，好在你到了伦敦，可以尽你所能帮助我。"我把事情对她交代清楚了，可她还是有点不知所措，想着别的理由，于是我又帮了她一把。我最后说："除非你真的不想去。"

我从她脸上看出来，她终于下定了决心，她向我伸出手来作保证。"我去——我去，我今天上午就去。"

我想显得很公道。"如果你还想等下去，我保证她不会看见我的。"

"不，不，这地方不对劲，她必须离开这里。"她用哀伤的眼神看了我一会儿，然后把剩下的话说出来，"你的想法不错。小姐，至于我——"

"怎么了？"

"我待不下去了。"

她看我的眼神让我心头一惊，想到了各种可能。"你是说，从昨天起，你看到了——"

她庄重地摇了摇头。"我听到了——！"

"听到了什么？"

"从孩子那里——听到了吓人的话！天啊！"她悲痛欲绝地松了口气。"以我的名誉起誓，小姐，她说的那些话——！"想到这里，她说不下去了，突然大叫一声，倒在我的沙发上，就像我以前见过的那样，放声痛哭起来。

我也难以自持，说出的话却截然不同。"哦，感谢上帝！"

听到这话，她又跳了起来，呻吟着擦干了眼睛。"感谢上帝？"

"证明了我的清白！"

"没错，小姐！"

我不能指望她说出语气更重的话来，但我还是犹豫了一下才说："她那么可怕吗？"

我看得出，格罗斯太太简直不知道怎么说才好。"真不像话啊！"

"是说我的话吗？"

"就是说你的话，小姐——既然你非要知道不可。小姑娘说出那种话来真是离谱，我想不出她是在什么地方学来的——"

"她骂我的那些难听话吗？我倒是知道！"我笑着打断了她，这笑声无疑意味深长。

实际上，这只会让她的脸色更加凝重。"也许我也该知道——因为我以前听过一些！可是我受不了，"可怜的女人继续说，同时看了一眼我梳妆台上的表。"不过我得回去了。"

而我把她留了下来。"啊，要是你受不了的话——！"

"你是说，我怎么能和她待在一起？怎么，就是为了这件事，把她带走，远远离开这里，"她继续说，"远远离开他们——"

"她也许就会不一样？她也许就会放下？"我几乎欣喜若狂地抓住了她。"那么，尽管发生了昨天的事，你还是相信——"

"相信这样做？"她那简单的描述，还有她的表情，我觉得不需要再问下去了，她前所未有地把事情原原本本都告诉了我。"我相信。"

是的，这是一件令人高兴的事，我们仍然并肩而立：只要我对此有十足的把握，无论发生什么事，我都不在乎了。在大难临头的时候，就像我早些时候需要信任一样，如今支持我的还是信任。只要我的朋友能对我的诚实负责，我就会对其他一切负责。然而，在向她道别的时候，我还是有点尴尬。"当然，我想到了另一件事，你要记住，我那封发出警报的信会比你先到达城里。"

现在我更加感觉到，她刚才说话如何拐弯抹角，最后也感觉到她是多么疲惫。"你那封信不会寄到城里的。你的信从来没寄出去。"

"那封信怎么了？"

"天知道！迈尔斯少爷——"

"你是说他把信拿走了？"我倒吸了一口气。

她迟疑了一下，抛开了心里头的不情愿。"我是说，昨天我和弗洛拉小姐回来的时候，看到信不在你放的地方。后来等到晚上，我趁机问了卢克，他说没有看见信，也没有碰过。"说到这里，我们只能交换了意味深长的眼神，相互试探了一番，还是格罗斯太太先亮出了底牌，几乎是兴高采烈地说了一句："你明白吧！"

"是的，我明白了，要是迈尔斯拿走了信，他很可能已经看过了，然后把信毁了。"

"你没有看出别的什么吗？"

我对着她看了片刻，露出了凄凉的微笑。"我突然发现，这次你的眼睛睁得比我还大。"

事实证明确实如此，但她还是很窘迫，脸都快涨红了。"我现在明白了，他到底在学校里干了什么好事。"她近乎滑稽地点了点头，似乎恍然大悟，老实不客气地说，"他偷东西！"

我琢磨了一下，想说句公道话，"嗯——也许吧。"

看起来，她觉得我平静得出人意料。"他偷走了信！"

她不知道我为什么会镇定自若，理由倒是很简单，所以我尽可能解释清楚。"我倒希望他这次心智更坚定！无论如何，我昨天放在桌子上的那封信，"我继续说，"不会给他带来什么好处——因为信里只要求东家前来面谈——他费了那么大功夫，却只得到了这么点收获，已经感到难堪了。昨天晚上，他心里肯定是想要承认的。"那一瞬间，我似乎觉得自己掌握了真相，看清了一切。"离开我们，离开我们，"我已经在门口催她走了，"我会叫他说出来的。他会来见我的——他会承认的。要是他承认了，他就有救了。要是他有救了——"

"那你就有救了？"这位好太太吻了我，我向她道别。"没有他，我也会救你的！"她边走边喊。

第二十二章

然而，等她走了以后——我当时就有点想她——紧要关头才真正到来。如果说我指望和迈尔斯独处会给我带来什么，那么我很快就察觉到，这至少叫我心里有了数。我下楼听说格罗斯太太和弗洛拉坐的那辆马车驶出大门后，不觉恐慌起来，说实话，在庄园里待了那么久，那是我最胆战心惊的时刻。我对自己说，现在狂风暴雨就要扑面而来了，那天余下的大部分时间里，我总算克服了内心的软弱，仔细想来，这件事倒是我莽撞了。当时的情形实在紧迫，比我从前周旋的局面还要难以应付；更要紧的是，我头一次从别人的身上看到这场危机引发的慌乱。当时发生的事情，自然让大家惊得目瞪口呆；格罗斯太太走得那么匆忙，任凭我们怎么解释都不管用。女仆和男仆看起来不知所措，让我的心情愈发紧张，后来我才意识到，有必要扭转这种局面，变成有利的帮助。总而言之，我只有紧紧抓住船舵，才能避免船毁人亡。我敢说，为了支撑场面，那天早上我摆出了盛气凌人的架势，显得不动声色。我欣然接受自己要担负重任的感觉，而且我也让大家知道，就算只留下我自己，我也打定了主意不动摇。接下来的一两个钟头里，我以这样的架势到处巡视，看起来像是准备好迎接什么不测。为了叫相干的人看明白，我怀着不安的心情来回走动。

到了晚饭时，似乎最不相干的人就是小迈尔斯本人。我四处巡视的时候，连他的人影都没见着，却让人家知道我们的关系起了变化，这要怪他昨天为了帮弗洛拉脱身，用钢琴拖住我，使我受尽了诱惑和愚弄。当然，她给关在房里，又离开了庄园，已经充分地引起了大家的注意，而现在我们没有遵守教室里的惯例，更是凸显了这种变故。下楼的时候，我推开他的房门一看，他已经不见了。我在楼下听说，在两个女仆的服侍下，他跟格罗斯太太和他妹妹一起吃了早饭。然后他就出去了，说去散步了。我想，这个举动再清楚不过地表明，他对我突然变化的职责有什么坦率的看法。他不许我的职责涉及什么，还有待定夺：至少对我来说，放弃了自命不凡的伪装，不失为奇怪的解脱，既然好些事情露出了本来面目，那我这么说也不算过分：也许最惹眼的是，我们还维持着荒唐的假象，仿佛我还有不少学问可以教给他。这足以说明，他比我自己还要关心我的尊严，不惜使出心照不宣的小把戏，我不得求他放过我，让我见识他真正的本事。总之，他现在自由了，我再也不管了；昨天晚上他到教室里来陪我的时候，对于刚才那段时间发生了什么，我没有当面打听，也没有委婉的暗示，已经充分表明了态度。当时我有太多其他的想法，然而等他终于来了，我一下子就明白了，这些想法很难使出来，我的问题越积越多，因为从眼前来看，已经发生的事情没有给这个漂亮的小家伙留下什么污点和阴影。

为了叫仆人领教我精心培养的高贵气度，我吩咐把我和迈尔斯安排在——按照我们的说法——"楼下"吃饭，于是我在那间富丽堂皇的餐厅里等着他，就是在餐厅的窗外，在第一次受到惊吓的星期天，我从格罗斯太太那里听说了一些不太光彩的事情。此时此刻，我重新感受到——我一次又一次地感受到——我内心的平静取决于我是否有坚定的意志，这种意志让我尽可能地紧闭双眼，面对真相——我必须对付的是令人厌恶、违背天性的东西。我若要坚持下去，只有相信"天性"的力量，把天性当作我的盟友，把我那可怕的磨难当作不同寻常，当然也不甚愉快的动力。毕竟只要把普通人品德的螺丝再拧紧一圈，就可以摆出相当不错的架势。不过，没什么比想要满足自己全部的天性更需要机智的手段。哪怕有一点机灵劲儿，我怎么用来隐瞒所发生的事情？另一方面，我怎么提到往事，而不至于重新陷入可怕的黑暗中呢？

好吧，过了一会儿，我心里就有了答案，得到了充分的证实，毫无疑问，因为我很快在迈尔斯身上看到了罕见的东西。哪怕到了眼下这个时候，他也能找到其他巧妙的方法——就像他在课堂上经常做的那样——让我感到轻松自在。我们单独相处的时候，难道没有迸发出似乎闪耀、从未磨灭过的光芒吗？其实，帮助他的宝贵机会现在来了，一个如此有天赋的孩子，不肯接受别人穷尽聪明才智获取的帮助，这难道不荒谬吗？他的这份聪明才智，不拿来拯救他，还有什么用处？难道不会有一个人，为了明白他内心的想法，冒险伸出紧绷的手臂，去探究他的性格吗？等我们在餐厅面对面时，他好像真的为我指点了方向。烤羊肉端上了餐桌，我打发仆人下去了。迈尔斯坐下来之前，双手插在口袋里站了一会儿，看了看烤羊肉，似乎要以此为题，发表几句幽默的评论。但他当时说的是："我说，亲爱的，她真的病得很厉害吗？"

"小弗洛拉？没那么严重，她很快就会好起来。伦敦会让她康复的。布莱庄园不再适合她了。过来吃羊肉吧。"

他警觉地听从了我的话，小心翼翼地端着盘子到他的座位上，等他坐好了，就继续往下说："布莱庄园怎么突然就不适合她了？"

"不像你想的那么突然。早晚会有这么一天。"

"那为什么以前不把她送走？"

"什么以前？"

"她病得不能出门以前。"

我回答得很干脆。"她还没有病得不能出门，她要是留下来的话，可能会变成那样。现在走得正是时候。这次旅行会摆脱不好的影响。"——唉，我真了不起！——"顺利解决了。"

"我明白了，我明白了。"就这一点来说，迈尔斯也很了不起。然后他坐下来吃饭，那套"餐桌礼仪"非常迷人，从他回家的那天起，就不用我纠正粗鲁的举止。不管他被学校开除的原因是什么，绝不是因为吃相难看。今天，他也一如既往地无可挑剔，但他明显更加小心谨慎。看得出来，他把很多事情看作是理所当然的，可是没有别人的帮助，却无法轻易做到。他察觉到自己的处境，陷入了平静的沉默。我们的晚餐吃得很快——我只是装样子罢了，马上叫人把餐具撤走了。等到收拾完了，迈尔斯又站起来，双手插在小口袋里，背对着我，站在宽大的窗户前向外望去，那天我就是通过这扇窗户看到了吓人的东西。女仆跟我们在一起的时候，我们依然默不作声——我异想天开地想到，我们就像新婚旅行的年轻夫妻，在旅馆里沉默不语，当着仆人的面感到害羞。等到仆人走了，他才转过身来说："好了，这下只有我们两个人了！"

第二十三章

"哦，差不多吧，"我想我的笑容很苍白，"倒也不尽然。我们不会喜欢那样的！"我接着说。

"对——我想我们不会喜欢。当然，我们身边还有别人。"

"还有别人——确实还有别人[6]。"我赞同道。

"可是，就算还有别人，"他回答说，双手仍然插在口袋里，站在我面前不动，"他们也不算什么，对不对？"

我只好尽力回答，可我觉得很不安。"算不算什么，那要看你怎么说！"

"是啊，"他附和道，"什么都要看情况！"说到这里，他又转过身去，面对着窗户，不久就迈着隐约不安的步子，满怀心事地走到了窗前。他在那儿站了一会儿，额头贴在玻璃上，凝视着我熟悉的讨厌灌木和十一月的萧条景色。幸好我总是有编织活儿做遮掩，于是我走到了沙发前。我在沙发上坐稳了，依照从前的习惯，做好了最坏的打算，就像我饱受折磨的时候反复做的那样，我前头说过，那些时候我知道孩子们心知肚明，我却给拦在外头。可是我琢磨着迈尔斯窘迫的背影有什么意思，却产生了一个非同寻常的印象——现在没有人把我拦在外头了。过了几分钟，这个推断变得更加强烈，似乎让我产生了直观的感觉：他肯定给拦在外面了。大窗户的窗框和窗格，对他来说是失败的象征。我觉得，在我看来，他不是关在里面，就是关在外面。他的表现令人称赞，却显得忧心忡忡：这幅情景让我心里生出了一丝希望。他难道不是透过鬼魂出没的玻璃，在找什么他看不到的东西吗？第一次，这还是第一次：我觉得这是极好的兆头。这让他觉得担忧着急，尽管他自己很小心，这一天都颇为不安，即使他像往常那样，摆出可爱的姿态，坐在餐桌前用餐，还要施展出天生奇特的本领加以掩饰。等他终于转过身来面对着我时，他的这套本领好像已经穷尽了。"嗯，我想，我很高兴布莱庄园适合我！"

"过去二十四个钟头里，你看到的东西肯定比以前还要多。我希望，"我勇敢地说，"你过得很快活。"

"哦，是啊，我过得很快活，把周围都转遍了——走到了很远很远的地方。我从来没有这么自在过。"

他回答得很有风度，我只能尽量对他客气些。"那么，你喜欢这样吗？"

他微笑着站在那里，最后说了两个字，"你呢？"我从来没有听过这两个字透露出更多的深意。可我还没来得及回答，他就继续说下去，仿佛要把无礼的口气缓和一下。"你对待这件事的态度再机灵不过了，当然，即便我们两个人单独待在一起，最孤单的还是你，但我希望，"他接着说，"你不会特别在意！"

"不在意跟你待在一起吗？"我问道，"我亲爱的孩子，我怎么能不在意呢？虽然我已经放弃了陪在你身边的所有奢望——我根本教不了你——可我至少很开心和你待在一起。不然我还留下来做什么呢？"

他直盯着我看，脸上的表情也严肃了几分，让我觉得这是我见过的最美的表情。"你留下来就是为了这个吗？"

"当然了。我留下来就是要做你的朋友，因为我非常关心你，能为你做一些更值得做的事情，你不必感到惊讶。"我的声音颤抖起来，让我觉得难以控制，"暴风雨的那天晚上，我坐到你的床边，是怎么跟你说的，世上没有什么是我不愿意为你做的，你难道不记得吗？"

"记得，记得！"他越来越明显地紧张，想要控制着语调，但他比我掩饰得好，这么严肃的时候也能笑出声来，假装我们是愉快地开玩笑。"我想，那只是让我为你做点什么吧！"

"确实是为了让你做点什么，"我承认，"但是，你知道，你没有做到。"

"哦，是的，"他表面上极其急切地说，"你想让我告诉你一件事。"

"你猜对了。说吧，说出来吧。你知道，就是你心里烦恼的那件事。"

"啊，你就是为了这个才留下来的吗？"

他的语气轻松愉快，可我还是从略微颤抖的声音中听出了愤怒的情绪；但即便是隐约地暗示他放弃了挣扎，对我自己的影响也难以言表。仿佛我终于等来了期盼的结果，却让我吓了一跳。"嗯，是的——我不妨坦白说出来，就是为了这个缘故。"

他等了很久没有开口，我以为他要否定我的行动所依据的假设；但他最后说的是："你是说现在——在这里说吗？"

"没有比这更好的地点和时间了。"他不安地环顾四周，我产生了一种罕见的印象——哦，多么奇怪的印象！——我头一次在他身上看到恐怖逼近的迹象。他好像突然害怕我了——我确实觉得，这也许对他再好不过了。可是想到这里我就感到痛苦，想要摆出严厉的面孔，结果是白费力气，紧接着，我听到自己温柔得近乎怪异的声音。"你还想再出去吗？"

"非常想！"他勇敢地对我笑着，痛苦得脸都涨红了，让他的小勇气更令人感动。他拿起带来的帽子，站在那里转动起来。虽然我将到达胜利的彼岸，他的样子却让我对自己的所作所为感到荒谬的恐惧。无论用什么方式，这么做都是粗暴的行为，除了把粗俗和罪恶的想法强加给一个无助的孩子，这个孩子对我流露出美好相处的各种可能，还能有什么呢？让这么精致的人落到奇怪尴尬的境地，难道不是很卑鄙吗？我想现在对我们的处境有清醒的认识，当时却是不可能有的，因为我似乎还能看到，我们可怜的眼睛里闪着火光，预示着即将到来的痛苦。于是，我们怀着恐惧和顾忌绕来绕去，就像两个不敢靠近的战士。但我们担心的却是彼此！这让我们周旋的时间更长了，而且没有受伤。"我会把什么都告诉你，"迈尔斯说，"我是说，你想知道什么，我就告诉你什么。你会留在我身边，我们都会没事的，我会告诉你的——我会说的。但不是现在。"

"为什么不是现在呢？"

我的追问让他从我身边走开，再次面对那扇窗户，我们俩沉默了一阵，连一根针掉在地上的声音都能听见。然后他又回到我面前，看他的神情，就像外面有什么不容轻视的人等着他。"我得去见卢克。"

我还没有把他逼到说出这么拙劣的谎话的地步，真替他感到羞愧。但是，尽管他的谎话很可怕，还是拼凑出了我的真相。我想着心事织了几针，"好了，去找卢克吧，我会等你兑现承诺的。作为交换条件，在你离开之前，我只有一个很小的要求。"

他似乎觉得已经大功告成，还有讨价还价的余地。"很小的要求？"

"是啊，只是个微不足道的要求。告诉我吧，"哦，我忙着手里的活儿，显得漫不经心，"昨天下午，你有没有从大厅的桌子上拿走我的信？"

第二十四章

我正要看他听了这话有什么反应，转眼就给分走了注意力，仿佛把我的心神劈成了两半，我只能这么形容——起初像是挨了当头一棒，我猛然跳起来，伸手将他抓住，把他拉到身前，这时我靠在最近的一件家具上撑住，本能地让他背对着窗户。我们面前的情景，正是我在此撞见的那一幕：彼得·昆特出现在眼前，就像是监狱前头的看守。接着我就看见，他在外头走到窗前，贴近了玻璃窗，瞪着眼睛往里瞧，又一次向房间里露出他那张阴森惨白的脸。看见他以后，要说我的内心起了什么变化，那就是我当即作出了决定；我相信，从没有哪个女人在这么不知所措的时候，这么短短的一会儿工夫，就能缓过神来行动自如。眼前的场景叫我惊恐万分，我想到要采取什么行动，去看我看到的东西，去面对我面前的事物，绝不能让迈尔斯有所察觉。上天的启示——我只能这样描述——让我觉得自己的行动多么随心所欲，多么超凡脱俗。这就像是与魔鬼争夺人的灵魂，我快要得手的时候，看见那个人的灵魂——捧在我颤抖的手中，与我仅有一臂之遥——那可爱稚嫩的额头上，有一滴滚圆的汗珠。这张紧挨着我的脸，就像贴在玻璃窗外的那张脸一样苍白。很快就传来了一个声音，不低也不弱，似乎是从更远的地方传来的，我听见这个声音，好像饮下了一捧甘露。

"是的，我拿了。"

听了这话，我发出了快活的呻吟，伸出双臂把他拉到面前；我把他紧紧搂在怀里，感觉他的小身躯突然发起热来，他的小心脏扑通扑通跳得厉害，我目不转睛地盯着窗外的那个家伙，看着他走来走去，变换着姿势。我刚才还说他像个看守，现在他慢慢兜圈子的样子，更像一头困惑的野兽在游荡。现在我的勇气大增，只有设法遮住我的光芒，才不会过于显露出来。此时那张脸又出现在窗口，那恶棍瞪着眼睛发怔，似乎在窥探里面，等待时机。到了这个时候，我已经断定孩子对此毫不知情，也相信他不敢对我怎么样，于是我接着问下去："你把信拿走干什么？"

"看看你是怎么说我的。"

"你把信拆开了？"

"我拆开了。"

我又把迈尔斯松开了一些，此时我盯着他的脸瞧，他脸上嘲弄的表情已经消失不见了，可见心神不安的摧残有多么厉害。令人惊奇的是，到头来我的事情办成了，他的感觉却闭塞了，还断了跟外头的联系：他知道面前有什么东西，却不知道是什么，更不知道我面前也有东西，而我知道那是什么。我的目光再次转向窗户，只见空气又变得清澈起来——这是我个人的胜利，驱散了鬼魅——那些烦恼带来的痛苦又有什么关系呢？我觉得这是我的功劳，全都要算在我的头上。"你什么也没找到！"我高兴地嚷出来。

他满怀心事地摇了摇头，似乎感到无比惋惜。"没有。"

"什么都没有！"我高兴得几乎喊了起来。

"什么都没有。"他悲伤地重复道。

我吻了他的额头，额头都湿透了。"那你把信怎么样了？"

"我把信烧了。"

"把信烧了？"机不可失，时不再来。"你在学校也做过这种事吗？"

哦，瞧他是怎么说的！"在学校？"

"你是不是拿走了信？还有其他东西？"

"其他东西？"他似乎在想一件久远的往事，只有在焦虑的压力下才想得起来。但他确实想起来了。"我偷东西？"

我觉得自己的脸红到了耳朵根，我不知道，究竟对一位绅士提出这样的问题更奇怪，还是看着他默认自己在世上堕落到了这个地步更奇怪。"是不是因为这样你才不能回学校？"

他只是感觉有点惊讶，看起来颇为沮丧。"你知道我不能回学校吗？"

"我什么都知道。"

他看了我好半天，眼神再奇怪不过了。"什么都知道？"

"什么都知道。那么你有没有——"可我再也说不出那个字了。

迈尔斯却能说出来，他的回答很干脆。"不，我没有偷东西。"

我的脸色一定表明，我完全相信他，可我的双手——纯粹是动了感情——却摇晃着他，仿佛在问他，如果这一切都是白费工夫，他为什么要害得我受几个月的折磨。"那你干了什么？"

他茫然而痛苦地望着天花板，吸了两三口气，似乎喘不过气来。他就像是站在海底，抬起头来寻找微弱的绿色闪光。"嗯，我说过一些话。"

"就这样吗？"

"他们觉得这就够了！"

"足够把你赶走？"

说真的，从来没有一个被赶走的人，像这个小家伙那样，把理由说得这么简单！他似乎在掂量我的问题，但显得不以为然，几乎有点无奈。"我想我不该说那些话。"

"可你是对谁说的？"

他显然想记起来，可是却想不起来，他已经忘了。"我不知道！"

他对我笑了笑，透出认输的悲哀，其实到了这个时候，他已经完全认输了。我应该到此为止。可我冲昏了头脑——我被胜利蒙蔽了双眼，尽管在当时，本该把他拉近，却反而把他推得更远。"对每个人都说过吗？"我问道。

"不，只是对——"但他有点难受地摇了摇头，"我不记得他们的名字了。"

"有那么多人吗？"

"不——只有几个人。我喜欢的那些人。"

他喜欢的那些人？我似乎没有打消心里的疑团，反而坠入了更黑暗的深渊，突然之间，我满含着怜悯的心底，生出了一阵可怕的惊慌：他也许是无辜的。转眼间，局面就变得混乱而深不可测，如果他是无辜的，那我到底算什么？我刚想到这个问题，顿时就感到全身无力，把他松开了一些，他深深地叹了口气，又转过身去背对着我；他面对着明亮的窗户时，让我很难受，觉得我现在没办法挡住他的视线了。"他们把你说的话说出去了？"过了一会儿，我接着问道。

他很快就从我身边走开了，仍然呼吸急促，连气也喘不过来，尽管他现在不生气了，却又露出了受到禁锢、违背自己意愿的神情。他又像刚才那样，抬头望着昏暗的天空，仿佛迄今为止支撑他的力量消失了，只留下说不出的焦虑。"哦，是的，"他还是回答了，"他们一定说出去了，说给他们喜欢的人听了。"他补充道。

不知为何，这个回答比我想象的简单多了；但我琢磨了一下。"然后这些话就传出来了？"

"传到老师那里？哦，没错！"他回答得很简单，"可我不知道他们会说出来。"

"那些老师呢？他们没有——他们从来没有说过。所以我才问你。"

他又把那张俊美通红的小脸转过来看着我。"是的，太坏了。"

"太坏了？"

"我是说，我有时说的话太坏了，没法写信告诉家里。"

听到他那样的人说出这种话来，心中的悲凉之感，叫我无法形容，我只知道下一刻听到自己使出浑身的力气嚷道："胡说八道！"可是接下来我说话的口气，一定听起来很严厉，"你说的这是什么话！"

我严厉的口气完全是冲着审判他的人、对他下手的人；可他听了我说的话，又转过身去，这动作使我猛地跳起来，发出抑制不住的喊叫，直接扑向他。因为那个给我们带来不幸的可怕家伙——那张阴森惨白的面孔，又一次出现在玻璃窗外，似乎要打断他的忏悔，阻止他的回答。眼看我的胜利成了泡影，还要重新上阵厮杀，我就感到一阵眩晕，我慌忙跳起来，反而露出了破绽。我意识到他从我的行动中看出了端倪，我知道即使到了现在，他也只是猜测而已，因为在他看来，窗户外面仍然什么都没有。于是我就让那股冲动燃烧起来，想把他惊愕的高潮变成他解脱的证明。"不要，不要，不要！"我对着那家伙尖叫起来，紧紧搂住迈尔斯。

"那个女人在这儿吗？"迈尔斯气喘吁吁地说，他茫然的眼睛看着我说话的方向。他奇怪的称呼让我大吃一惊，我倒吸了一口冷气，重复道："那个女人？"他突然发起火来，使劲把我推开，"杰塞尔小姐，杰塞尔小姐！"

我目瞪口呆，明白了他的揣测——这就是我们对弗洛拉的安排造成的后果，我只想告诉他，事情还没有坏到那个地步。"不是杰塞尔小姐！可是就在窗外——在我们面前。他就在那儿——那可恶的胆小鬼，最后一次出现在那儿！"

听了这话，他就像迷失了方向的狗嗅着气味，然后疯狂地摇了一下头，想要空气和光线，他怒气冲冲地看着我，茫然不知所措，徒劳地盯着那个地方，什么也没找到，尽管我现在感觉到，那家伙就像毒药弥漫在整个房间里，无处不在。"是那个男人吗？"

我下定决心要拿到所有的证据，于是狠下心来逼问他。"你说的'那个男人'是指谁？"

"彼得·昆特——你这个魔鬼！"他向室内扫视了一周，又露出了颤抖恳求的神色，"在哪儿？"

这个声音仍然回响在我耳边，他彻底交出了名字，也对我的虔诚表示敬意。"现在他又有什么要紧呢，我的孩子？他有什么要紧呢？我得到了你，"我对那头野兽发起了攻击，"但他永远失去了你！"接着为了炫耀我的战绩，我对迈尔斯说，"那儿，那儿！"

可他猛地转过身来，瞪着眼睛看了又看，却只看到了寂静的天空。我对这样的损失感到好不得意，他却备受打击，发出一声凄厉的惨叫，像是被抛进了无底的深渊，我一把抓住了他，就在他坠落的时候接住了他。我抓住了他，是的，我抱着他——可以想见，我的心情有多么激动；可是过了一分钟，我开始感觉到我真正抱着的是什么。我们独自待在寂静的天空下，他那颗被附身的小心脏停止了跳动。

---

1   《乌道夫之谜》是1794年安·拉德克利夫（Ann Radcliffe）的哥特式小说，情节涉及被秘密囚禁在乌道夫城堡的人物。

2   帽子与社会礼仪有关，没戴帽子意味着不尊重惯例。

3   亨利·菲尔丁（1707—1754）的小说，发表于1751年。

4   简·马塞特（1769—1858），著有《化学对话》和《政治经济学对话》等入门读物。

5   表示对话中突然停顿或尴尬的沉默。

6   她说的是鬼魂和仆人；迈尔斯大概只指仆人。

丛　林　猛　兽

第一章

他们见面的时候，究竟是什么决定了让他吃惊的话，倒是不要紧，也许只是他无意中说过的几句话——就是他们久别重逢以后，闲逛漫步的时候说起来的。一两个钟头以前，他跟着朋友们来到她住的这座宅子；另一座宅子的客人给请过来共进午餐，他恰好也在其中，多亏了客人多，他觉得自己才能像往常一样，消失在人群中。用过午饭，客人四下散去，正好合了大家的心意，他们原本就打算看看威瑟德庄园，看看让这个地方声名显赫的宝贝，宅子内部的特色、收藏的画作、传家宝和各种艺术珍品。庄园的大房间多得数不清，客人可以随意漫步，落在人群后面，以便遇见需要郑重其事地对待的藏品，可以神秘地欣赏和品鉴一番。只见有人独自闲逛，有人结伴而行，在僻静的角落里见着什么物件，双手就撑着膝盖，弯下腰来起劲地点头，激动得仿佛闻到了什么气味。倘若两个人走到一起，要么夹杂着兴高采烈的谈话，要么陷入颇有深意的沉默，在这样的场合，有些情形让马切尔觉得，像是贴了好些广告的拍卖会前"随意看看"的氛围，也许会生出收藏的美梦，也许会把美梦浇灭。而在威瑟德庄园，收藏的美梦一定会破灭；在这样的氛围中，约翰·马切尔发现，那些懂得太多的人和什么都不懂的人待在旁边，让他同样感到局促不安。这些大房间里强烈的诗意和历史感扑面而来，他需要走远一些，才能感觉自在地面对，他可不像几个同伴那样按捺不住冲动，他们贪婪的动作简直和嗅橱柜的狗没什么两样。他很快就遇到了一件事，向着谁也想不到的方向发展下去。

简单地说，在十月的那个下午，他和梅·巴特拉姆见面了，当时他们坐在一张很长的桌子旁边，隔着很远的距离，她的脸让人想起了往事，却又记不清楚，只是叫他心里惦念，感到相当地快活。他觉得这是什么事情的延续，却忘记了开头。他自己明明知道，当时也欣然接受这种延续，只是不知道延续了什么，究竟是一桩趣事还是乐事，而不知什么缘故，他也感觉到——不过这位年轻小姐没有直接表明——她没有失去头绪。她没有失去头绪，但他看得出来，要是不伸出手来求助，她是不会指点他的；他不仅看到了这一点，还看到了其他几件事，这些事情真是古怪透顶，因为就在两人偶然相逢的时候，他还在思索，觉得他们从前的接触无关紧要。要是无关紧要的话，他也想不明白，为什么对她的印象会如此难忘；然而，这个问题的答案是，他们眼下似乎都过着这样的生活：人们只能接受世事变迁。虽然说不出为什么，但他觉得很满意，这位年轻小姐在宅子里大概算是个穷亲戚；他还感到满意的是，她不是在此短暂拜访，而差不多是这个家里的成员——几乎是个有报酬的差事。除了其他活儿，她还要帮忙带人参观和讲解这个地方，应付那些讨厌的人，回答关于建筑的年代、家具的风格、绘画的作者、鬼魂最喜欢出没的地方之类的问题，说到她的工钱，她不是在此期间得到庇护了吗？这倒不是说，看她的样子，你觉得可以赏给她几个先令——她绝对没有那样的神气。不过等她最终向他走来时，显得漂亮极了，只是成熟多了——比他从前认识的时候添了几岁年纪——也许是因为她猜到了，在过去几个钟头里，他对她的遐想比其他人加起来还要多，从而洞察到别人过于愚蠢而无法参透的真相。她在这里的处境比旁人都要艰难；她待在这里，是因为过去几年遭受了什么变故。她还记得他，就像他记得她一样，只是她的记性要好得多。

等到他们终于说起话来，只有他们俩待在一个房间里——这个房间的壁炉架上方有一幅精美的画像，很是引人注目——他们的朋友都走了出去，奇妙的是，还没有开口说话，他们就彼此约定好留下来谈话。叫人高兴的是，这份妙处还体现在其他地方——主要是因为在威瑟德庄园，几乎没有一处景致不让人流连忘返；秋日的阳光透过高大的窗子洒进来，逐渐黯淡下去；日色将尽时，低沉阴暗的天空下透出一线红光，拖着长长的余晖，荡漾在古老的墙板、古老的挂毯、古老的黄金和古老的色彩上。最要紧的是，也许是她向他走来的样子，既然她愿意对付那些头脑简单的人，要是他选择对往事闭口不提，就可以把她的亲切关照当作她日常的习惯。可是他一听到她的声音，内心的空白就填满了，失去的联系也补上了。他察觉到她略带几分讽刺的态度已经不占上风，高兴得差点儿跳起来，抢在她前面开了口。"好多年前我在罗马见过你，我全都记得。"她承认自己很失望，不大相信他还记得；为了证明自己记得很清楚，他想起什么特殊的往事，就尽数倾诉起来。她的面容和声音倒是帮了他的忙，创造了奇迹——这些印象就像点灯人手中的火把，窜出了火焰，一盏接一盏地点亮了一长排的煤气灯。马切尔自以为照得灯火通明，但她只觉得好笑，说他急着把样样事情说清楚，反而把大多数事情都搞错了，可他听了还是很高兴。当年不是在罗马，而是在那不勒斯；也不是八年前，差不多有十年的光景了。她也没有跟着她的叔叔婶婶，而是陪着她的母亲和哥哥；此外，他不是和彭布尔家同行，而是和博伊尔家一起从罗马来的——她坚持这一点，使他有些困惑，而且她手头还有证据。她认识博伊尔家的人，但不认识彭布尔家的人，虽然她听说过他们，还是通过他同行的人才认识的。有一次遇上了肆虐的暴雨，他们只好躲进一个坑洞里——这件事不是发生在凯撒宫，而是发生在庞贝古城，当时他们正在那里寻找一处重要的发现。

他接受了她的指正，欣然听从她的指教，不过她指点的用意是表明，他真的一点儿也不记得她了；他只是觉得怪可惜的，如果一切都要追根究底，似乎也剩不下什么了。他们还在一起徜徉，她疏忽了自己的职责——从发觉他是个聪明人的那一刻起，她就不适合陪着他了——他们也忽视了这座宅子，只是等着，看看还能不能再想起一两件事。不过，到底也没有等多长时间，就像玩纸牌一样，他们把各自手里的牌都摊在了桌子上；但遗憾的是，这副牌并不完整——任凭怎么召唤、祈愿和勉励，他们自然也想不起更多往日的回忆。他们很久以前就见过面——那时她二十岁，他二十五岁；但他们似乎对彼此说，没什么比这更奇怪的了，当时都忙着自己的事，没有为对方做过什么。他们面面相觑，仿佛错过了一次机会；如果在遥远的过去，在异国他乡，另一次相遇不是那么乏善可陈，现在的情形就会好得多。显然，就算把他们之间的旧事都算上，也不过只有十几件；青春年纪的琐事，纯真简单的往事，年少无知的蠢事，可能露头的小萌芽，只是埋藏得太深了——太深了，不是吗？过了这么多年，再也发不了芽了。

马切尔只是觉得，当初应该为她做些什么——比方说，把她从海湾里倾覆的船上救出来，不然至少把她的梳妆包找回来——那是在那不勒斯的街道上，一个手持匕首的流浪汉从她的出租马车上偷走的。要是他一个人在旅馆里发起烧来，那就太好了，她可以赶来照顾他，给他的家人写信，在养病的时候带他出去兜风。那样的话，他们就会留有几分交情，这正是现实的情形似乎欠缺的。然而不知什么缘故，这种情形看起来太过美好，叫人没法戳穿；于是有那么几分钟的工夫，他们有点无奈地想知道，既然两个人认识不少共同的熟人，为什么过了这么久才重逢。他们没有用重逢来形容，可是他们一分钟又一分钟地拖延下去，没有走到其他人身边，像是承认他们不想叙旧失败。他们试图推测两个人没有见面的原因，却表明他们对彼此知之甚少。

说实话，有那么一瞬间，马切尔真切地感受到内心的痛苦。假装她是个老朋友也是白费功夫，毕竟没有什么交集，不过把她当作老朋友看待，对他来说很合适。他的新朋友够多了——比方说，在另一座宅子里的交际场上，他身边围着的全是新朋友；她要是新认识的朋友，他可能根本不会注意到她。他真想编造点什么，让她像自己一样假装相信，从前有过什么浪漫的插曲或是危急的时刻。他争分夺秒地想象，差点儿就要想到什么有用的线索，他对自己说，要是想不出来的话，这出重逢的短剧就会彻底演砸了，以尴尬的结局收场。他们会就此分别，再也没有第二次或第三次机会了。他们会尽力一试，却不会成功。就在这个紧要关头，就像他后来想明白的那样，既然无计可施，她决定亲自接手，可以说挽救了局面。她刚一开口，他就觉得她是有意隐瞒要说的话，希望能不说就不说；又过了三四分钟，他终于体会到她的顾虑，这深深打动了他。不管怎么样，她说出的话完全消除了误会，补上了联系——他竟然失去了这种联系，真是太奇怪了。

"你知道吗，你对我说过的那件事，我永远也不会忘记，后来我一次又一次地想起你；那天天气非常炎热，我们去了海湾对面的索伦托¹吹风。我指的是你在回来的路上对我说的话，当时我们坐在船篷下乘凉。你难道忘了吗？"

他已经忘了，与其说感到羞愧，还不如说是惊讶。但最重要的是，他明白这话不是俗气地提醒他说过什么"甜言蜜语"。女人的虚荣心有长久不忘的好记性，可是她没有要他赞美恭维，也不是要挑他的错处。要是换了别的女人，一个完全不同的女人，他也许会害怕对方想起什么愚蠢的"表白"。所以，他不得不说自己确实忘了的时候，他感到怅然若失，而不是有所收获；他已经对她提起的那件事产生了兴趣。"我尽力去想——却想不起来。不过我还记得去索伦托的那一天。"

"我说不好，你是否还记得，"梅·巴特拉姆过了一会儿说，"我也说不好，我是否应该让你记得。不管什么时候，让人回想起自己十年前的样子，都挺可怕的。要是你的生活不再像从前那样，"她微笑着说，"那就更好了。"

"啊，要是你没有变，我为什么要变呢？"他问道。

"你是说，我的生活也不像从前那样？"

"不像我从前那样。当然，我从前是个傻瓜，"马切尔接着说，"但我宁愿从你那里知道，我到底是什么样的傻瓜——从你记得的时候说起——也不愿意什么都不知道。"

然而，她还是犹豫了。"可是如果你已经完全不是那样——？"

"那我就更要知道了。再说，也许我没有变呢。"

"也许吧。不过要是你没有变，"她又说，"我想你会记得的。说实话，我对你说的那个难听的字眼一点儿也没有印象。要是我认为你很傻，"她解释道，"我说的那件事就不会留在我心里，这是你自己的事情。"她等待着，仿佛他会想起来；但是，他只是惊讶地看着她的眼睛，没有做出任何表示，她只好索性说了出来，"那件事发生过了吗？"

这时他还瞪着眼睛发愣，突然心头一亮，血慢慢涌到头上，开始觉得脸上发烫，他想起来了。

"你是说我告诉过你——？"但他犹豫了，生怕他想到的东西不对，唯恐把自己暴露了出来。

"那是你自己的事情，别人自然不应该忘记——要是有人还记得你的话，所以我才问你，"她笑着说，"当时你说的那件事有没有发生过？"

哦，他明白了，可他惊讶地出了神，觉得自己很尴尬。他还看得出来，这使她感觉过意不去，仿佛她提到这件事是个误会。然而只过了一会儿，他就感觉这不是误会，而是惊喜。最初吃了一惊过后，他觉得她知道这件事尽管有些奇怪，反而开始尝到甜蜜的滋味。在这个世界上，她是唯一知情的外人，而且这些年来她一直都知道，可他吐露了自己的秘密，却莫名其妙地从记忆中抹去了。难怪他们不可能若无其事地见面。"我敢说，"他终于开口了，"我明白你的意思。只是奇怪的是，我完全没有想到我会对你这么信任。"

"是因为你还对那么多人说过吗？"

"我没对任何人说过。从那以后就再也没说过。"

"那就只有我一个人知道？"

"世上只有你知道。"

"好吧，"她很快回答道，"我也从来没有说过。我从来没有把你告诉我的事情说出去。"她看着他，让他完全相信她。他们的目光就这样相遇了，他对此深信不疑。"我永远也不会。"

她说得那么诚恳，诚恳得几乎过头了，他也放下心来，她不可能取笑自己。不知什么缘故，这番探问让他感到新的宽慰——从她知道的那一刻算起。要是她没有讽刺的意思，那她显然抱有同情的态度，好长时间以来，他都没有从别人那里得到过同情。他觉得现在还不能马上告诉她，但是既然以前告诉她了，那他也许可以得到好处。"那就请不要说了。我们就像现在这样吧。"

"哦，我也觉得，"她笑着说，"如果你这样想的话！"她接着说，"那么你还有同样的感觉吗？"

他很难不相信她真的感兴趣，尽管这一切来得让人猝不及防。这么久以来，他都认为自己孤独得要命，瞧啊，他一点儿也不孤独。自从提起索伦托船上的时光，他已经有一个钟头不觉得孤独了。他看着她的时候，似乎明白了，原来孤独的是她——就是因为他不忠的残酷事实，她才落到这个下场。对她说出他从前说过的话——除了向她提出要求，还能是什么呢？她出于宽容而答应了他，要是没有再次相逢，他不会记得，也不会回报，更不会对她表示感谢。他当初只是要求她不要嘲笑他。她过去十年都没有这么做，现在也没有这么做。所以他有无尽的感激之情要弥补。就算是为了这件事，他也要知道她对自己的看法。"当时我到底说了什么——？"

"你的感觉是什么？说起来很简单。你说，你从很早的时候就有这种感觉，是你内心深处的想法，感觉你会遇到什么稀奇古怪的事情，可能是惊人而可怕的，这件事迟早会发生在你身上，你骨子里有一种不祥的预感和信念，这也许会把你压垮。"

"你觉得这说起来很简单吗？"约翰·马切尔问道。

她想了一会儿。"也许是因为你说的时候，我似乎明白了。"

"你真的明白吗？"他急切地问。

她又一次用温和的目光注视着他。"你还是这样确信吗？"

"哦！"他无可奈何地嚷道。要说的话太多了。

"不管是什么事，"她说得很清楚，"现在还没有到来。"

他摇了摇头，表示完全放弃了。"现在还没有到来。只是你要知道，这不是我要做的事，不是我要在世上取得的成就，要出人头地、受人尊敬什么的。我还没有傻到这个地步。不用说，我要是那样的人，反而会好得多。"

"那么这是你要承受的事情吗？"

"嗯，大概是要等待——我得去迎接，去面对，看着在我的生活中突然出现；可能会毁了所有的认知，可能把我彻底毁灭；另一方面，可能只会改变一切，冲击我整个世界的根基，让我承担后果，无论是什么结果。"

约翰·马切尔想了想。"你以前这么问过我吗？"

"不，那时候我可没有那么随便。但这就是我现在的感觉。"

"当然，"过了一会儿他说，"这是你的感觉，当然我也这么感觉。当然，等待我的可能也不过如此。唯一的问题是，"他接着说，"我想如果是这样的话，我现在早就该知道了。"

"你是说因为你已经爱过了？"然后，他只是默默地看着她，"你已经爱过了，并不意味着是一场大灾难，也没有证明是一桩大事？"

"你看，我还是这样。这并没有压垮我。"

"那就不是爱情了。"梅·巴特拉姆说。

"好吧，至少我是这么想的。我就是这么想的——我到现在为止都是这么想的。爱情是愉快的，欢乐的，也是痛苦的。但这并不奇怪。这不是我说的那件事。"

"你想要完全属于你的东西——别人不知道或不曾知道的东西？"

"这不是我'想要'什么的问题——上天知道，我什么都不想要。这是萦绕在我心头的忧虑——我每天都生活在这种忧虑中。"

他说得那么通透、那么连贯，反而加重了这件事的分量。就算她以前没有兴趣，现在也会感兴趣的。

"你感觉会来得很猛烈吗？"

显然，他现在又喜欢谈论这件事了。"我倒不觉得——等到真正到来的时候——一定会来得很猛烈。我只是觉得这是自然而然的，当然也是不会弄错的。我只是把它看作命运，命运本身就会显得很自然。"

"那怎么会显得很奇怪呢？"

马切尔想了想，"不会奇怪——对我来说。"

"那么对谁来说？"

"好吧，"他回答，终于笑了，"对你来说。"

"哦，那我也在场吗？"

"怎么，你也在场——既然你知道了。"

"我明白了，"她想了一想，"但我说的是结局到来的时候。"

说到这里，有那么一瞬间，他们轻松的氛围变得严肃起来，仿佛使他们紧紧地连在了一起。"这只能看你自己了——如果你愿意和我一起等候的话。"

"你害怕吗？"她问道。

"现在不要离开我。"他继续说。

"你害怕吗？"她又问了一遍。

"你以为我疯了吗？"他没有回答，而是继续追问，"难道我只是让你觉得我是个无害的疯子吗？"

"不，"梅·巴特拉姆说，"我理解你。我相信你。"

"你是说，你觉得我的执念——多可怜啊——也许对应某种可能的现实？"

"对应某种可能的现实。"

"那么你愿意和我一起等候吗？"

她犹豫了一下，然后第三次问道。"你害怕吗？"

"在那不勒斯的时候，我对你说过吗？"

"不，你什么也没说过。"

"那我就不知道了。我也很想知道，"约翰·马切尔说，"你要亲自告诉我，你是否这样想。如果你愿意和我一起等候，你就会明白的。"

"很好。"这时他们已经走到房间的另一头，到了门口，还没走出去，他们停了下来，好像要完全整理好自己的心情。"我和你一起等候。"梅·巴特拉姆说。

第二章

虽然她"知情"——知情却不取笑他，也不吐露他的秘密——于是没过多久，他们就建立起友好的关系。在威瑟德庄园度过那个下午以后，接下来的一年里，他们见面的机会多了不少，这种关系也变得越发明显。促成两人来往的契机是她姑婆的去世，自从丧母以来，她就得到这位老夫人的庇护，找到了安身之所，虽说姑婆只是庄园新继承人的寡母，多亏了嗓门大、脾气坏，倒没有在这座大宅里大权旁落。这位贵妇人最终撒手长逝，而她去世以后，发生了许多变故，尤其给这位年轻小姐的生活带来了变化，马切尔这样的内行看在眼里，早就察觉她虽然依靠亲友过活，却是个自尊心很强的人，说不上浑身带刺，却也会感到苦恼。好久以来，最让他感到轻松愉快的，莫过于想到巴特拉姆小姐现在有能力在伦敦安下一个小家，她的苦恼想必也会减轻不少。依照姑婆那份极其复杂的遗嘱，她得到了一定数量的财产，足以把这个奢望变成现实，等到这件事慢慢办理妥当（实在很耗费时间），她才告诉他，幸福的生活终于指日可待。那天以后，他又见过她，因为她不止一次地陪着那位老夫人到城里来，也是因为他又去拜访过那些朋友，他们很方便地把威瑟德庄园当成招待客人的地方。这些朋友把他带回到庄园，他在那里与巴特拉姆小姐再次度过了安静独处的时光；在伦敦的时候，他也成功地劝说她，不止一次地短暂离开姑婆身边，他们一起去了国家美术馆和南肯辛顿博物馆[2]，在唤起生动回忆的展品旁，他们尽兴地谈起意大利——现在不像最初那样，重温年轻无知的旧事。在威瑟德庄园见面的第一天，重温旧事已经尽到了本分，给了他们足够的回味；因此在马切尔看来，他们不再徘徊在溪流的上游，而是感到他们的船被急速推开，顺流而下。

说实话，他们就像是在一起漂流；对这位绅士来说，这是显而易见的，同样显而易见的是，幸运之处在于她的知情就像深埋在地下的宝藏。他亲手挖出了这个小宝藏，让它重见天日——也就是说，就在他们恪守秘密的那段暗淡岁月里——自从他亲自把这件珍宝埋到地下，说来也怪，过了那么久，他竟然忘了埋在什么地方。他无意中又找到了藏宝之地，这样的好运太难得了，使他对其他问题都不大关心；毫无疑问，要是他没有深受感动，花了那么多时间去感知未来的美好与安逸，他就会投入更多的时间，去探究他失去记忆的这次意外，而这件事本身让他有了新的感受。他从来没有打算让别人"知情"，主要是因为他内心不愿意告诉别人。那是不可能说出来的，因为等待他的只有冷漠世人的嘲笑。不过，既然神秘的命运让他早就开了口，虽说不是他的本意，他也会把这当作补偿，尽量从中获得好处。要是有个合适的人知道，他的秘密也就没有那么苦涩了，可他生性羞怯，从来不敢这样想；梅·巴特拉姆显然是个合适的人——怎么说呢，因为她就是知情人。她的知情恰好解决了这个难题；假如她不是合适的人，他此时心里早就有数了。从他的处境来看，他当然很愿意把她看作一个知心朋友，认为她对自己充满好感，仅仅是因为她关心他的困境，因为她怜悯、同情、认真的态度，她不肯把他看作可笑透顶的人。总之，他感觉自己很看重她，因为她始终让他感觉受到了尊重，因此他很用心地记得，她也有自己的生活，可能会遇到各种事情，朋友之间应该对此表示体谅。说到这一点，在两人的交往中，他身上发生了极不寻常的变化——这种变化体现在，他的感觉突然从一个极端走到了另一个极端。

没人知情的时候，他曾经以为自己是世上最无私的人，暗自背负着沉重的负担，永远提心吊胆，对那件事绝口不提，不让别人看出端倪，也不让别人看到对他的生活有什么影响。他不要求别人的体谅，只是有求必应。他从不打扰别人，让他们知道自己心烦意乱而感到奇怪，尽管他听到别人说"心神不安"的时候，也有过忍不住想要倾诉的念头。要是他们像他一样心神不安——他这一生从来没有安心过一个钟头——他们就会明白这意味着什么。然而，他是不可能说给别人听的，他只能很客气地听人讲话。这就是为什么他有那么好的教养——尽管可能显得很无趣；这也是为什么他认为，在这个贪婪的世界上，自己是个公正无私的人——事实上，也许还有点高尚。因此，我们要说的是，他很看重这种品行，足以让他掂量有损人品的危险，他也提醒自己多加提防。尽管如此，他还是很愿意稍微自私一点，因为他肯定再也找不到更好的机会了。"稍微自私一点"，简单地说，就像巴特拉姆小姐一天又一天允许他做的那样。他从来没有丝毫的强求，他会时刻谨记，要对她表示关怀——最体贴的关怀。他会把两人的交往中可能出现的事情分门别类，她的私事、她的需要、她的癖好——他甚至用上了这样的字眼。这一切很自然地表明，他认为这种交往本身是理所当然的，对此没有什么可做的。他们的交往早已存在；在威瑟德庄园的秋日阳光下，她头一次向他提出那个有见地的问题时，就已经存在了。有了这个基础，真正应该考虑的问题显然是，他们要不要结婚。可这件事坏就坏在，这个基础本身使他们不可能结婚。简单地说，他的信念、他的忧虑、他的执念，都不是他可以邀请一个女人来分享的特权；而这种后果也正是他的问题所在。在动荡的岁月中，不知有什么东西在等着他，就像一只蹲在丛林中的野兽。这只蹲伏的野兽是注定要杀死他，还是要被杀死，倒是无关紧要。要紧的是，这只野兽会不可避免地跳出来；而由此得出明确的教训是，一个有感情的男人是不会让一位女士陪他去猎虎的。这就是他最终为自己设想的人生形象。

尽管如此，他们起初一起度过的琐碎日子里，从来没有提过这种看法；他巧妙地表明，他不想要——其实也不在乎——总是谈论这件事。一个人的观念有这样的特点，就像是一个人的驼背。无论谈论与否，驼背带来的影响每时每刻都存在。当然，驼背的人说起话来就像是驼背，因为就算没有别的，他始终还是长了一张驼背的脸。这件事依然存在，她还在守候着他；不过一般来说，最好还是在沉默中守候，所以这就是他们守望的主要方式。然而，他同时也不想表现得紧张严肃；他觉得自己在别人面前过于紧张严肃了。与知情人待在一起，自然感到轻松愉快——愿意提起这件事，而不是似乎要回避；愿意回避这件事，而不是似乎要提起，无论如何，都要显得亲切甚至风趣，而不要显得拘泥和刻意。在他的心里，无疑有后面这种考虑，比如，他愉快地写信给巴特拉姆小姐说，这次她在伦敦买了一座房子，让他深受触动，也许这就是他长久以来听天由命的那件大事。这是他们第一次又提起这件事，因为到目前为止，他们几乎不需要提起；不过在告诉他这个消息后，她回信说，要是这么特别提心吊胆的事情，高潮却是这样琐碎的小事，她是决不满意的，几乎使他怀疑，她对自己的看法是否比他本人还要稀奇古怪。无论如何，随着时间的流逝，他注定要逐渐意识到，她凭借知道的事情，一直在审视他的生活，评判他的生活，衡量他的生活，这些事情经过岁月的洗礼，最终两个人再也不提起了，只说这是他的"真相"。这是他一直以来对这件事的看法，而她也平静地接受了，等过了一段时间回头来看，他知道，从来都看不出什么迹象，表明她理解他的想法或是完全相信他，而不是完全纵容他。

他总少不了要责怪她把自己看作是最无害的疯子，这种说法，日久年深——因为包含的方面太多了——成了他对两人友谊最简单的形容。他对她的态度有点古怪，可她还是很喜欢他，在世上的其他人面前，她就像他善良聪明的守护神，没有报酬却相当有趣，虽然没有其他近亲在场，也不至于坏了名声。当然，世上的其他人都认为他很古怪，但是只有她知道他古怪到什么地步，尤其是为什么古怪；所以她才能把隐藏内情的帷幕整理得恰到好处。她从他身上得到了快乐——因为他们必然会感到快乐——就像她得到其他收获一样；不过到目前为止，她无可挑剔的接触肯定表明，他清楚地感觉到，最终让她信服到什么地步。她至少从来没有谈起他生活的秘密，除了提到"你的真相"，实际上，她用巧妙的方法，让这件事看起来像是她自己生活的秘密。这就是为什么他总是觉得她对他很宽容，总的来说，他不能用别的词来形容这种感觉。他只对自己宽容，而她确实更有气量；一方面是因为她的处境，使她对这件事看得更清楚，能够明白他那不幸反常行为的来龙去脉，而他自己却不能追根溯源。他知道自己内心的感受，但是除此之外，她还知道他表面的样子；他知道自己不敢去做的每一件重要的事情，但她可以把这些事情的数目计算清楚，知道他的精神负担要是没有那么重，他可能会做多少事，从而认定他虽然聪明，但还有不足之处。最重要的是，她心里知道他在各种场合——他在政府的小办公室、打理他不算丰厚的祖产、他的图书室、他在乡间的小花园，他在伦敦受人邀请又回请别人——的外表有什么分别，还有这些外表下暗藏的淡漠疏离，这种态度使得所有的行为举止（所有称得上行为举止的东西）成为一种长期的伪装。到头来他戴上了一副假面具，上面画着社交场的假笑，透过面具的眼孔向外看，露出的那双眼睛与其他五官一点儿也不相称。可是过了这么多年，这个愚蠢的世界也没有看透一半。只有梅·巴特拉姆发觉了，她那难以形容的本领造就了绝技，马上就看透了——也许把他周身打量了个遍——从正面直视着马切尔的眼睛，也从他身后看过来，她的眼神与眼孔中窥探的目光交织在一起。

因此，他们相伴老去的时候，她确实和他一起守候，让这种关系为她的生活勾勒出形态和色彩。在她的外表下，她也学会保持淡漠疏离的态度，在社交场上，她的行为举止已经成为自己虚妄的写照。她的说法只有一种是真的，而她不能对任何人坦白，更不能告诉约翰·马切尔。她的态度完全是虚伪的表白，不过对这一点的认识，似乎注定像许多事情一样，不被他放在心上。如果她也像他一样，为他们的真相做出牺牲，那么可以肯定的是，她得到的回报对自己的影响就会来得更快、也更自然。在伦敦的这段日子，他们度过了漫长的岁月，两个人待在一起的时候，要是有陌生人听到他们的谈话，绝不会留心倾听；另一方面，真相同样有可能随时浮出水面，听见的人不免疑惑他们到底在说什么。他们从很早的时候就认定，幸好上流社会不够聪明，这给他们留出了余地，成了他们平淡无奇的话题。不过有时候，这种情形也会有几分新意——通常是因为她说了什么话。她说的话无疑是以前说过的，只不过隔了很长时间。"你知道，拯救了我们的是，我们完全符合再寻常不过的现象：这对男女的交往已经成了日常惯例——差不多是这样——到头来成了不可缺少的东西。"比如，她经常有空说起这样的话，不过在不同的时候，她都有不同的说法。

我们特别关心的是，有一天下午，他为了庆祝梅的生日来看望她，她又换了新的说法。那年的生日是在星期天，正值浓雾弥漫的季节，外面笼罩着阴霾，但他还是按照惯例给她带来了礼物，因为认识她的时间已经很久了，他养成了不少小习惯。在她生日那天送给她礼物，是他对自己的证明，表明他没有陷入真正自私的地步。这份礼物不过是一件小饰品，却总是精致考究，而且他小心留意，买礼物的费用经常比他认为自己能付得起的价钱还要高。

"我们的习惯至少拯救了你，你不明白吗？毕竟，在庸俗的人看来，这使你和其他男人没有区别。一般来说，男人最顽固的标志是什么？就是能够花无尽的时间和无趣的女人待在一起——我不是说，待在一起不会感到无聊，但不会在意她们的无聊，也不会因为无聊而分心。结果是一样的。我是你无趣的女人，是你日常在教堂祈祷吃的圣饼，这比什么事情都更能掩盖你的踪迹。"

"那什么掩盖了你的踪迹呢？"马切尔问道，他那无趣的女人在这一点上最能逗他开心。"我当然明白你的意思，你用这样那样的方法拯救了我，至少对别人来说——我一直都很明白。那么是什么拯救了你？你知道，我经常想起这件事。"

她看上去似乎有时也会想起这件事，只不过想法不同。"你是说，别人关心的是什么？"

"嗯，你真的和我很合得来，你知道——这是我和你很合得来的结果。我指的是，我对你无比尊重，对你为我所做的一切铭记在心。我有时会问自己，这是不是公平。我的意思是说，让你这么投入，而且——也许有人会这么说——让你这么感兴趣，是不是公平。我几乎觉得，你好像真的没有时间去做别的事情。"

"除了感兴趣，还有别的吗？"她问，"啊，一个人还想做什么呢？要是我一直和你一起守候，就像我们很久以前约定的那样，那么守候本身就要全心投入。"

"哦，当然，"约翰·马切尔说，"如果你没有好奇心——！只是，随着时间的流逝，你是否有时会觉得，你的好奇心没有得到特别的回报吗？"

梅·巴特拉姆停了一下。"你这么问，是不是因为你觉得你的好奇心没有得到回报？我的意思是，因为你要等很久。"

哦，他明白她的意思了！"等待一件从未发生过的事情？等着野兽跳出来？不，我还是原来的想法。这不是我可以选择的问题，不是我可以决定改变的事情。这不是可以改变的事情。这要看上天的意思。人要遵守自己的法则——就是这样。至于法则采取什么形式，以什么方式实施，这是法则自己的事情。"

"是的，"巴特拉姆小姐回答，"一个人的命运当然会到来，当然会以自身的形式和方式到来，一直如此。只是你要知道，就你的情况来说，命运的形式和方式本来应该是——怎么说呢，非常特别，可以说是完全属于你自己的。"

这句话使他用怀疑的眼光看着她。"你说'本来应该是'，好像你心里已经开始怀疑了。"

"哦！"她含糊地反驳。

"你好像相信，"他继续说，"现在什么事也不会发生。"

她缓缓地摇了摇头，但相当费解。"你和我想的完全不一样。"

他继续看着她。"那你是怎么想的？"

"嗯，"她又等了一会儿说，"我想得很简单，我比以往任何时候都更确信，我的好奇心，就是你所说的好奇心，一定会得到很好的回报。"

他们现在确实严肃起来；他从座位上站起来，又一次在小客厅里走来走去，年复一年，他带着不可避免的话题来到这里；他可以说，在这间小客厅里，他尝遍了他们亲密交往的每一种滋味，对他来说，这里的每一件东西就像自己家里的东西一样熟悉，就连地毯也随着他断断续续的走动磨损得很旧，就像老账房里的桌子被几代办事员的手肘磨旧了一样。几代人的紧张情绪都在这里产生了影响，这个地方就是他整个中年生活的书面写照。他听了朋友刚才所说的话，不知怎的，对这些事情有了更多的认识；使他过了一会儿又在她面前停住了。"你是不是害怕了？"

"害怕吗？"她重复这句话的时候，他觉得这个问题使她的脸色有点变了；因此，为了避免触及真相，他非常亲切地解释道："你还记得，很久以前你就是这么问我的——在威瑟德庄园的第一天。"

"哦，是的，你告诉我你不知道——我要亲自去发现。从那以后，即使过了这么长时间了，我们也很少谈论这件事。"

"没错，"马切尔插嘴说，"好像这件事太微妙，我们不能随意谈论似的。好像有了压力，我们就会发现我很害怕，因为那样的话，"他说，"我们就不应该这样做，对吗？我们就不知道该怎么办。"

听到这个问题，她一时没有回答。"有那么几天，我以为你害怕了。不过，当然啦，"她又说，"也有那么几天，我们几乎什么都想过。"

"什么都想过，哦！"马切尔轻轻地呻吟着，倒吸了一口气，仿佛看到了那张很久都没有露出来的脸，那张脸总是伴随着他们的想象。就像那只野兽的眼睛，总是有无数怒目而视的时刻，尽管他习惯了这双眼睛，仍然从内心深处发出一声称赞的长叹。他们想过的一切，从头到尾在他身上压了过去，过去的一切似乎都沦为毫无意义的猜测。事实上，正是这里给他留下难忘的印象——一切都很简单，除了提心吊胆的心情。这种心情似乎悬在周围的虚空中，就连他最初的恐惧，如果曾经算是恐惧的话，也已经消失在荒漠中。"不过，我觉得，"他接着说，"你看得出来，我现在不害怕了。"

"我看得出来，我看得很明白，在适应危险方面，你取得了几乎前所未有的成就。你和危险相处得太久，离得太近，失去了对危险的感觉；你知道有危险，却毫不关心，你甚至不像过去一样，需要在黑暗中吹口哨壮胆。考虑到危险是什么，"梅·巴特拉姆最后说，"我不得不说，我认为你的态度没人能比得上。"

约翰·马切尔微微一笑。"这算是英雄气概吗？"

"当然，可以这么说。"

这确实是他喜欢的说法。"那么我是勇敢的男人吗？"

"这就是你原本要让我看到的。"

然而，他仍然感到疑惑。"可是勇敢的男人难道不知道自己害怕什么——或者不害怕什么吗？你瞧，我不知道。我拿不准，也叫不出名字。我只知道我遇到了危险。"

"没错，但是遇到的危险——我该怎么说呢？——这么直接，离得这么近。肯定是这样。"

"足以让你觉得，等到我们守候的终点和结局到来时，我不会害怕吗？"

"你不会害怕。"她说，"但这不是我们守候的终点，也不是你守候的终点。你还有很多东西要看。"

"那你为什么没有呢？"他问道。他一直都觉得她有所隐瞒，他现在仍然有这种感觉。因为这是他最初的印象，使那天显得很特别。她一开始没有回答，情况就更加明显了；反过来又让他接着说下去。"有些事情你知道，但我不知道，"然而作为勇敢的男人，他的声音有点颤抖，"你知道会发生什么事。"她的沉默，她流露出的神色，简直就是坦白——使他更加确信无疑。"你知道，但你不敢告诉我。这不是什么好事，你害怕我会发现。"

这一切也许都是真的，因为在她看来，有些出乎意料的是，他似乎越过了她私下在自己周围划出的神秘界限。然而，她也许终究不用担心；而真正的高潮是，他自己无论如何也不需要担心。"你永远也不会发现的。"

第三章

不过，我前面说过，一切都让那天显得很特别；后来一次又一次地证明，即使隔了很长一段时间，他们之间发生的其他事情也与这一刻有关，只是成了回忆和结果。这件事的直接影响是少了几分坚持——几乎起了反作用，似乎他们的话题本身减轻了分量，此外，就这件事而言，马切尔偶尔也会提醒自己，不要以自我为中心。他觉得，自己大致上还算得体，心里也知道要紧的是不能自私。的确，他从来没有犯过自私的毛病，也没有马上把天平倾斜到另一边。在天气好的时候，他经常邀请梅陪他去看歌剧，以此弥补自己的过失；为了表明他不愿意她只有一种精神食粮，一个月里有十几个晚上，他都要她陪着自己去剧院，这种情形并不少见。就连送她回家的时候，他偶尔也会跟她一起进去，用他的话说，陪她一起度过傍晚的时光，为了更好地表明他的态度，他坐下来吃一顿不算丰盛但精心烹制的晚餐，等待着他的快乐到来。他想，这表明了他的态度，没有老是让她为自己着想；比方说，在这种时候，她的钢琴恰好就在旁边，两个人也精通弹琴，他们就会一起演奏歌剧的片段。然而碰巧有一次，他提醒她，她上次过生日那天，两人谈话的时候，他提过一个问题，她到现在还没有回答。

"到底是什么拯救了你？"他是说，使她看起来和普通人没什么两样。假如像她说的那样，他为了避免别人的议论，做了大多数男人做的事，而最重要的事，就是找个不比他强多少的女人结成伴侣，找到生活的答案——那她是如何解脱出来的，既然他们都认为这种关系或多或少引起了注意，怎么可能像现在这样，没有让她受到人们的热议呢？

"我从来没说过，"梅·巴特拉姆回答道，"我没有受到人们的谈论。"

"啊，那么说你没有'得救'。"

"这对我来说不是问题。如果你有你的女人，"她说，"那么我也有我的男人。"

"你是说，这样你就正常了？"

哦，好像总是有很多话要说！

"我不知道，为什么我这样不正常——我们说的是，像常人那样——像你一样正常。"

"我明白了，"马切尔回答说。"肯定要'像常人那样'，表明你的生活有意义。就是说，不只是为了我和我的秘密。"

梅·巴特拉姆笑了起来，"我可不敢说，这恰好表明我不是为你而活着。我和你的亲密关系才是问题。"

他明白了她的意思，笑了起来。"是的，不过像你说的，按照人们的理解，我只是个普通人，而你呢，你也是个普通人，不是吗？你帮我看起来像别的男人一样。假如我成了这样的人，以我对你的理解，你也没有什么损失，是这样吗？"

她又等了一会儿，但她说得很清楚。"没错。这就是我关心的事——帮你看起来像别的男人一样。"

他小心地表示对这番话很领情。"你对我有多么善良，多么好心！我该怎么报答你呢？"

她最后严肃地停顿了一下，似乎还有别的路可以选。但她选定了。"那就像你现在这样生活下去。"

他们又回到了像他这样生活下去的话题，而且确实持续了很长一段时间，有一天不可避免要进一步试探他们的内心。他们的心上总是有一座桥相连，尽管这座桥很轻，偶尔在令人眩晕的空气中摇晃，却有足够坚固的结构，有时为了他们的神经着想，也会丢下铅锤，探测一下深浅。不过，这次的情形完全不同，因为她始终不觉得有必要反驳他的指责，说她不敢表达出内心的想法——就是在他们上次激烈的争论结束之前，他提出的这个说法。当时他突然想到，她"知道"什么事情，而且知道的不是什么好事——所以没办法告诉他。等他说这明显不是什么好事，她担心他会发现的时候，她的回答反而使事情变得模棱两可，不能置之不理，可是马切尔特别敏感，几乎不敢再提起。他绕着这个话题兜圈子，时而走近，时而绕远，仍然没有太大作用，因为他心里觉得，她毕竟不可能"知道"得比他更清楚。她没有知情的来源，他自己也没有——当然，除非她可能有更敏锐的洞察力。女人对感兴趣的事情，就有这样的本领：她们能够理解人们关心的事情，就连本人往往都想不明白。她们的神经、她们的情感、她们的想象力，都给出了指引和启示，而梅·巴特拉姆的长处在于，她全心全意地为他的事情付出。说来也怪，这些日子里，他有一种以前从未有过的感觉，他越来越害怕会因为某种灾难而失去她——说是灾难，也不完全是悲惨的结局：一方面是因为他几乎突然觉得，她比以往对自己更有用，另一方面也是因为她的健康显得不怎么稳定，都是同时出现的新情况。这就是他迄今养成的淡漠疏离的内心本色，我们对他的全部描述正是以此为参照；这也是他复杂处境的写照，在这个危机关头，他的处境似乎从来没有像现在这样艰难，甚至让他扪心自问，他有没有可能看得见、听得见、摸得到、够得着真相，走到他等待的那件大事直接管治的地方。

等到那天到来的时候，这是不可避免的，他的朋友不得不向他坦白，她恐怕患上了严重的血液疾病，他不知怎么感受到了突生变故的不安，震惊得打了个寒噤。他立刻开始想象病情的恶化和不幸，尤其是想到她的危险直接威胁到他，带来个人的损失。这确实使他稍稍恢复了平静，让他心里感到宽慰——也使他明白，他心里首先想到的还是她自己可能遭受的损失。"万一她还没有知道，还没有看到就死了，那该怎么办？"在她患病的早期，向她提出这个问题也太残忍了；不过，这立刻引起了他的担忧，他最为她感到难过的可能就是这个问题。再说，如果她确实"知情"，有过一些神秘而不可抗拒的想法，他会怎么想呢？这不仅不会使事情好转，反而会使事情更糟。因为她当初接纳了他的好奇心，完全当成她生活的基础。她活着就是为了看到将要看到的东西，如果还没有实现她的愿望就不得不放弃，那会让她伤心欲绝。

就像我说的，这些想法使他更加慷慨无私；然而，不管他怎么想，随着这段时间的流逝，他越来越感到不安。在他看来，时间的流逝奇妙而从容，最古怪的是，给他带来了生平（如果可以称为生平的话）唯一的惊喜，而不必担心会给他带来许多不便。她不像从前那样，只待在家里，他只能到她家里去看她——现在哪儿也见不到她了，尽管在他们深爱着的老伦敦，她从前几乎走遍了每一个角落。他发现她总是坐在火炉旁，越来越离不开那把低矮的老式椅子。有一天，他又来看她，这次隔了很长的时间，他突然觉得她看起来比自己想象的老多了；然后他意识到，这一切是他自己的感觉——他只是突然注意到了而已。她看起来老多了，因为这么多年过去了，她不可避免要老去，或者说快要老去，那么她的同伴肯定也是如此。要是她老了，或者快要老了，那么约翰·马切尔肯定也老了，然而正是她的教训，而不是他自己的教训，让他明白了这个真相。让他感到惊奇的事情就此到来；一旦到来，这些事情就越发多起来，而且来势汹汹；奇怪透顶的是，这些怪事仿佛都被挡在后面，撒下一簇簇种子，等待人生的黄昏时分，到了那个时候，对普通人来说，意想不到的事情早就消失了。

其中就有一件怪事，他居然发觉自己——他确实已经发觉了——实在很想知道，注定要发生的那件大事，难不成就是他要眼睁睁地看着这个迷人的女人、这位可敬的朋友永远离他而去。

只有想到这种可能，他才会像现在这样毫无保留地形容她；尽管如此，他还是心存疑虑，难道为了解答他那长久以来的谜题，就要从他的生活中抹去这样美好的角色，那将是多么可悲的意外结局。要是与他过去的态度相联系，这意味着他失去了尊严，而在这种阴影下，他的人生只会沦落到失败透顶的可笑地步。他从来没有认为这是失败——他长久以来等着那件大事的发生，才算大功告成。他等待的完全是另一件事，而不是这样的命运。然而，等他意识到自己等了很久，至少他的同伴也等了很久以后，他真诚的信念顿时消失了。不管怎么说，她的等待是徒劳的，这使他大为震动，更要紧的是，他起初只是把这个念头当作消遣而已。随着她的病情越来越严重，他的心情也越来越沉重，最终他眼看着情况恶化，觉得自己的外表也变得惨不忍睹，成了另一件使他吃惊的事情。这件事还引出了又一件怪事，要是他有胆量的话，他准保会提出这个真正令人瞠目结舌的问题。

这一切都意味着什么——也就是说，她到底意味着什么？她那徒劳的等待，她可能面临的死亡，还有那些无声的忠告——难道说时至今日，一切都已经太晚了？无论到了什么时候，他从来都不愿意承认，内心古怪的想法透露出了变化；就在最近几个月，他还从来没有动摇过自己的信念，只是觉得他还来得及面对即将到来的一切，不论他认为自己是否来得及。到头来，他肯定是来不及了，就算来得及，也没有多少时间了——没过多久，随着事情的发展，他过去的执念必然要得出个结论：这也没什么用，因为情况越来越明显，巨大的虚幻投下了长长的阴影，而他从前生活在阴影中，几乎没有什么余地去证明这一点。既然他要在"时光"中面对他的命运,那么他也要在"时光"中接受命运的安排;他意识到自己不再年轻,感觉到失去了生机,进而感觉到虚弱无力,他又意识到了另一件事。一切都有联系;他和巨大的虚幻都要受制于不可分割的平等法则。等到这些可能性本身失去了生机,等到众神的秘密变得晦暗,甚至可能完全消失的时候,那才是失败的生活。无论是破产、丢脸、受到羞辱、处以绞刑,都不算是失败,什么事都没有发生才是失败。于是,他的道路出现了意想不到的曲折,引领他走进黑暗的幽谷,他一边摸索,一边暗自疑惑。他不在乎会遭受什么可怕的灾难,也不在乎会有什么耻辱或者什么怪事——因为他毕竟还没有老到不能受苦的地步——只要即将降临的命运与他生平保持的姿态相差不远即可。他现在只有一个愿望,那就是他不应该"受到蒙蔽"。

第四章

后来有一天下午,那年的春天刚刚来到,春意乍现的时候,他无比坦率地吐露了心中的忧虑,而她以自己的方式做了回答。他很晚才去看她,夜幕还没有落下,在四月黄昏明亮悠长的光线中,她出现在他面前,比起最灰暗的秋日时光,这样的光线反而常常更让人伤感。这个星期天气很温暖,春天似乎来得很早,梅·巴特拉姆今年头一次没有坐在炉火旁;马切尔感觉,她周围的景象看起来安静极了,在整洁有序的陈设和冰冷无味的菜肴中,透着一种心照不宣的气氛,似乎再也见不到火生起来了。他说不出为什么,她的面容使这种氛围更加强烈。她的脸色苍白得犹如蜡像，脸上的斑点和痕迹多得数不清，仿佛是用针刻出来的，她盖着柔软的白色毯子，披着一条褪色的绿围巾，岁月使雅致的色调更加柔和，她像是一幅安详、精美又难以捉摸的斯芬克斯画像，她的头上甚至全身都像是涂了银粉。她像是斯芬克斯，但她那白色的花瓣和绿色的叶子，又像是一朵百合花——不过是一朵人造百合花，仿制得很巧妙，保存得很完好，没有灰尘和污渍，虽然放在透明的玻璃钟罩下，也不免花叶低垂，显出淡淡的褶皱。在她的房间里，各种家具什物向来收拾得特别仔细，擦得精致发亮，不过现在看来，似乎一切都已经清理干净、藏起来、收好了，这样她就可以合起双手坐在那里，什么事也不用做了。

在马切尔的眼中，她就像个"局外人"；她的工作已经结束了；她跟他交谈的时候，仿佛身处海湾对面或某个宁静的小岛，而她已经到达了彼岸，让他奇怪地觉得自己被抛弃了。难道是——说得更确切些，难道不是——要是她和他一起守候了这么久，对于他们那个问题的答案，她一定心里有数、说得出名字，所以她的使命就真的消失了？几个月以前，他对她说过，她那时就知道了一些瞒着他的事情，这简直就是对她的指责。从那以后，他就没敢再提这个问题，因为他隐约担心，这可能会引发他们的分歧，也许会有争吵。后来的这段时间里，他变得紧张起来，这是他多年来从未有过的，奇怪的是，他应该等到开始怀疑的时候才会紧张，在他有把握的时候不会这样。他似乎觉得，要是说错了话，有些事情就会落到自己头上，至少可以让他没那么紧张。但他不想说错话，那会使一切变得丑恶。他希望他不知道的事情——如果可以的话——能够以自身庄严的分量落到他头上。如果她要抛弃他，她当然要向他告别。因此，他也就没有直接再问她，她知道些什么，而是换了个角度谈起这件事，他在拜访的时候对她说："到了这个时候，你认为我能遇到最坏的事情是什么？"

过去他经常问她这个问题；他们时而强调，时而回避，以古怪而没有规律的节奏，交换对这个问题的看法，然后隔了一段时间冷却下来，这些想法就荡涤干净，像海边沙滩上的图案，冲刷得不见踪迹。他们谈起话来，爱用最古老的典故，只要稍微放下，等到反应过来，就会再次提起，听起来就是新鲜事。因此，她现在可以重新有耐心地回答他的问题。"哦，是的，我反复地想过，只是过去我总觉得拿不定主意。我想到了一些可怕的事情，很难在其中做出取舍；你一定也是这样。"

"说得没错！我现在觉得，我好像什么也没做过。在我看来，我一生都在想着可怕的事情。有很多事情，我在不同的时间对你提起过，但还有一些事情，我却说不出口。"

"因为那些事情太可怕了？"

"太可怕了，有些事情太可怕了。"

她看了他一会儿，他望着她的眼睛，一种莫名的感觉涌上心头，她的眼睛明亮清澈，仍然像年轻时一样美丽，只是闪着一种奇怪的寒光——这种寒光不知何故，如果不是起因的话，也是清冷宜人的早春暮色的结果。"可是，"她最后说，"我们也提到过一些恐怖的事情。"

看到她这样的画中美人，讲的却是"恐怖的事情"，更让人感到奇怪，但是几分钟后，她就要做一件更加奇怪的事——不过即使是这件事，他也要到后来才能彻底明白——她的声音已经颤抖起来。说到这一点，她的眼睛又绽放出青春的明亮光彩，露出了一点儿端倪。然而，他不得不承认她说得对。"哦，是啊，有时候我们确实谈得很深入。"他说话的口气，像是一切走到了尽头。好吧，他真希望是这样；对他来说，这个结局的圆满显然越来越取决于他的朋友。

但她现在露出了温柔的微笑。"哦，很深入——！"

这真是古怪的讽刺。"你的意思是你准备谈得更深入吗？"

她继续望着他，显得脆弱、衰老而迷人，但她似乎已经失去了头绪。"你认为我们谈得太深入了吗？"

"我还以为这就是你刚才说的——我们已经正视了大多数事情。"

"包括彼此吗？"她还是笑了，"不过你说得很对。我们在一起有过丰富的想象，经常有极大的惊恐；但有些却没有说出来。"

"那么最坏的情况——我们还没有面对，要是我知道你是怎么想的，我相信我就能面对。我觉得，"他解释说，"好像我已经失去了想象这种事情的能力了。"他不知道，自己看上去是否像听起来那样茫然，"已经耗尽了心力。"

"那你凭什么认为，"她问道，"我还有心力呢？"

"因为你给我的感觉不是那样。对你来说，这不是设想、想象、比较的问题，现在不是选择的问题。"他终于说出来了，"你知道一些我不知道的事。你以前向我表示过。"

最后这几句话深深地打动了她，他立刻明白了，她说话的语气很坚定。"亲爱的，我什么也没对你表示过。"

他摇了摇头。"你瞒不住的。"

"哦,哦!"梅·巴特拉姆吐露了她瞒不住的真相,那几乎是一声窒息的呻吟。

"几个月前,我跟你说起这件事,你就承认了,好像你怕我发现什么。你的回答是,我不能发现,我不会发现,我也不能假装发现。但你心里想到了什么,我现在明白了,过去一定是这件事,现在仍然是这件事,在所有的可能中,对你来说,那是最坏的可能,"他接着说,"我请求你,如今我只怕不知道——我不怕知道。"过了一会儿,她什么也没说。"让我确信的是,我从你的脸上看到了,在这里感觉到了,在这里的空气中,在这些表象中感觉到,你已经是个局外人。你已经做到了。你已经体会过了,你就让我听天由命吧。"

她坐在椅子里,脸色苍白,一动也不动地听着,好像要做一个决定,她的态度可以说是公开承认,尽管她的内心还有一丝倔强,没有完全屈服。"那就是最坏的事情,"她终于开口说,"我指的是我从来没说过的事情。"

这使他安静了一会儿。"比我们说过的所有怪事还要可怕?"

"还要可怕。你说这是最坏的事情,"她问道,"这不是已经说的很明白了吗?"

马切尔想了想。"当然——如果你的意思是,像我说的那样,指的是所有能想到的损失和耻辱。"

"要是真的发生了,那就是这样,"梅·巴特拉姆说,"记住,我们所说的只是我的想法。"

"那是你的信念,"马切尔回答道,"这对我来说就够了。我觉得你的信念是对的。因此，如果有了这种想法，却不让我明白，你就是抛弃了我。"

"不，不！"她重复道，"我还陪在你身边——难道你不明白吗？"为了让他看得更清楚，她从椅子上站起身来——她最近很少冒险站起来——身上披着柔软的毯子，显得身形秀美纤细。"我没有抛弃你。"

她不顾身体虚弱的举动，的确是慷慨的保证，幸好这种冲动的成效不大，不然会使他感到痛苦而不是快乐。但是，她在他面前走动的时候，她眼睛里冰冷的魅力已经扩散到了全身，于是在那一瞬间，她几乎恢复了青春的光彩。他不能为此对她心存怜悯，只能像她表现出的样子对待她——她仍然有能力帮他。与此同时，她的光芒仿佛随时都可能熄灭，因此他必须抓紧时间。他眼前闪过最想知道的三四件事，可是他脱口而出的这个问题，却包含了其他事情。"那就告诉我，我会不会感觉到受苦。"

她立刻摇了摇头。"绝对不会！"

这使他坚信她是有凭据的，对他产生了非同寻常的影响。"那还有什么比这更好的事情呢？你说这是最坏的事情吗？"

"你认为没有比这更好的了？"她反问道。

她的话似乎有什么特别的意思，使他又强烈地怀疑起来，尽管仍然看到解脱在望的曙光。"为什么不行，要是一个人不知道呢？"说完，想到他的问题，他们的目光沉默地相遇了，曙光渐渐亮起，她的脸上流露出的表情正中他的下怀。他想明白了，他的脸突然涨得通红，倒吸了一口气，他觉得那一瞬间，一切都变得合情合理。他的喘息声弥漫在空气中，然后他变得口齿伶俐起来。"我明白了，如果我不受苦的话！"

然而，她自己的神情却带着怀疑。"你明白什么？"

"明白了你是什么意思——你一直以来是什么意思。"

她又摇了摇头。"我现在的意思不是我以前的意思。这可不一样。"

"这是新的事物？"

她犹豫了一下。"新的事物。不是你想的那样。我知道你是怎么想的。"

此时他的猜测落空了；只是她的纠正可能是错的。"难道说我是个笨蛋吗？"他问得既无力又冷酷，"难道说这一切都是个错误吗？"

"是个错误？"她怜悯地重复着。他看出来了，这种可能性对她来说太可怕了，要是她保证他不受苦，那就不是她想要的了。"哦，不，"她说，"不是那样的。你说得对。"

然而，他忍不住问自己，她是不是受了逼问才这么说，只是为了救他。在他看来，要是他从前的经历沦为笑谈的话，那他的处境是最尴尬的。"你对我说的是实话吗？这样我就不会变成自己都受不了的大傻瓜？我没有生活在虚幻的想象中，生活在最迷惘的幻想中吗？我不是等待着，眼睁睁看见门在我面前关上吗？"

她又摇了摇头。"无论情况如何，这都不是事实。无论现实如何，这就是现实。门没有关上，门是开着的。"梅·巴特拉姆说。

"那么会有什么事情发生吗？"

她又等了一下，始终用她那双冰冷漂亮的眼睛看着他。"永远不会太迟。"她迈着轻盈的脚步走向他，拉近了他们之间的距离，她走到离他更近的地方，站了一会儿，仿佛还有什么话没有说出口。她的举动也许是为了更好地强调，她感到犹豫又决定要说的话。他一直站在壁炉架旁边，壁炉没有生火，也没有什么装饰，一只小巧精致的法国古钟和两件玫瑰色的德累斯顿瓷器，就是所有的摆设。在他等待的时候，她的手紧握着壁炉架，以获得支持和鼓励。不过，她只是让他等着；也就是说，他只是等着。从她的动作和姿态来看——对他来说，美丽而生动——他突然觉得，她还有别的事情要告诉他；她那清瘦的脸上焕发出动人的光彩——她说话的时候，几乎闪烁着银白色的光泽。毫无疑问，她说得对，因为他从她脸上看到的就是事实；奇怪的是，虽然他们还在谈论这件事的可怕之处，但她似乎把它说得非常温和，显得毫无因果关系。这使他感到迷惑不解，但她的坦白也使他感激地目瞪口呆，于是他们沉默了几分钟，她的脸在他面前闪闪发光，她的眼神有不可估量的压力，他的目光显得和蔼而又充满期待。结果是，他所期待的事情没有发生。相反，发生了另一件事，起初似乎只是她闭上了眼睛。与此同时，她慢慢地打了个寒战，虽然他还在盯着她看——虽然他实际上盯得更厉害了——但她还是转过身来，重新走到椅子边。这就是她一直想要的结局，但这让他只想到了一件事。

"嗯，你不是说——"

她走回去的时候，按了壁炉旁边的铃，然后又坐到椅子上，脸色苍白得出奇。"恐怕我病得太厉害了。"

"病得太厉害了，不能告诉我吗？"这句话猛地向他袭来，几乎到了他的嘴边，他害怕她没有对他说明白就死去，他及时克制住了自己，没有把他的问题说出来，但是她回答了，好像听到了他的话似的。

"你现在还不知道吗？"

"现在？"她说这话的口气，好像转眼间已经发生了什么变化。但她的女仆听到铃声，很快就听候吩咐，已经来到他们面前。"我什么都不知道。"他后来对自己说，他一定是带着可憎的不耐烦说的，这种不耐烦表明，他感到惶恐不安，不愿再问这个问题。

"哦！"梅·巴特拉姆说。

"你很痛苦吗？"当那个女人走向她时，他问道。

"不。"梅·巴特拉姆说。

她的女仆用一只胳膊搂着她，好像要把她领回到房间里去，用恳求的眼光望着他，似乎不同意她的话；尽管如此，他还是再次表现得困惑不解。

"那么到底发生了什么事？"

在女仆的帮助下，她又站了起来，他感到自己被迫要离开了，于是茫然地找到了帽子和手套，走到了门口。然而，他还在等待她的回答。"原本该发生的事。"她说。

第五章

第二天，他又来了，她却不能见他了，他们相识这么久以来，还是第一次发生这样的事。他转身就走，扑了空，不免感到伤心，又有几分恼火——至少觉得打破了他们的惯例，其实就是结局的开始——他独自徘徊，想着心事，尤其是他最放不下的那件事。她快要死了，他就要失去她了；她快要死了，他的生命也要结束了。他路过公园停了下来，走了进去，盯着前面出神，心里又产生了疑虑。远离她的时候，疑惑再次涌上心头；在她面前，他相信了她的话，但是他深感孤独凄凉，就对自己解释说，他身边多的是可怜的温暖，少的是冷酷的折磨。为了拯救他，她欺骗了他——用某种可以让他安心的东西来打发他。要在他身上发生的事究竟会是什么，不就是已经开始发生的这件事吗？她的垂死，她的去世，他随之而来的孤独——这就是他想象的丛林中的野兽，这就是上天的安排。他离开的时候，已经得到了她的承诺——她到底还有什么别的意思呢？

这不是什么可怕的事情，不是罕见尊贵的命运，不是至高无上、永恒不变的好运，只是打下了平凡命运的印记。但是，可怜的马切尔在这个时候觉得，平凡的命运已经足够了。这种命运对他有利，即使是无限等待的最终结局，他也愿意放下自尊来接受。他在暮色中的长椅上坐下。他不是个傻瓜。就像她所说的，一定会有什么事情发生。在他站起身之前，他突然感到，最后的事实与他必须走过的那条漫长道路相吻合。为了走到终点，她分担了他的疑虑，献出了她的一切，献出了她的生命，她一路走来都跟随着他。他靠她的帮助活下来了，如果把她抛在身后，他想起她就会痛彻心扉，还有什么能比这更让人难以承受呢？

好吧，不出一个星期他就会知道，因为尽管她有一阵子不肯见他，一连几天让他坐立不安，觉得心烦意乱，每天他都要上门拜访，却只能转身离开，不过她还是在往常招待他的地方接待了他，结束了对他的折磨。然而，要让她重新面对这么多事情，多少有些冒险，这些事情尽管毫无结果，却占据了他们过去大半的生活，显而易见，她唯一的愿望就是打消他的执念，结束他长久以来的困扰，而她的一片好心却白费了。这显然是她的心愿；在她还能出手的时候，为了让自己安心，她还有一件事要做。他坐在她的椅子旁边，看到她这个样子觉得很难受，感动得什么都顾不得了；倒是她自己对他提起来，在打发他离开前，她又说起了上次说过的最后一句话。她表示希望把他们的事情安排妥当。"我说不好你是否明白。你没什么可以等的了。它已经来了。"

啊，他看着她的眼神多么奇怪！"真的吗？"

"真的。"

"就是你说过本该发生的那件事？"

"就是我们年轻时开始守候的那件事。"

再次和她面对面，他相信了她；他几乎无法反驳这个说法。"你的意思是说，这件事确实发生过了，说得出名字和时间，对吗？"

"绝对没错，很肯定。我不知道'名字'，但说得出时间！"

他发现自己又一次感到茫然无助。"难道是夜里来的——来了又从我身边走了？"

梅·巴特拉姆奇怪地微微一笑。"哦，不，还没有从你身边走过！"

"不过，要是我没有感觉到，也没有碰到我——？"

"啊，你没有感觉到——"她似乎犹豫了一下，要不要回答这个问题——"你竟然没有感觉到，真是怪事中的怪事，奇迹中的奇迹。"她说起话来轻声细气，像个生病的孩子，不过现在一切到了尽头，她终于像女预言家那样说得直白明了。她很清楚自己知道什么，论起高贵的地位，这件事对他的影响，就像是主宰他本人的法则。这就是法则真正的声音；因此法则本身会从她的口中发出这样的声音。"它碰到了你，"她接着说，"它已经完成了使命，它把你完全变成自己的了。"

"那么我完全不知道吗？"

"你完全不知道，"他向她靠过去，一只手搭在她的椅子扶手上，她现在始终带着隐约的微笑，也把自己的手搭在扶手上。"我知道就够了。"

"哦！"他困惑地喘着气，就像她最近经常做的那样。

"我很久以前说的话是真的。现在你永远不会知道了，我想你应该知足了。你已经得到了。"梅·巴特拉姆说。

"可是得到了什么？"

"怎么，不就是你注定要遇到的那件事。证明了你的法则。我太高兴了，"她接着又勇敢地补充说，"能看到不是什么事。"

他仍然看着她，感觉一切都让他无法理解，连她也一样，要不是他觉得她身体虚弱，不能轻举妄动，只能虔诚地接受她的提点，把这当作上天的启示，他一定会厉声质问她。倘若他真的开了口，那也是因为预感到他的孤独即将到来。"如果你对'不是'什么事感到高兴，那么本来也许会更糟糕？"

她把目光移开，直视着前方，过了一会儿，她说："哦，你知道我们害怕什么。"

他想不明白。"这是我们从来没有害怕过的东西吗？"

听到这里，她慢慢转过身来对着他。"在我们所有的梦中，我们做过这种梦吗，梦到我们竟然坐下来谈论这件事？"

他努力想了一会儿，想弄明白他们做过什么梦；但是他们那数不清的梦，仿佛在寒冷的浓雾中消散了，思绪也在雾中不见了踪影。"也许我们没有这样谈过。"

"好吧，"——她尽力对他解释——"不是从这一边来看。你瞧，"她说，"是从另一边。"

"我想，"可怜的马切尔回答道，"在我看来，不管哪边都一样。"然而，她轻轻地摇了摇头，纠正道："我们可能还没有到——？"

"到我们现在的地步——不，我们已经到了。"她淡淡地强调了一下。

"这对我们大有好处！"她的朋友坦率地说。

"这对我们很有好处。对我们的好处不在这里，在过去，在身后，"梅·巴特拉姆说，"以前——"她的声音低了下来。

他站起身来，不想让她感到疲倦，但他很难抑制住自己的渴望。她毕竟什么也没告诉他，只是说他的期望已经落空了——不用她说，他也知道得很清楚。"以前——？"他茫然地重复道。

"在你明白以前，这件事始终会发生的，一直就在眼前。"

"哦，我倒不怕现在发生什么！而且，"马切尔接着说，"你说得对，我觉得更愿意发生在眼前，也不愿意它还没有来，而你不在了。"

"哦，天啊！"——她那苍白的双手表示，这无关紧要。

"什么都不在了。"他站在她面前，有一种可怕的感觉——除此以外，什么都不能证明这个无底的深渊——这是他们人生中的最后一次。这句话压在他的身上，他觉得自己几乎无法承受，而这种压力仍然迫使他发出内心抗议的声音。"我相信你，但我不能假装我懂了。对我来说，什么都没有过去；什么都不会过去，除非我自己过去了，我祈祷我的命运尽快到来。不过，"他又说，"我已经吃完了我的蛋糕，就像你说的那样，吃完了最后的碎屑——我从来没有感觉到的东西，怎么会是我注定要感觉到的东西呢？"

她也许没有那么直接地回答他，但她不慌不忙地回答了他。"你认为你的'感觉'是理所当然的。你要承受你的命运，却不一定要知道你的命运。"

"到底是怎么回事——这样知道了反而会痛苦吗？"

她抬起头，默默地看了他一会儿，"不，你不明白。"

"我很痛苦。"约翰·马切尔说。

"别这样，别这样！"

"至少我还能帮上什么忙？"

"别这样！"梅·巴特拉姆重复道。

尽管她很虚弱，但她说话的语气却很特别，他立刻瞪大了眼睛——瞪大了眼睛，仿佛有一道迄今隐藏的光芒，在他的视线中闪过。黑暗又笼罩在他的眼前，但那道光芒对他来说已经化成了一个念头。"因为我没有资格——？"

"不知道——你不需要知道。"她好心地劝解。"你不需要——因为我们不应该知道。"

"不应该吗？"他要是能明白她的意思就好了！

"不——太多了。"

"太多了？"他仍然问道，却感到困惑不解，这种感觉转眼间就突然消失了。她的话要是有什么意味，让他醒悟过来——她消瘦的脸庞也是如此——似乎意味着一切，他突然感觉到她知道了什么事情，于是抛出了一个问题。"是不是因为这样，你就快要死了？"

她只是看着他，起初神情很严肃，似乎想知道他这话从何说起，她也许看到了什么，或者害怕什么引起她的同情。"我还会为你而活——如果可以的话。"她把眼睛闭了一会儿，似乎沉浸在自己的内心，做了最后的挣扎。"可是我不行了！"她一边说，一边睁开眼睛向他告别。

她确实不行了，形势很快急转直下，从此以后，他再也没有见过她，接下来只有黑暗和厄运。那次奇怪的谈话以后，他们就永远分开了；她的病房有人严加看守，几乎完全不允许他进去；此外，他现在觉得，面对医生、护士，还有两个无疑被她可能"留下"的遗产吸引来的亲戚，他可以摆出的"资格"（这种情况下的叫法）少得可怜，他们的亲密关系竟然不能给他更多的资格，这看起来是多么奇怪。就连愚蠢透顶的远房表亲都更有资格，尽管她在这个人的生活中无足轻重。她是他生活的重中之重，因为还有什么人如此不可或缺呢？生活的习俗说不出是多么奇怪，他拿不出证明来提什么要求，这种怪事让他感到困惑。一个女人可以说曾经是他的一切，与他的关系却没有得到任何人的认可。如果说最后几个星期的情况是这样，那么最后安葬祈祷的时候就更是如此，那是在伦敦灰暗的庞大公墓里，向他朋友珍贵世俗的人生告别。她墓前的人并不多，他却发觉自己被当作无关紧要的人，仿佛是千万人中的一个。简单地说，从这一刻起，他就要面对这样一个事实：梅·巴特拉姆对他的关心，几乎没有给他带来好处。他说不清楚期望得到什么，但他肯定没有料到会两头落空。他不仅失去了她的关心，似乎还觉得自己没有得到——出于他无法理解的原因——痛失亲人的男人应有的待遇、尊严和礼数（如果没有别的东西的话）。在世人的眼中，他似乎没有失去亲人，也没有什么迹象或证据来表明这一点，好像他的人品永远不能得到肯定，他的损失也永远无法弥补。几个星期过去了，有时候他本来想做出什么过激的行动，表明自己失去亲人的哀痛，以便引来人们的质问，他也好反驳几句，让自己的精神得到宽慰；可是紧接着他就感到更加无奈的气愤，在这个时候，他心平气和地回想起往事，却毫无头绪，他不禁想知道，是否应该从更早的时候想起。

他发觉自己确实有很多事情想不明白，连最后的猜想也有其他想法相伴。毕竟，在她活着的时候，要是不说出两人的秘密，他又能做些什么呢？他不可能让人知道她守候着他，因为那样就会暴露出对野兽的恐惧。这就是他现在闭口不谈的原因——既然丛林已经砍伐空了，野兽也偷偷溜走了。这听起来太傻了，也太平淡了；他生活中那种提心吊胆的感觉已经消失了，要是对他来说有什么不同，说实话，这使他感到惊讶。他说不清楚究竟是怎样的感受，也许就像是在什么地方，所有人都适应了响亮的乐声，习惯了注视的目光，突然间音乐停了下来，一切戛然而止。不管怎么说，要是他当初能想到揭开蒙在自己身上的面纱——要是没有对她揭开面纱，他又做了什么呢？——那么今天这样做，对人们谈起丛林已经空了，向他们吐露他现在感到安全了，不仅看到他们像是听鹅妈妈的故事，还像是听他自己讲故事。如今的事实是，可怜的马切尔蹚过他那片倒伏的草地，那里没有生命的迹象，没有呼吸的气息，似乎也没有邪恶的眼睛在可能藏身的洞穴里闪光，他像是在茫然地寻找那头野兽，更像是在强烈地想念它。他走来走去，生活变得出奇地广阔，在他觉得离生活的灌木丛更近的地方，他时而停下来，渴望地问自己，暗自痛苦地想知道，野兽会藏身在这里还是那里。无论如何，野兽都要跳出来；至少他对真相本身的信念得到了保证。他的旧观念变成了新观念，这是绝对确定的；将要发生的事情已经发生了，这也是绝对确定的，因此他不知道未来有什么恐惧，也不知道还有什么希望；简单地说，什么事情都不会再发生了。他将完全带着另一个问题生活，那就是他不为人知的过去，他不得不眼睁睁看着自己的命运难以捉摸地掩盖起来。

　　这种幻想的痛苦后来成了他的心病，要不是为了猜测的可能，他恐怕不想活下去了。作为他的朋友，她告诉过他不要猜测，她尽可能不许他知道，甚至在某种程度上剥夺了他的知情权：确切地说，有那么多事情使他无法安宁。为了公道起见，他不想让过去和往事重现；只是他不应该沉沉睡去，那太扫兴了，就算他绞尽脑汁，也没法找回失落的思绪。他时常对自己说，要么找回失落的思绪，要么就彻底做个了断；他把这个念头当作唯一的动机，成了他的激情所在，相比之下，似乎从来没有别的事情能够打动他。对他来说，失落的思绪就像是走失被拐的孩子，他就像是心急如焚的父亲，他到处寻觅，像是在挨家挨户敲门、询问警察一样。正是这种心情让他决心去旅行，踏上了能走多远就走多远的旅程。他想到，既然地球的另一边不可能给他更少的启示，那么可能会给他更多的暗示。不过，从伦敦出发前，他去拜谒了梅·巴特拉姆的坟墓，在阴森的郊区墓园里，他穿过无尽的林荫道向前走去，在荒野坟场中找到了她的墓地，尽管他到这里是为了再次告别，可是等他最终站在墓前的时候，却发现久久难以离去。他站了一个钟头，无法转身就走，也无法穿透死亡的幽暗；他紧紧盯着她刻在墓碑上的名字和生卒年月，他徒劳地叩问墓石保守的秘密，屏住呼吸等待着，仿佛石头会出于怜悯而指点他。然而他跪在石头上，却什么也没等到，墓石守住了隐藏的秘密；如果说在他看来，坟墓的正面变成了一张脸，那么她的姓名就化成了一双不认得他的眼睛。他最后对着墓碑打量了好半天，可是没有看到一丝微弱的光亮。

第六章

此后，他出门远行了一年；他游历了亚洲的腹地，徜徉在浪漫旖旎和崇高圣洁的风景中；对他这样懂得自己懂得什么的人来说，无论走到哪里，看到的都是这个庸俗虚荣的世界。回想起来，他生活了这么多年的心境，就像一束色彩绚烂、清雅灵动的光芒照耀着他，相映之下，东方的光辉显得艳丽、低俗而浅薄。可怕的事实是，他不仅失去了一切，还失去了辨别的能力；他看到什么东西都觉得平凡无奇，因为他放眼望去时，自己也变得平凡无奇。他如今沦为了普通人——就算没入尘埃里，也分辨不出有什么不同。有多少回，他站在众神的庙宇和帝王的陵寝前，产生了崇高的联想，灵魂却向往伦敦郊区那块难以辨认的石板。对他来说，那里成了他过去荣耀的唯一见证，随着时空的阻隔，这种感觉越发强烈。那是留给他唯一的证明和骄傲，每当想起来，就连法老们往日的荣耀也不算什么了。难怪他在回国的第二天就又去了那里。他这一次来到墓地，也像上次一样身不由己，却满怀信心，这无疑是过去了几个月的结果。他的感情不知不觉起了变化，可以说，在周游世界的旅程中，他从内心荒漠的边缘走到了中心。他已经安下心来，无奈地接受自己的泯灭；他有几分夸大的想象，自己就是记忆中见过的那些小老头，虽说他们看起来干瘪瘦弱，可据说年轻的时候参加过二十次决斗，得到过十位公主的爱慕。他们奇妙的行事是为了别人，而他奇妙的行事只是为了自己；然而正因为如此，他才要匆忙回到自己的面前，重现这种奇迹。这使他加快了脚步，免得耽误了时间。如果说他的造访很及时，那是因为他现在唯一看重的那部分与他分离太久了。

因此，要是说他怀着几分欣喜到了目的地，又有几分把握地站在那里，倒也没有说错。长眠于地下的人知道他不平凡的经历，不过奇怪的是，现在这个地方不再对他露出空洞的表情，反而以温和的态度迎接他——不像以前那样嘲弄他；他觉得这里有意对他打招呼，在久别重逢之后，我们会在亲密无间的事物中感受到这种氛围，而这些事物似乎也承认与我们有联系。那块墓地、那块刻字的石碑、那些精心照料的花草都使他觉得，这些都是属于他的，于是有那么一个钟头，他就像心满意足的地主在视察自己的土地。不论发生过什么——好吧，已经发生了。这次回来，他没有提出那个虚无的问题，也没有像以前那样担心"什么，到底是什么？"现在不再问了。可是他再也不会和这个地方分开了，他每个月都会回来拜访，因为即使他在此什么也没做，至少也能抬起头来。

说来也怪，这里逐渐成了他积极的源泉；他实现了按时回来的愿望，最终成为他最根深蒂固的习惯。最奇怪的是，无异于在他最终简单至极的世界里，这座死亡的花园给了他几平方英尺的净土，让他仍然可以在此生活。就好像到了别的地方，别人都不把他放在心上，他也不把自己放在心上，只有到了这里，他才是一切，要是没有一群人作见证，或者除了约翰·马切尔以外没有人作见证的话，那么按照登记簿上明确的记载，他只能看到打开的那一页。打开的那一页就是他朋友的坟墓，上面有过去的事实，有他生活的真相，有他可以藏身的后路。他时不时地到那里去，感觉好极了，他仿佛挽着一位同伴的胳膊，徜徉在过去的岁月里，而这位同伴的举止极不寻常，正是他另一个年轻的自己；更不寻常的是，他们绕着第三个人走来走去，她却从不走动，安静地待在原地，她的眼神随着他的旋转而转动，始终不停地跟着他，可以说，她的座位指引着他的方向。简单地说，他就这样安心过下去——依靠着他曾经生活过的感觉，不仅靠这种感觉得到支撑，还得到了自我认同。

就这样，几个月过去了，一年过去了，他感到心满意足；要不是发生了一次意外，他无疑还会这样过下去，这件事看似微不足道，却把他推向了另一个方向，其力量胜过埃及或印度对他的影响。这是一件极其偶然的事情——他后来觉得，不过是机缘巧合，虽然他活着的时候深信不疑，要是真相没有以这样特殊的方式来到他面前，也会以另一种方式到来。我说，他活着就是为了相信这一点，可我不能不提，他活着也不是为了做别的事情。无论如何，我们承认这样的信念给他带来了好处，到最后他也很难想通，无论发生了什么，还是没有发生什么，他都会醒悟过来看到真相。那是秋日发生的一件事，像是擦亮了火柴，点燃了他过去的苦难埋下的导火索。对着眼前的亮光，他知道自己的伤痛只是最近捂住了，说来也怪，伤口上了麻药，却在隐隐作痛，一碰就要流血。说到这件事，正是一张凡人的脸碰到了他的痛处。

那是个灰暗阴霾的下午，小路上铺满了厚厚的落叶，马切尔在墓园里迎面撞见了那张脸，脸上的表情就像是利刃划过一样。他深深地感受到了，那扑面而来的刺痛感让他不由退缩了。那个不声不响向他袭来的人，是他刚到墓地时注意到的身影，当时他被不远处的一座坟墓吸引住了，那显然是一座新坟，因此悼念者的情感可能也同样袒露无遗。仅凭这一点，就不值得他再去注意了，不过在他逗留的这段时间里，他隐约想起旁边的那个人，一个显然在服丧的中年男子，他那佝偻的背影，不时出现在林立的墓碑和哀悼的紫衫丛中。马切尔认为，他正是接触到这些事物才重新活过来，但这一次，他的想法可以说受到了明显的挫折，这是可以肯定的。这个秋日让他感到最近从未有过的凄凉，他带着从未有过的沉重心情，靠在那张刻着梅·巴特拉姆名字的矮石桌上。他靠在那里无力动弹，仿佛有什么魔咒降临到他身上，突然永远抽走了他体内的活力。要是那一刻他能如愿以偿，他就会伸直身子躺在那块准备接纳他的石板上，把这里当作他最后长眠的地方。在这个广阔的世界上，他到底还有什么理由要保持清醒呢？他满心疑问地凝视着前方，就在这时，墓园里有个人从他身边经过，他看到了那张震惊的脸。

他旁边那座坟墓的访客已经离开了，他自己要是有足够的力气，现在也会离开的。那个男人沿着小路向墓园的大门走去。他就这样走近了，步履缓慢，于是两个人有一瞬间直视着对方，他的眼神里有一种渴望感。马切尔立刻认出他是个深受打击的人——这种感觉如此敏锐，以至于画面中的其他东西都不存在了，无论是他的衣着、他的年龄、他可能的性格和阶级；除了他流露出深感痛苦的神情，什么都不存在了。他流露出了悲伤——这才是重点；他走过的时候，马切尔有种难以自持的冲动，这种冲动也许是想要表示同情，更有可能是想要质疑对面的悲伤。他也许早就注意到我们的朋友，也许在一个钟头前就已经注意到，他很好地习惯了这种场面，与他自己的感觉相差甚远，这种明显的不协调让他感到心神不安。不管怎么说，马切尔首先感觉到的是——他面前那个感情受到创伤的人也感觉到了——有什么东西亵渎了空气；然后他清醒过来，感到吃惊又震撼，就在那一瞬间，他怀着嫉妒的心情，望着那个背影。这是他经历过最不寻常的事情——虽然他也这样称呼过其他事情——就在他茫然凝视后，由于这种印象而发生了。那个陌生人走了，但他那悲痛欲绝的眼神还在，使我们的朋友满怀怜悯地想知道，到底出了什么事，表达了什么样的创伤，有什么伤害不能治愈。这个人曾经拥有什么，能让他失去以后悲恸欲绝，却还能活下去？

有些东西——使他内心深感痛苦——是他本人，约翰·马切尔没有的；他潦倒的结局就是证据。从来没有激情打动过他，因为这就是激情的意义；他活了下来，饱受摧残，日渐憔悴，可是他深切的伤痛到哪里去了？我们所说的不寻常的事情，就是这个问题的结果来得猝不及防。刚才映入他眼帘的景象，就像闪烁火光写出的字母，向他指明了他疯狂地错过了什么东西，而他错过的东西使这些事情变成了一串火焰，在内心痛苦的悸动中留下了印记。他是在生活之外看到的，而不是在生活之内学到的，如果一个女人得到过真爱，她死后就有人这样哀悼她：这就是陌生人的脸的意义所在，他对这种力量深信不疑，那张脸就像熊熊燃烧的火把照亮了他。这种认识不是凭借经验来到他面前，而是掠过他身边，推搡了他，惹得他心烦意乱，既不理会机遇，也不顾及偶然。既然光明到来了，火光照亮了天顶，那么他现在站在这里凝视着的，就是他听起来很空虚的人生。他痛苦地瞪着眼睛，倒吸一口冷气；他沮丧地转过身来，转身以后，眼前就是他摊开来的人生经历，刻画得比以往任何时候都要清晰。石桌上的名字折磨着他，就像邻近的哀悼者从身边走过一样，这个名字分明对他说，她就是他错过的那个人。这就是那个可怕的想法，是对过去一切的回答，是他看到可怕的清晰幻象，让他变得像脚下的石头一样冰冷。一切都同时降临了，讲明白了，说清楚了，让人难以相信；最让他惊愕的是，他从前有多么眼瞎心盲。他注定要迎来的命运汹涌而来——他已经饮尽了这杯苦酒；他不过是他那个时代的普通人，那个世上什么事也不会发生在他身上的人。这就是罕见的机缘——这就是他要受的惩罚。

用我们的话来说，这些碎片拼到了一起，他看清以后，吓得脸色苍白。所以她早就看出来了，而他却没有，她在那个时候想要把真相揭开。这就是生动又可怕的真相：在他等待的这段时间里，等待本身就是他的命运。这一点他守望的同伴在某个时刻已经看出来了，于是她给了他一个机会，让他战胜自己的命运。然而，人的命运永远无法战胜，她告诉他命运已经降临的那天，他却只是愚蠢地盯着她给他指明的出路。

唯一的出路就是爱她；要是那样的话，他就会真正地生活过。她真正地生活过——现在谁能说得出来，她是怀着怎样的热情啊？——因为她爱的是他本人；而他从来没有想到过她（啊，这是多么明显！），却冷漠地以自我为中心，为的是利用她。他回想起她说过的话，记忆的链条越拉越长。野兽确实潜伏了下来，到时候就跳了出来；野兽是在四月寒冷的暮色中跳出来的，当时她脸色苍白，病弱消瘦，却十分美丽，也许还会痊愈。那时她从椅子上站起来，站在他面前，让他想象着去猜测。他没有猜到真相，野兽就跳了出来；她绝望地转身离开他的时候，野兽跳了出来，而当他离开她的时候，那个印记就落在了该落的地方。他证实了自己的恐惧，成全了自己的命运；在他该失败的地方，他彻底失败了；他想起她曾经祈求，不要让他知道，不禁发出一声呻吟。这种清醒的恐惧——就是真知，在真知的气息中，连他眼睛里的泪水都似乎凝固了。尽管如此，他还是想透过泪水定住它，抓住它；他把真知放在面前，这样他就能感觉到痛苦。这迟来的痛苦虽然苦涩，至少还有些生活的滋味。但是，这种痛苦突然使他感到恶心，从真相和他残酷的形象中，他仿佛可怕地看到了命运的安排和做过的一切。他看到了生活的丛林，看到了潜伏的野兽；正当他望着的时候，他仿佛听见了一阵空气的震动，只见那巨大丑陋的野兽腾空而起，想要一跃而下把他压倒。他感到眼前发黑——野兽已经逼近了；在幻觉中，他本能地转过身去，想要躲开野兽，却脸朝下扑倒在坟墓上。

1　意大利南方的观光胜地，位于那不勒斯湾的山崖上。

2　南肯辛顿博物馆1899年更名为维多利亚和阿尔伯特博物馆。

新编新译
世界文学
经典文库

新编新译
世界文学
经典文库

作者
小传

Henry James

1 8 4 3 — 1 9 1 6

亨 利 · 詹 姆 斯 小 传

孟洁冰

1890 年的詹姆斯

亨利·詹姆斯 (1843-1916)，美国小说家、文学批评家、剧作家和散文家，现实主义文学代表人物，开创了心理分析小说的先河，代表作有《螺丝在拧紧》《一位女士的画像》《鸽翼》《使节》和《金碗》等，曾经于1911年、1912年和1916年获得诺贝尔文学奖提名。

1843年4月15日，亨利·詹姆斯出生于纽约市华盛顿广场21号，是家中五个孩子中的次子。他成长于纽约地位显赫的上流知识分子家庭：1789年，他的祖父老威廉·詹姆斯从爱尔兰移民到美国，定居在奥尔巴尼，依靠银行和房地产发家致富，留下了大约三百万美元的财产；父亲老亨利·詹姆斯是学识渊博的哲学家，与当时的许多文学艺术精英交往颇深，母亲玛丽·沃尔什出身于纽约的富商家庭，哥哥威廉·詹姆斯是哈佛大学知名的哲学教授、心理学领域的先驱，有"美国心理学之父"的美誉。

老亨利·詹姆斯从父亲的遗产中得到了丰厚的年金，每年有大约一万美元的收入，足以让他维持中上阶层的优越生活。在小亨利出生后不久，他就卖掉华盛顿广场的房产，带着家人远赴欧洲，先后在英国和法国旅行。1845年6月，詹姆斯全家回到美国，小亨利在奥尔巴尼和纽约度过了童年的大部分时光。

老亨利·詹姆斯对子女的教育颇为重视，却对美国学校的教育方式不太满意。1855年6月，他带领全家再次前往欧洲，旅居日内瓦、伦敦和巴黎等地，聘请优秀的家庭教师，为孩子们讲授法语和拉丁语。在外国家庭教师的指导下，小亨利掌握了流利的法语，接受了欧洲文化的启蒙。1858年夏天，美国经济大萧条影响到家中的收入，詹姆斯一家暂时回到美国海港小镇纽波特居住，小亨利与昵称"明妮"的表妹玛丽·坦普尔成为好友。1859年10月至1860年9月，小亨利先后在日内瓦和波恩接受了一年的教育，此后全家回到纽波特定居，这种往返于美国和欧洲之间的经历也成为他成年后生活的常态。

1861年4月12日，南方军队炮击南卡罗来纳的萨姆特堡，美国南北战争爆发；同年10月，詹姆斯在纽波特帮助灭火时背部受伤，给他留下了困扰终身的痛苦，也让他在内战中免服兵役。1862年9月，詹姆斯进入哈佛大学法学院就读，但他对学习法律不感兴趣，却对文学充满热情，阅读了大量的法国文学作品。1863年夏天，詹姆斯离开哈佛大学法学院，开始了他的文学创作生涯。

1864年，詹姆斯全家从纽波特搬到了波士顿，他匿名在《大陆月刊》发表了第一篇短篇小说《错误的悲剧》，赚到了12美元的稿费；1865年3月，他用真名在《大西洋月刊》上发表了《一年的故事》，此后又在《大西洋月刊》发表了《风景画家》《可怜的理查德》《旧衣逸事》等短篇小说，同时他还为《国家》和《北美评论》撰写评论文章，与这些杂志建立了长期的密切联系。

1869年2月，25岁的詹姆斯从纽约启程，独自前往利物浦，开始了为期14个月的欧洲之旅，他游览了英国、法国和意大利，

结识了威廉·莫里斯、乔治·艾略特和莱斯利·斯蒂芬等英国知名人士。在这次旅行中，罗马给他留下了深刻的印象，而在他此后的作品中，意大利也成为重要的背景地。1870年3月，詹姆斯得知深爱的表妹明妮死于肺结核的消息，为她的不幸早逝_{（年仅24岁）}深感悲痛，不久后，他就踏上了返回美国的旅程。在詹姆斯多年后的几部小说中，还能从美国女主人公身上找到明妮的影子，包括《黛西·米勒》《一位女士的画像》和《鸽翼》。

1871年，《大西洋月刊》连载了他的第一部长篇小说《守望与守护》。1872年5月，詹姆斯陪伴妹妹爱丽丝和姨妈凯瑟琳远赴欧洲，在英国、法国、德国、瑞士、奥地利和意大利旅行。1873

亨利·詹姆斯

昵称明妮的玛丽·坦普尔，1870年

年，他在罗马度过了大部分时间，也在那里开始了长篇小说《罗德里克·哈德森》的创作。1874年9月，在经济和家庭的双重压力下，詹姆斯从意大利回到美国，在剑桥短暂停留后，他选择搬到纽约，靠写作谋生。1875年1月，詹姆斯的第一本书《热情的朝圣者》出版，4月，他又出版了旅行作品集《跨大西洋见闻录》。

1875年11月，詹姆斯来到法国首都，成为《纽约论坛报》驻巴黎记者，同时开始创作另一部小说《美国人》。在巴黎期间，詹姆斯拜访了俄国小说家伊万·屠格涅夫，进入了古斯塔夫·福楼拜的小圈子，从而结识了埃德蒙·德·龚古尔、埃米尔·左拉、阿尔方斯·都德和居伊·德·莫泊桑等知名作家。尽管很喜欢法国，但詹姆斯感觉自己待在那里像个局外人，因此在1876年12月移居伦敦。他很快就融入了伦敦的社交圈，与赫胥黎、阿尔弗雷德·丁尼生、罗伯特·布朗宁等英国文化界的领军人物交往密切。

1878年2月，麦克米伦出版了詹姆斯的第一部评论文集《法国诗人和小说家》，开始了他和英国出版商之间的长期合作。1878年夏天，他发表了两部最新的小说《黛西·米勒》和《欧洲人》，《黛西·米勒》在《康希尔杂志》连载后，受到英国中产阶级的欢迎，也在美国引起了巨大的轰动，而《欧洲人》以轻松的基调演绎了他擅长的"国际题材"，这两部小说使詹姆斯在欧洲和美国名声大噪，奠定了他在英美文学中的重要地位。接下来的几年里，他又创作了《霍桑》《华盛顿广场》和《一位女士的画像》等深受欢迎的作品。

1881年11月，詹姆斯离开欧洲，再次踏上美国的土地。在此后的几年里，他经历了数次沉重的打击：1882年1月29日，他深爱的母亲去世；几个月后，他参加了家族好友拉尔夫·爱默生的葬礼；12月18日，他的父亲也离开了人世，他成为了遗嘱执行人，承担了照顾妹妹爱丽丝的任务，直到她1892年去世。1883年9月，他的好友屠格涅夫在巴黎病逝。1885年，詹姆斯的美国出版商破产，让他在经济上损失惨重，失去了高额的连载稿费，只好向哥哥威廉借钱应付日常开销，而他出版的两部长篇小说《波士顿人》和《卡萨马西玛公主》也没有获得成功。

1886年3月，詹姆斯搬进了肯辛顿德维尔花园34号的新公寓，此后在这里度过了十几年的创作岁月。1886年12月，詹姆斯前往意大利旅行，在佛罗伦萨和威尼斯逗留期间，他听说了克莱尔·克莱蒙的故事，她是玛丽·雪莱的妹妹和拜伦的情妇，于是借用这段逸事，创作了小说《阿斯彭文稿》。1890，詹姆斯又遇到了新的危机，他的长篇小说《悲惨的缪斯》交给英国出版商麦克米伦出版，却得到了相当不利的合约，最终销售惨淡。

此时他敏锐地意识到，小说带来的收入难以维持生计，于是转向了戏剧领域，开始为康普顿喜剧院改编他早期的小说《美国人》，该剧于1891年首演，取得了有限的成功。此后，詹姆斯积极投身于戏剧创作，却接连遭受挫折。1895年1月5日，他的新剧《盖伊·多姆维尔》在伦敦圣詹姆斯剧院首演，当天他先去观看了奥斯卡·王尔德的新剧《理想丈夫》，然后回到剧院参加谢幕，没有得到观众的欢呼和喝彩，而是遭到了嘲笑和嘘声。这次挫折使詹姆斯深受打击，他对戏剧事业的追求也就此告终。

1897年初，由于风湿病导致手腕疼痛，詹姆斯无法书写下去，于是他购买了雷明顿打字机，聘请了速记员威廉·麦卡尔

亨利·詹姆斯，1890年

平，记录他口述的内容，从此开始了多年的口述写作生涯，这一变化也影响了詹姆斯的晚期风格和叙述节奏，使他的表达方式更加流畅。在戏剧舞台失利以后，詹姆斯想要远离伦敦的喧嚣生活，他在东萨塞克斯郡的拉伊小镇偶然发现了兰慕别墅，对这座乔治王朝风格的红砖建筑情有独钟。1897年9月，詹姆斯得知兰慕别墅对外出租，就签订了21年的租约，最终买下了这座别墅，成为他余生的主要居所，在这里创作了《在笼中》《尴尬年代》等小说。

此时的詹姆斯面临着出版环境的变化，杂志对他作品的需求正在减少，他也陷入了经济困境，出版商仅为《梅西知道什么》的连载和图书支付了150美元的报酬。1897年底，他接受《科利尔周刊》的邀请撰写一部连载小说，这就是他最出名的短篇小说《螺丝在拧紧》。这部哥特式小说的创作灵感来自坎特伯雷大主教爱德华·怀特·本森讲述的鬼故事，1898年1月27日至4月16日在《科利尔周刊》连载了12期，给詹姆斯带来了读者的好评和丰厚的稿费（高达900美元）。

《科利尔周刊》连载的《螺丝在拧紧》第一期

从1900年到1904年，詹姆斯的创作进入了晚年的高峰期，他陆续出版了精心构思的长篇小说《圣泉》和短篇小说《丛林猛兽》，以及被视为他创作巅峰的三部长篇小说《鸽翼》(1902)、《使节》(1903)和《金碗》(1904)。《鸽翼》的女主角以詹姆斯去世的表妹

明妮为原型,《使节》被詹姆斯称为是自己"最完美的作品",而《金碗》是他最后一部完成的长篇小说,这些小说凭借细腻的风格和丰富的内涵,成为他迄今为止最受赞誉的作品。此后詹姆斯的写作致力于回顾往事,他的作品也呈现出更加怀旧的色彩。

1904年8月,詹姆斯乘船前往纽约,在离开20年后重返美国。他得到铁路大亨乔治·麦克莱伦的资助,进行了六个月的巡回演讲,在这次旅行中,他见到了哥哥威廉和好友伊迪丝·华顿等人,也探访了自己成长的纽约、纽波特和波士顿等地。1905年2月,詹姆斯被选为美国艺术与文学学会成员,此后他回到英国的兰慕别墅,创作了《美国风情》,开始了长达数年的纽约版《亨利·詹姆斯小说与故事集》的修订工作,他精心选择收录的作品,对早期作品进行了大量修改,撰写了18篇重要的序言,既有对创作的回顾,也有对自身小说理论的阐述。1907年12月,纽约版出版了前两卷,到1909年7月31日,总共出版了24卷。

亨利·詹姆斯和好友伊迪丝·华顿

让詹姆斯失望的是,纽约版的销售情况不佳,他的健康状况也日渐恶化。1910年春天,詹姆斯由于消化疾病而出现了精神崩溃,威廉和妻子爱丽丝前往英国探望,他们三人去瑞士旅行时,收到了弟弟罗伯逊死于心脏病的消息,随即赶回美国,回国几天

亨利·詹姆斯画像，1913年，约翰·辛格·萨金特绘制

后，患有心脏病的威廉也去世了。1911 年 6 月 28 日，从法学院辍学 48 年后，詹姆斯终于获得了哈佛大学的荣誉学位；8 月，他离开纽约前往利物浦，有生之年再也没有回到美国。1912 年 6 月 26 日，他又在牛津大学获得了荣誉文学博士学位。

1913 年 3 月，为了庆祝詹姆斯的七十岁生日，在两百多位朋友和崇拜者的资助下，知名画家约翰·辛格·萨金特为他绘制了一幅巨大的油画肖像，詹姆斯将其捐赠给了英国国家肖像馆。1913年4月，詹姆斯出版了第一卷自传《一个小男孩和其他人》，回忆了他和哥哥威廉的童年生活；11月6日，他把《儿子和兄弟的手记》寄给了出版商，这本自传于1914年3月出版，当时他正在写另一部小说，但最终未能完成。

1914年8月，第一次世界大战爆发，詹姆斯热情地投身于英国的战时事业，他参与了帮助比利时难民的工作，前往医院看望受伤的士兵，担任美国志愿汽车救护队的名誉主席，为慈善事业撰写文章。1914年10月，他出版了最后一部散文集《小说家札记》。1915年7月26日，由于对美国不愿参与欧洲战争感到厌恶，詹姆斯放弃美国国籍，在英国首相阿斯奎斯等人的支持下，宣誓效忠成为英国公民，此举得到了英国民众的赞扬，也引发了美国人的不满。

1915年12月1日晚，亨利·詹姆斯在伦敦的家中因中风而昏倒，几天后得了肺炎。在接下来的几周里，他的健康每况愈下，体力也日渐衰弱，他哥哥的遗孀爱丽丝在战争期间冒着危险横渡大西洋来到他身边，埃德蒙·戈瑟和伊迪丝·华顿等文坛好友也前来探望问候。1916年1月，詹姆斯获得了英国国王乔治五世颁发的功绩勋章，表彰他在五十年文学生涯中所做的贡献。

1916年2月28日，亨利·詹姆斯在伦敦的家中去世，享年七十三岁，葬礼在切尔西老教堂举行。按照他的遗愿，他的骨灰被送回大西洋彼岸，安葬在马萨诸塞州剑桥市郊外的家族墓园，长眠于他的父母、哥哥威廉和妹妹爱丽丝的身旁。1917年，他未完成的小说《象牙塔》《过去的感觉》和第三卷自传《中年岁月》出版。1976年6月17日，亨利·詹姆斯的纪念碑在威斯敏斯特教堂的诗人角揭幕。

在长达五十多年的文学生涯中，亨利·詹姆斯创作了22部长篇小说、112部中短篇小说、12部戏剧以及众多文学评论、游记和散文，这些作品展现了独特的主题和风格，贯穿了维多利亚时代和现代主义文学时期，在英美文学史上留下了深刻的印记。詹姆斯对T.S.艾略特的早期诗歌产生了巨大的影响，他的创作成就也影响了好友伊迪丝·华顿的写作，甚至对后世的作家也有重要的影响，其中包括格雷厄姆·格林、W.H.奥登、辛西娅·奥齐克、菲利普·罗斯、戴维·洛奇、威廉·福克纳、豪尔赫·路易斯·博尔赫斯和托尼·莫里森。

一百多年后，亨利·詹姆斯的作品依然焕发着强大的生命力。尽管他创作的戏剧从未在舞台上引起轰动，他的多部小说却成功地改编为舞台剧，包括英国作曲家本杰明·布里顿创作的歌剧《螺丝在拧紧》和《欧文·温格雷夫》，电影和电视的传播影响力更是让亨利·詹姆斯的作品长盛不衰，从1933年至今，已经有150多部改编自詹姆斯小说的影视作品问世，让他的文学艺术以不同的方式被解读和重构，在今天影响更为广泛的读者群体。

亨利·詹姆斯的墓碑铭文：『亨利·詹姆斯：小说家，两国公民，大洋两岸他那一代人的诠释者。』

亨利·詹姆斯年表

1832年　9月，祖父老威廉·詹姆斯去世，留下300万美元财产。

1840年　7月，父亲老亨利·詹姆斯与母亲玛丽·罗伯逊·沃尔什结婚。

1842年　1月11日，亨利·詹姆斯的哥哥威廉出生，后来成为美国知名心理学家。

1843年　4月15日，亨利·詹姆斯出生于纽约华盛顿广场21号。
10月，老亨利·詹姆斯带着家人前往欧洲，旅居英国和法国。

1845年　6月，老亨利·詹姆斯与家人回到美国，居住在纽约和奥尔巴尼。
7月21日，亨利·詹姆斯的弟弟威尔金森出生。

1846年　8月29日，亨利·詹姆斯的弟弟罗伯逊出生。

1848年　8月7日，亨利·詹姆斯的妹妹爱丽丝出生。

1852年　11月，英国作家萨克雷拜访詹姆斯家，见到了小亨利。

1855年　6月27日，詹姆斯一家前往欧洲，旅居伦敦、巴黎和日内瓦。

1858年　夏天，詹姆斯一家回到纽波特生活，小亨利与昵称明妮的表妹玛丽·坦普尔成为好友。

1859年　詹姆斯一家返回欧洲，小亨利先后在日内瓦和波恩学习。

1860年 9月，詹姆斯一家回到纽波特。
11月20日，亚伯拉罕·林肯当选为美国总统。

1861年 4月12日，美国内战爆发。
10月，詹姆斯在纽波特帮助救火时受伤。

1862年 9月，詹姆斯进入哈佛大学法学院就读。

1863年 7月，詹姆斯离开哈佛法学院，回到纽波特。

1864年 2月，詹姆斯的第一篇小说《错误的悲剧》匿名发表于
《大陆月刊》。
5月，詹姆斯一家搬到波士顿居住。

1865年 3月，《一年的故事》发表于《大西洋月刊》。
4月，美国内战结束，亚伯拉罕·林肯遇刺身亡。

1866年 2月，《风景画家》发表于《大西洋月刊》。
11月，詹姆斯一家搬到马萨诸塞州剑桥居住，詹姆斯
与威廉·迪恩·豪威尔斯成为好友。

1867年 3月，《我的朋友宾厄姆》发表于《大西洋月刊》。
6月，《可怜的理查德》连载于《大西洋月刊》。

1868年 2月，《旧衣逸事》发表于《大西洋月刊》。

1869年 2月，詹姆斯独自前往欧洲，在英国、法国和意大利旅
行，结识了乔治·艾略特、查尔斯·狄更斯等知名作家。

1870年 3月，詹姆斯得知深爱的表妹玛丽·坦普尔死于肺结核。
4月，他从英国回到马萨诸塞州剑桥家中。
7月19日，普法战争开始。

1871年 3月，《热情的朝圣者》发表于《大西洋月刊》。
8月，第一部长篇小说《守望与守护》连载于《大西洋月刊》。

1872年 5月，詹姆斯陪同妹妹爱丽丝和凯瑟琳姨妈前往欧洲，大部分时间在巴黎和罗马生活。
10月，《客人的自白》连载于《大西洋月刊》。

1874年 8月，《法戈教授》发表于《银河》杂志，詹姆斯周游意大利后返回美国。

1875年 1月，《罗德里克·哈德森》连载于《大西洋月刊》，詹姆斯离开马萨诸塞州剑桥前往纽约生活。
4月，《跨大西洋见闻录》在波士顿出版。
11月，詹姆斯成为《纽约论坛报》驻巴黎记者，结识了屠格涅夫、福楼拜、龚古尔、都德、左拉和莫泊桑等知名作家。

1876年 6月，《美国人》连载于《大西洋月刊》。
12月，詹姆斯离开巴黎前往伦敦生活。

1877年 4月，俄罗斯对土耳其宣战，加剧了英国和欧洲的紧张局势。
9月，詹姆斯离开伦敦前往巴黎，然后去了罗马。

11月，《四次会面》发表于《斯克里布纳月刊》。

1878年　2月，《法国诗人和小说家》由麦克米伦出版。

3月，俄土战争结束。

5月，詹姆斯在伦敦被选为改革俱乐部的成员。

6月，《黛西·米勒》连载于《康希尔杂志》，广受欧美读者欢迎。

7月，《欧洲人》连载于《大西洋月刊》，在英国大获成功。

12月，《国际插曲》连载于《康希尔杂志》。

1879年　8月，《信心》连载于《斯克里布纳月刊》。

12月，《霍桑》在伦敦由麦克米伦公司出版。

1880年　3月，詹姆斯前往意大利旅行，在佛罗伦萨认识了女作家康斯坦斯·费尼莫尔·伍尔森。

6月，《华盛顿广场》连载于《康希尔杂志》。

10月，《一位女士的画像》连载于《麦克米伦杂志》和《大西洋月刊》。

1881年　2月，詹姆斯动身前往巴黎，拜访了屠格涅夫等老朋友。

11月，詹姆斯离开欧洲回到马萨诸塞州剑桥。

1882年　1月29日，詹姆斯的母亲玛丽·沃尔什去世，安葬于剑桥公墓。

4月，詹姆斯参加了家族好友拉尔夫·爱默生的葬礼。

12月18日，詹姆斯的父亲老亨利·詹姆斯去世，他成为遗嘱执行人。

1883年　2月，《伦敦围城》发表于《康希尔杂志》。

4月，詹姆斯将《黛西·米勒》改编成舞台剧，剧本连载于《大西洋月刊》。

9月3日，詹姆斯得知好友屠格涅夫的死讯。

11月，14卷《詹姆斯小说和故事集》由麦克米伦公司在伦敦出版。

11月15日，詹姆斯的弟弟威尔金森在密尔沃基去世。

1884年　5月，《芭芭拉娜夫人》连载于《世纪杂志》。

11月，詹姆斯的妹妹爱丽丝来到伦敦，她的余生将在英国度过。

1886年　2月，《波士顿人》连载于《世纪杂志》。

4月，詹姆斯去伯恩茅斯探望爱丽丝，与罗伯特·路易斯·史蒂文森建立了友谊。

12月，詹姆斯租下了肯辛顿德维尔花园34号的公寓，租约21年。

1887年　1月，《卡萨马西玛公主》连载于《大西洋月刊》。

3月，詹姆斯搬进了肯辛顿的新公寓。

12月，詹姆斯离开英国前往意大利，在佛罗伦萨和威尼斯逗留。

1888年　3月，《阿斯彭文稿》连载于《大西洋月刊》。

6月，《伦敦生活》连载于《斯克里布纳杂志》。

10月，詹姆斯抵达日内瓦，与康斯坦斯·费尼莫尔·伍尔森共度时光。

1889年　1月，《悲惨的缪斯》连载于《大西洋月刊》。

10月，詹姆斯去了巴黎，开始翻译都德的小说《达拉斯贡港》。

1890年 　1月，詹姆斯在威斯敏斯特教堂参加了诗人罗伯特·布朗宁的葬礼。

5月，詹姆斯离开伦敦前往意大利，游览了米兰、热那亚和威尼斯等地。

6月，詹姆斯把《美国人》改编成戏剧。

7月，《达拉斯贡港》连载于《哈珀新月刊》。

1891年 　3月，《学生》连载于《朗文杂志》。

4月，《真品》发表于《黑白》杂志。

5月，《布鲁克史密斯》发表于《哈珀周刊》。

9月，戏剧《美国人》在伦敦首演，受到热烈欢迎。

11月，《监护人》连载于《大西洋月刊》。

1892年 　3月6日，詹姆斯的妹妹爱丽丝去世，后来安葬在剑桥的家族墓地。

11月，《欧文·温格雷夫》发表于 *The Graphic* 圣诞特刊。

1893年 　1月，詹姆斯第一次痛风发作。

5月，《中年》发表于《斯克里布纳杂志》。

1894年 　1月，康斯坦斯·费尼莫尔·伍尔森在威尼斯自杀。

5月，詹姆斯前往罗马，拜谒了康斯坦斯的坟墓。

8月，詹姆斯结识了学者莱斯利·斯蒂芬和他的女儿弗吉尼亚（后来的弗吉尼亚·伍尔夫）。

1895年 　1月，戏剧《盖伊·多姆维尔》在伦敦首演失败，詹姆斯深受打击，放弃戏剧创作。

1896年　1月，《地毯上的图案》连载于《大都会》。

7月，《另一所房子》连载于《伦敦新闻画报》。

1897年　2月，《波音顿的珍藏品》在伦敦出版。

3月，《梅西知道什么》连载于 *The Chap Book*。

6月，维多利亚女王登基60周年庆典。

9月，詹姆斯签订了21年的租约，租下萨塞克斯郡拉伊的兰慕别墅。

1898年　1月，《螺丝在拧紧》连载于《科利尔周刊》。

2月，美国军舰缅因号在哈瓦那港炸毁，导致美西战争爆发。

6月，詹姆斯搬进了兰慕别墅。

8月，《在笼中》在伦敦出版。

10月，《尴尬年代》连载于《哈珀周刊》。

1899年　3月，詹姆斯前往法国和意大利旅行。

7月，詹姆斯回到拉伊，买下了兰慕别墅。

10月9日，南非布尔战争爆发，对英国出版业产生影响。

1900年　1月，《人间乐土》发表于《斯克里布纳杂志》。

8月，短篇小说集《温柔的一面》在伦敦出版。

1901年　1月22日，维多利亚女王去世，由爱德华七世继位。

2月，《圣泉》在伦敦出版。

1902年　8月，《鸽翼》在纽约出版。

1903年　1月，《使节》连载于《北美评论》。

2月，《丛林猛兽》收入短篇小说集《更好的一类》在纽约和伦敦出版。

1904年　8月，詹姆斯离开南安普顿，回到美国拜访家人和好友。
11月，《金碗》在纽约出版。

1905年　1月，詹姆斯在费城演讲，在华盛顿会见西奥多·罗斯福总统。
2月，詹姆斯被选为美国艺术与文学学会成员。
7月，詹姆斯乘船返回英国。
10月，《英伦时光》在伦敦和纽约出版。

1907年　2月，《美国风情》在纽约和伦敦出版。
3月，詹姆斯前往法国和意大利旅行。
12月，纽约版《亨利·詹姆斯小说与故事集》开始出版。

1908年　3月，《茱莉亚·布赖德》连载于《哈珀杂志》。
5月，詹姆斯结束最后一次法国之行，回到英国。
12月，《欢乐的角落》发表于《英文评论》。

1909年　3月，《天鹅绒手套》发表于《英文评论》。

1910年　4月，《访友记》连载于《英文评论》。
5月6日，爱德华七世去世，乔治五世继位，剧院停业，詹姆斯的三幕戏剧《呐喊》未能上演。
7月3日，詹姆斯的弟弟罗伯逊因心脏病发作去世。
8月28日，詹姆斯的哥哥威廉去世，安葬于剑桥的家族墓地。

1911年　6月28日,詹姆斯在哈佛大学毕业典礼上获得荣誉学位。

8月2日,詹姆斯离开纽约前往利物浦,再也没有回到美国。

10月,《呐喊》在伦敦和纽约出版。

1912年　6月26日,詹姆斯在牛津大学获得荣誉博士学位。

1913年　1月,詹姆斯从兰慕别墅搬到卡莱尔大厦21号居住。

3月,约翰·辛格·萨金特为詹姆斯70岁生日绘制油画肖像。

4月,詹姆斯的自传《一个小男孩和其他人》出版。

1914年　3月,《儿子和兄弟的手记》在伦敦出版。

8月1日,德国对俄国宣战,第一次世界大战爆发。

1915年　7月26日,詹姆斯正式成为英国公民。

12月1日,詹姆斯在伦敦中风病倒。

1916年　1月1日,詹姆斯获得乔治五世颁发的英国功绩勋章。

2月28日,詹姆斯在伦敦去世,他的葬礼在切尔西老教堂举行,他的骨灰由爱丽丝带到美国,葬于马萨诸塞州剑桥的家族墓地。

1976年　6月17日,亨利·詹姆斯的纪念碑在威斯敏斯特教堂的诗人角揭幕。

亨 利 · 詹 姆 斯
作 品 中 英 文 对 照 表

中文名称	英文名称	出版年份
《错误的悲剧》	A Tragedy of Error	1864
《一年的故事》	The Story of a Year	1865
《风景画家》	A Landscape Painter	1866
《我的朋友宾厄姆》	My Friend Bingham	1867
《可怜的理查德》	Poor Richard	1867
《旧衣逸事》	The Romance of Certain Old Clothes	1868
《热情的朝圣者》	A Passionate Pilgrim	1871
《法戈教授》	Professor Fargo	1874
《罗德里克·哈德森》	Roderick Hudson	1875
《四次会面》	Four Meetings	1877
《美国人》	The American	1877
《黛西·米勒》	Daisy Miller	1878
《欧洲人》	The Europeans	1878
《国际插曲》	An International Episode	1878
《华盛顿广场》	Washington Square	1880

《一位女士的画像》	The Portrait of a Lady	1881
《伦敦围城》	The Siege of London	1883
《芭芭拉娜夫人》	Lady Barberina	1884
《波士顿人》	The Bostonians	1886
《卡萨马西玛公主》	The Princess Casamassima	1886
《阿斯彭文稿》	The Aspern Papers	1888
《悲惨的缪斯》	The Tragic Muse	1890
《学生》	The Pupil	1891
《真品》	The Real Thing	1891
《布鲁克史密斯》	Brooksmith	1891
《欧文·温格雷夫》	Owen Wingrave	1892
《中年》	The Middle Years	1893
《死者的祭坛》	The Altar of the Dead	1895
《地毯上的图案》	The Figure in the Carpet	1896
《波音顿的珍藏品》	The Spoils of Poynton	1897
《梅西知道什么》	What Maisie Knew	1897
《螺丝在拧紧》	The Turn of the Screw	1898

《在笼中》	In the Cage	1898
《尴尬年代》	The Awkward Age	1899
《人间乐土》	The Great Good Place	1900
《圣泉》	The Sacred Fount	1901
《鸽翼》	The Wings of the Dove	1902
《使节》	The Ambassadors	1903
《丛林猛兽》	The Beast in the Jungle	1903
《金碗》	The Golden Bowl	1904
《英伦时光》	English Hours	1905
《美国风情》	The American Scene	1907
《欢乐的角落》	The Jolly Corner	1908
《天鹅绒手套》	The Velvet Glove	1909
《访友记》	A Round of Visits	1910
《呐喊》	The Outcry	1911
《一个小男孩和其他人》	A Small Boy and Others	1913
《儿子和兄弟的手记》	Notes of a Son and Brother	1914
《象牙塔》	The Ivory Tower	1917

孟洁冰

中国翻译协会会员，《商业周刊/中文版》译者，鲁迅文学院第三十五届中青年作家高级研讨班（翻译家班）学员，主要从事新闻翻译、文学翻译和视听翻译，译著《马克·吐温自传（第1卷）》《罗曼·罗兰音乐笔记》《仅仅是昨天：从大繁荣到大萧条》《怒海余生》，译作见于《世界文学》《英语世界》《延河》等刊物。